Wela i Di!

Jean Ure

Argraffiad cyntaf — 1989

© Jean Ure, 1981 ⓑ

Teitl gwreiddiol: *See You Thursday*

ⓑ y testun Cymraeg: Elin Dalis

Cyhoeddwyd gyntaf yn 1981 gan
Penguin Books Ltd, Harmondsworth, Middlesex.

ISBN 0 86383 474 4

*Dymuna'r cyhoeddwyr gydnabod cymorth a chyfarwyddyd Adrannau'r
Cyngor Llyfrau Cymraeg a noddir gan Gyngor Celfyddydau Cymru.*

Cyhoeddwyd dan gynllun comisiynu'r Cyngor Llyfrau Cymraeg.

*Argraffwyd gan
J. D. Lewis a'i Feibion Cyf., Gwasg Gomer, Llandysul, Dyfed*

Pennod 1

Ar yr hysbysfwrdd ffelt gwyrdd yng nghornel y stafell ddosbarth, mewn man amlwg ar bwys gair i atgoffa pawb bod angen talu am fynd i Lan-llyn, roedd nodyn yn dweud: *A wnaiff pawb sy'n dod i'r parti diwedd tymor ysgrifennu eu enw isod (Arwyddwyd) E. Griffiths, Trefnydd.*

O gwmpas y gair 'eu' roedd cylch mawr coch, a *Wel, Beth fach, beth yw hyn? (Arwyddwyd) F. Jones, Athrawes ddosbarth.* Oddi tano roedd rhestr hir o enwau, gyda Siân Wyn Williams yn gyntaf fel arfer, a Non Humphries, a oedd bob amser braidd yn ansicr, ar y diwedd. Gwibiodd llygaid Carys ar hyd y rhestr yn slei bach, tra'n esgus astudio'r Rheolau Tân yn fanwl, ond doedd dim angen iddi gyfri'r enwau i wybod fod pob enw yno ar wahân i'w henw hi. Roedd pawb oedd â hawl i fynd i'r parti yn mynd; pawb ond hi.

'Wyt ti wedi arwyddo 'to?'

Beth Griffiths. (Trefnydd.) Wastad mor fywiog—wastad mor *brysur*. Tynnwyd sylw Carys oddi wrth y Rheolau Tân a dywedodd yn ddidaro, 'Beth?'

'Wyt ti wedi arwyddo 'to, wedes i. Parti diwedd tymor? Wyt ti'n dod?'

'O . . .' Cododd ei hysgwyddau. Dim diddordeb. Uwchlaw'r cyfan. 'Mwy na thebyg. Heb benderfynu 'to.'

'Wel, fe fydde hi'n dda 'da fi pe bait ti'n penderfynu. Dw i eisie gwbod y rhife, mae gofyn i fi ddechre trefnu pethe, w!'

Pam? meddyliodd Carys. Pam y brys gwyllt? Roedd misoedd cyn y parti. Dim ond dechrau Chwefror oedd hi. O hyn tan ddiwedd y tymor . . .

'Dim ond ti sy heb arwyddo,' meddai Beth yn gyhuddgar. 'Does dim rhaid i ti roi'r ddwybunt ar unwaith, ti'n gwbod. Dim ond y rhife sy eisie arna i.'

'Feddylia i am y peth,' meddai Carys.

Fel pe bai'r syniad o barti yn rhywbeth hollol newydd iddi. Roedd hi wedi bod yn meddwl am y peth am y tymor a hanner diwetha. Hyd yn oed cyn hynny—hyd yn oed yn y pumed roedd y peth wedi bod yn boen iddi. Roedd hi'n ei weld yn nesu o hyd. Roedd hi wedi ceisio dadlau nad oedd pwynt iddi fynd 'nôl i'r chweched—y dylai hi ennill ei bara menyn, a rhoi ychydig o arian i helpu ei mam. Ond yn anffodus, doedd ei mam a Miss Powell ddim am wrando ar 'ddwli fel yna'. Dywedodd ei mam, yn grac reit, nad oedd hi wedi byw'n gynnil ac wedi aberthu er mwyn i Carys wrthod y cyfan, gadael yr ysgol yn un ar bymtheg a mynd i weithio y tu ôl i gownter yn Woolworth's. (Woolworth's, am ryw reswm, oedd ei chocyn hitio o hyd. Byth 'y tu ôl i gownter yn Spar' neu 'y tu ôl i'r til yn Kwiks'. Woolworth's bob amser.) Roedd Miss Powell, yn chwarae rhan y brifathrawes ddoeth, wedi dweud yn dyner ond yn gadarn na ddylai Carys ofni gweithio'n galed. Fe fyddai'r cyfan yn werth chweil yn y pen draw, a 'Dw i'n siŵr y byddi di'n llwyddo ond i ti fwrw ati.'

Sut allai Carys egluro nad y gwaith oedd yn codi ofn arni? Mai'r hyn a oedd yn gwneud ei bywyd yn boendod oedd y parti diwedd tymor erchyll yma? Allai hi ddim. Roedd cywilydd arni. Byddai pawb yn meddwl ei bod hi'n methu cymdeithasu. Weithiau roedd hi ei hunan yn credu hynny.

Yn ystod y misoedd diwethaf roedd hi wedi bod yn gweddïo am wyrth, ond wrth gwrs doedd dim wedi digwydd. Doedd yr ysgol ddim wedi'i llosgi'n ulw, doedd y parti ddim wedi'i ohirio (bu sôn am hynny

6

rai blynyddoedd ynghynt, pan gwynodd rhywun oedd yn byw ar bwys yr ysgol am barau ifanc yn cusanu o dan y llwyni.) Doedd Carys ei hun ddim wedi dal unrhyw glefyd marwol na chwaith wedi cael ei tharo gan lori. Ei hunig obaith bellach oedd cwympo i lawr y grisiau a thorri'i choes.

Daeth Miss Jones, a oedd hefyd yn athrawes Gymraeg, i'r wers ddwbl. Gwenallt. 'Colomennod'.

> Bugeiliai'r gweithwyr eu clomennod gyda'r hwyr
> Wedi slafdod y dydd, ar y Bryn
> Pob cwb â'i lwyfan yn nhop yr ardd
> Yn gollwng ei gwmwl gwyn ...

Roedd Carys yn breuddwydio ar ôl pedair llinell, hyd yn oed. Ar ei gwaethaf, crwydrodd ei llygaid. Roedd yr hysbysfwrdd yn syth o'i blaen. O'i sedd gallai weld nodyn Beth yn gwbl glir. *Dim ond ti sy heb arwyddo* ... Teimlai gledrau ei dwylo yn wlyb. Os oedd Beth wedi sylwi, byddai pawb arall yn gwneud hefyd cyn pen dim.

'Dim ond ugain enw sy 'ma. Pwy sy ddim yn dod? —O! Hi! Wel, wrth gwrs, dyw hi byth yn dod. Hynny yw'—chwerthiniad dwl—'pwy allai hi'i gael yn gwmni? Dw i erioed wedi'i gweld hi 'da unrhyw un.'

Naddo, achos doedd hi ddim yn adnabod neb i fod yn gwmni iddi. Amhosib—amhosib!—oedd mynd i'r parti heb gwmni. Doedd hynny erioed wedi digwydd yn hanes hir partïon y chweched isaf—dyna oedd holl bwynt partïon. Roedd rhaid i chi gael *rhywun*. Byddai cefnder yn gwneud y tro, neu frawd hyd yn oed; *rhywun*. Mynd i'r parti ar ei phen ei hun—rhedai'r chwys ar hyd ei chefn. Curodd tonnau o banig drosti. Beth pe bai hi'n ceisio gwneud esgus? Dweud fod ganddi bethau gwell i'w gwneud? Esgus bod ei chariad ar wyliau yn Affrica? India? China? Arwyddo, ac yna cael bola tost ar y funud olaf?

Doedd dim pwynt. Fydden nhw byth yn ei chredu hi. Byddai pawb yn gwybod mai celwydd oedd y cyfan. 'Dw i erioed wedi'i gweld hi gydag unrhyw un . . .'

Fe'u gyrrid i Ogledd Cymru ac i Loegr
  A'u gollwng o'r basgedi i'r ne,
Ond dychwelent o ganol y prydferthwch pell
  At ein tlodi cymdogol yn y De.

'Iawn, Carys! Wnei di ymhelaethu, os gweli di'n dda?'

Ymhelaethu? Ymhelaethu ar beth? Beth oedd hi'n ei feddwl wrth ymhelaethu?

Safodd Carys ar ei thraed, wedi cael llond bol. O Dduw, meddyliodd. O! gwna i awyren lanio ar ein pennau ni cyn diwedd y tymor . . .

Miss Jones oedd yr un a laniodd ar ei phen, a hynny ymhell cyn diwedd y tymor. Wrth i gloch pedwar ganu, gwnaeth arwydd i Carys aros ar ôl yn y dosbarth. Heb wastraffu geiriau, wrth i'r drws gau ar Non Humphries a'u gadael ar eu pennau eu hunain, dywedodd, 'Ti'n gwbod, Carys, na wnei di byth lwyddo yn dy Lefel A fel hyn?'

Doedd hi ddim yn mynd i lwyddo beth bynnag. Cymraeg a Saesneg oedd ei phynciau. Pe bai hi'n gwneud Mathemateg a Ffiseg, byddai hi'n dal i wneud stomp o'r arholiadau. Methiant oedd hi, gydag M fawr, a doedd addysg breifat yn Ysgol Maes-y-rhyd ddim yn mynd i newid dim, er bod ei mam wedi gobeithio y byddai hynny'n digwydd. Ysgol breifat i ferched, ugain yn unig yn y chweched isaf, a byddai'r ffaith fod un person yn eisiau o'r parti

8

diwedd tymor mor amlwg â'r Eisteddfod heb
bafiliwn neu Gaernarfon heb gastell, neu . . .

'Dwyt ti ddim yn canolbwyntio,' meddai Miss
Jones.

Roedd ei llais wedi addfwyno ac roedd ei llygaid yn
dyner. Unrhyw eiliad nawr ac mi fyddai'n gwahodd
Carys i adrodd ei chyfrinachau wrthi. Roedd ei
hwyneb eisoes yn llawn cydymdeimlad ac roedd hi'n
amlwg ei bod yn barod i drafod problemau. Gwing-
odd Carys wrth weld hyn.

'Does dim byd yn bod, oes e? Dim byd yn dy boeni
di?'

Gwadodd, wrth gwrs. Roedd hi'n anodd siarad
gyda Miss Jones. Roedd hi'n gwneud ei gorau glas ac
yn llawn amcanion da; pam nad oedd hi byth yn
dysgu? Byddai'n well gan Carys arllwys can o betrol
dros ei phen a thanio matsien na sôn am ei hamheu-
on a'i hofnau personol wrth rywun a welai yn yr
ysgol bob dydd. Sut allai hi gadw ei hunan-barch, a
Miss Jones yn gwybod pob dim amdani?

Doedd Miss Jones, fel arfer, yn synhwyro dim.

'Dw i wedi sylwi'n ddiweddar . . . y ddau dymor
diwetha 'ma. Dwyt ti ddim yr un ferch, Carys. Dw
i'n gwerthfawrogi dy fod ti'n mynd drwy hen gyfnod
bach anodd nawr'—edrychodd Carys arni'n wyliad-
wrus—'ond mae'r gwrthod cymdeithasu 'ma'n peri
gofid i fi. Dwyt ti ddim yn cymysgu fel pawb arall.'

Cododd ei gên.

'Fe ddes i i'r Dydd Agored.'

'Achos bod yn rhaid i ti, 'na i gyd. Beth bynnag,
roedd yr ysgol i gyd fan yna. Dw i'n sôn am weithgar-
edde'r chweched yn arbennig. Pam, tybed, nad ydw
i'n gweld dy enw di ar unrhyw restr?'

Mwmianodd Carys, 'Mam sydd . . .'

Doedd hi ddim yn hollol deg i feio ei mam. Roedd hi'n tueddu i wneud môr a mynydd o bethau weithiau, mae'n wir, fel mynd i chwarae chwist a gadael Carys yn y tŷ i gael ei threisio a'i lladd—'Er mwyn popeth, paid â thynnu'r gadwyn 'na oddi ar y drws'—ond roedd hi'n iawn ar y cyfan. Fyddai hi ddim wedi gwrthwynebu pe bai Carys wedi gofyn am fynd ar y trip i Lundain neu ar ymweliad â'r theatr. Fe fyddai hi wedi pregethu'n ddi-ben-draw wrthi am beidio â cholli'r trên olaf adre neu beidio â derbyn lifft mewn car gan ddyn dieithr, fel pe bai Carys yn blentyn deg oed, ond a bod yn gwbl deg, fyddai hi ddim wedi cwyno am gael ei gadael ar ei phen ei hun. Er gwaethaf pob bai, doedd hi ddim yn ei hatal rhag gwneud dim nac yn ei chadw'n gaeth yn y tŷ.

'Wrth gwrs,' meddai Miss Jones, gan ddeall yn syth. 'Wrth gwrs, rôn i wedi anghofio . . . ar ei phen ei hun mae hi, yndyfe? Mae dy dad . . .'

'Wedi marw,' meddai Carys. Roedd hi wastad yn dweud wrth bobl ei fod wedi marw. Roedd hynny'n arbed egluro, a beth bynnag, gallai fod wedi marw, doedd hi bron ddim yn cofio ei weld erioed. Nid celwydd mawr oedd dweud hynny.

Roedd Miss Jones yn nodio, yn gall.

'A dim ond y ddwy ohonoch chi sy 'na? Ie. Sefyllfa fach gas bob amser. Rhaid eich bod chi'n glòs iawn.'

Gwnaeth Carys ryw sŵn niwtral. Fyddai hi ddim yn dweud eu bod nhw—ond eto, fyddai hi ddim yn dweud nad oedden nhw chwaith. Os mai dyna roedd Miss Jones am ei gredu . . .

'Cred di fi,' meddai Miss Jones yn ddifrifol, 'dw i yn gwbod . . . dw i'n gwbod yn union beth yw'r sefyllfa. Ond er dy les di, a fydde hi o unrhyw help, falle, pe bawn i'n dod draw i gael gair â hi?'

Arswydodd Carys wrth feddwl am y fath syniad.

'Ti'n gweld,' meddai Miss Jones, 'er ei lles hi, yn ogystal â'th les di . . . rhaid i ti gael cyfle i fyw dy fywyd bach dy hunan. Dw i ddim yn gofyn i ti fod yn hunanol, ond weithie mae hi'n fwy caredig i fod ychydig bach yn greulon. Yn sicr dyw hi ddim yn beth caredig i'w gadael hi i ddibynnu gormod arnat ti.'

Roedd Carys yn teimlo mor euog roedd rhaid iddi ateb.

'Dyw hi ddim yn ddibynnol arna i,' meddai. 'Mae swydd 'da hi.'

Gweithiai ei mam i gwmni o gyfreithwyr. Rogers, Mathews ac Owen. Roedd hi yno ers pum mlynedd, er pan fynnodd ddanfon Carys i Ysgol Maes-y-rhyd yn lle'r ysgol gyfun leol. Gan eu bod nhw'n byw mewn rhan gyffredin o'r ddinas, dylai Carys fod wedi mynd i Ysgol Cae Coch, ond doedd hynny ddim yn ddigon da i'w mam. Roedd rhaid iddi hi dalu am addysg Carys. Doedd Ysgol Gymraeg Bryn-teg ddim yn ddigon da iddi chwaith. Felly Ysgol Maes-y-rhyd oedd yr unig ddewis. Gweithiai ei mam yn rhan-amser fel clerc i Mr Owen, o ddeg y bore hyd bedwar y prynhawn, bedwar diwrnod yr wythnos. Doedd hi ddim yn dibynnu ar Carys mewn unrhyw ffordd.

'Wrth gwrs, dôn i ddim yn siarad am arian,' meddai Miss Jones. 'Gall rhywun ddibynnu ar bobol yn emosiynol.'

'Os ych chi'n golygu ei bod hi'n *glynu* wrtha i . . .' meddai Carys.

Carys ei hunan oedd wedi creu'r broblem hon, wrth geisio rhoi'r bai ar ei mam—nid ei bod hi'n gwbl ddi-fai. Pe na bai hi wedi mynnu rhoi cymaint o bwyslais ar 'addysg dda', sef gwisg ysgol biws, hetiau gwellt a dim byd arall, byddai Carys wedi mynd i'r ysgol gyfun gyda phawb arall, a fyddai'r busnes erchyll hwn ddim wedi codi o gwbl. Roedd bechgyn yn yr ysgol gyfun. Byddai hi wedi dod i adnabod degau ar ddegau ohonyn nhw.

Roedd Miss Jones yn rhoi'r llyfrau yn y stordy yn feddylgar.

'Dw i ddim yn golygu,' meddai, 'mai hi sy'n glynu wrthot ti, ond falle mai ti sy'n meddwl bod rhaid i ti aros gartre 'da hi.'

Caeodd Carys ei llygaid am eiliad. Roedd hi'n syndod—yn syndod a rhyfeddod—fod rhywun a oedd yn ei galw ei hunan yn athrawes yn gallu cam-ddeall pethau gymaint. Serch hynny, doedd hi ddim am ei chywiro; ddim eto. Roedd ymdrechion Miss Jones i ddeall ei phroblemau'n troi arni. Sut gallai hi siarad yn ddiddiwedd fel hyn? Nawr roedd hi'n dweud fod 'penwythnose'n bwysig—rôn nhw i fi, ta beth.' Nawr roedd hi'n dechrau sôn am 'chi'ch dwy fach 'da'ch gilydd' ac nad oedd Carys yn 'hoffi gadael Mam ar ei phen ei hun.'

'Ond dy oedran di—yr adeg 'ma—fe ddylet ti fod yn cymysgu ... fe ddylet ti fod yn mynd mâs i fwynhau.'

'Dw i *yn* mynd mâs,' meddai Carys. 'Dw i'n mynd mâs yn eitha amal.'

'Ond ar dy ben dy hunan o hyd. Ti'n cadw dy hunan ar wahân i bawb arall. Wyt ti'n perthyn i un-rhyw glwb? Oes criw o ffrindie 'da ti?'

Dywedodd yn isel, 'Dw i ddim yn hoffi criwie.'

'Dyw hynny ddim yn iawn, ti'n gweld. Ddylet ti ddim bod ar dy ben dy hunan gymaint. Oes cariad 'da ti 'te?'

Gwridodd. Pa hawl oedd ganddi? Pa *hawl* oedd ganddi i fusnesu ym mywydau personol pobl eraill, dim ond am ei bod hi'n athrawes? Sut byddai hi'n

12

hoffi i rywun ei holi hi a oedd cariad ganddi? Yn enwedig pan nad oedd yna, roedd Carys bron yn siŵr. Doedd gan rywun ei hoedran hi fyth gariad. Dechreuodd Miss Jones fynd yn fwy awdurdodol eto wrth synhwyro nad oedd Carys am ateb, a dywedodd, 'Dwyt ti ddim yn blentyn rhagor. Rwyt ti wedi cael dy un ar bymtheg, ac mae hi'n amser gwneud ymdrech. Mae 'na rai pethe sy'n poeni pawb, ond mae hynny'n naturiol. Dod i delere â'n hunain. Sefyll gam yn ôl ac edrych yn graff ar ein hunain. Sut wyt ti'n mynd i ddod i ben â gwaith os nad wyt ti'n hoffi gwneud pethe 'da phobol eraill?'

'Does dim ots 'da fi *wneud* pethe,' meddai Carys.

Nid *gwneud* pethau oedd yn ei phoeni—roedd hi'n ddigon hapus i fod yn y tîm pêl-rwyd neu'r parti cydadrodd neu ddrama'r geni, neu beth bynnag arall roedd yr ysgol am iddi gymryd rhan ynddo—nid *gwneud* pethau oedd yn achosi'r holl broblemau iddi. Dim ond bod mewn criw mawr yn gwneud dim. Doedd hi ddim yn hoffi hynny.

'Wel,' meddai Miss Jones, 'gobeithio y gwelwn ni welliant. Dw i'n sylwi nad yw dy enw di ar restr y parti diwedd tymor 'to. Rwyt ti yn dod, on'd wyt ti?'

Bygwth, nid gofyn, oedd Miss Jones.

'Fydde hi'n amlwg iawn, oni fydde hi,' meddai Miss Jones, 'pe na bait ti 'na?' Arhosodd am eiliad. 'Wyt ti wedi meddwl o gwbwl 'to, gyda llaw, beth wyt ti am wneud ar ôl gadael yr ysgol?'

Oedd, roedd hi wedi meddwl, ond doedd hi fawr callach ar ôl gwneud. Roedd hi wedi rhyw ystyried gwneud gwaith cymdeithasol—o leiaf, rhywbeth gyda phobl. Fyddai hi ddim yn cyfaddef hynny nawr am holl aur y byd. Rhywbeth gyda phobl? A hithau'n cael ei chyhuddo o gasáu cwmni pobl? Gallai ddychmygu'r wên ar wyneb yr athrawes.

'Mae'n bryd i ti ddechre meddwl am y peth,' meddai Miss Jones. 'Mae hen ddigon yn dy ben di, pe bait ti ond yn ei ddefnyddio fe. Nawr, dangos i ni beth elli di wneud!'

Taflodd Carys ei phen yn ôl. Roedd ei gwallt aur wedi'i glymu'n dynn gyda lastig, yn ôl rheolau'r ysgol.

'Does dim cymaint â 'ny o ots 'da fi,' meddai. 'Dw i ddim yn credu mewn gweithio. Fydde'n well 'da fi anghofio am 'ny a magu llond tŷ o blant.'

Bu eiliad o dawelwch—meddyliodd tybed a oedd hi wedi mynd yn rhy bell. Edrychodd Miss Jones arni am ychydig, â'i gwefusau'n dynn, yna trodd oddi wrthi'n fwriadol a chau drws y stordy.

'Fydden i ddim yn cynghori hynny am beth amser 'to, Carys,' meddai. Roedd ei llais yn dawel. 'O feddwl dy fod ti'n un ar bymtheg mlwydd oed, rwyt ti'n dal yn hynod o anaeddfed.'

Pennod 2

Cymerai'r daith adref ar y bws ddeugain munud gan fod rhaid croesi canol prysur y dref. Atseiniai sylw Miss Jones ym mhen Carys bob modfedd o'r ffordd. *Rwyt ti'n dal yn hynod o anaeddfed* . . . ac roedd hi'n poeni'n dawel fach y gallai hynny fod yn wir.

Pan gyrhaeddodd y bws hen ran y dref, disgynnodd Carys, gan ymladd ei ffordd drwy fagiau siopa a bygis babanod, ac ymuno â'r llif o bobl a oedd yn llanw'r palmentydd cul. Roedd rhannau o ganol y dref yn ddigon dymunol, ond yn ddiweddar roedd y lle wedi dechrau cael ei droi'n jwngwl goncrit, fel canol pob tref arall roedd Carys wedi ymweld â hi. Aeth yn ei blaen at ei chartref. Hi oedd yr unig un o'r chweched dosbarth a oedd yn byw yn y rhan hon o'r dref. Roedd y rhan fwyaf ohonynt yn dod o'r ardaloedd crand ar yr ochr arall, gyda'r tai mawr a'r stadau braf yr olwg. Dyna un o'r rhesymau pam na fyddai hi byth bron yn gweld unrhyw un y tu allan i'r ysgol. Doedd dim cywilydd arni mai yma'r oedd hi'n byw, mewn tŷ teras gyda gardd gefn fach—fe fyddai'n well ganddi fyw yma na mewn cwtsh cwningen bob gafael—ond rywfodd doedd ganddi ddim llawer yn gyffredin â'r merched eraill. Beth bynnag, fe ddylai rhywun fagu cylch o ffrindiau sy'n byw'n agos.

Roedd Siw yn arfer byw'n agos, rownd y gornel uwchben siop y pobydd, ond roedd hi a'i theulu wedi ymfudo i Seland Newydd bron flwyddyn yn ôl ac ers hynny fe gâi Carys hi'n fwy anodd i wneud ffrindiau newydd. Roedd hi'n anodd, wrth gwrs, i ddod o hyd i rywun i gymryd lle ffrind gorau. 'Yr efeilliaid' fu enw pawb ar y ddwy. Byddent yn gwneud popeth gyda'i gilydd, yn rhannu cyfrinachau heb gelu dim. Ysgrifennai Siw o Seland Newydd i ddweud ei bod wedi cwrdd â bachgen gwych o'r enw Jo. Cneifiwr defaid oedd e, roedd ganddo lygaid glas a lliw haul gwefreiddiol. 'Wir i ti, dw i ddim yn dweud anwiredd, dw i wedi dwli'n lân arno fe.' Pawb yn ôl ei ffansi, meddyliodd Carys yn chwerw. Fyddai hi ddim wedi dwli ar gneifiwr defaid ei hun. Wrth ateb llythyr Siw, soniodd hi ddim gair am Jo yn bwrpasol. Roedd hi'n gwybod fod hynny'n greulon, a'i bod hi'n eiddigeddus o'i ffrind yn y bôn, ond doedd gwybod hynny ddim yn gwneud pethau'n haws.

Trodd i Stryd Caradog, gan dynnu'i het ysgol yn ôl ei harfer. Gwaith anodd fyddai tynnu'i blazer a'i siwmper a'i thei, ond gallai gael gwared â'r het, o leiaf. Roedd yr hen Mrs Huws, yn ei ffedog a'i sliperi, ar y palmant o flaen rhif 9 yn rhoi dŵr i'r blodau. Cyfarchodd Carys hi'n dawel. Doedd hi byth yn siŵr beth oedd barn Mrs Huws amdani. Ar un adeg, flynyddoedd yn ôl, roedd hi a Steffan Huws, ŵyr Mrs Huws, yn yr un dosbarth yn yr ysgol gynradd. Weithiau, ar ôl yr ysgol, pan fyddai e'n dod i roi tro am ei fam-gu, fe fyddai'r ddau'n cyd-chwarae. Byddent yn seiclo, yn chwarae pêl-droed ar y palmant, neu'n taflu ffrisbi yn un o'r gerddi. Yna, yn ddisymwth, surodd y cyfan. Roedd hi'n dal i gofio'r diwrnod y digwyddodd y peth. Roedd hi wedi bod yn ei harddangos ei hun yn y stryd yn ei blazer biws newydd yn barod ar gyfer Ysgol Maes-y-rhyd y tymor canlynol ac roedd Steffan wedi sefyll yn stond wrth ei gweld a dweud, 'Dwyt ti ddim yn mynd i fan 'na?'

'Ydw, mi ydw i,' oedd ei hateb, ac roedd hi wedi teimlo'n chwith ac yn grac ar yr un pryd am ei fod e'n awgrymu mai arni hi roedd y bai, fel pe'tai ganddi *hi* unrhyw lais yn y mater. 'Be sy'n bod ar fynd 'na?'

Roedd Steffan wedi tynnu wyneb a dweud, 'Ysgol i snobs yw hi, yndyfe? 'Na lle maen nhw'n dy hala di pan nad yw dim byd arall yn ddigon da.'

Roedd hyn mor agos i'r gwir fel yr amddiffynnodd Carys ei hun yn syth.

'Wel, mae'n well na'r ysgol byddi *di'n* mynd iddi, ta beth . . . gall *unrhyw* un fynd i Ysgol Cae Coch.'

Doedd hi a Steffan ddim wedi torri gair er y dydd hwnnw. Roedd eu llwybrau wedi croesi unwaith mewn sinema leol, a'r ddau yn llawn embaras. Byddai hi'n meddwl yn aml: pe bai hi wedi mynd i'r ysgol gyfun leol, byddai Steffan Huws yn gariad iddi erbyn hyn, yn hytrach nag yn elyn pennaf.

Pan gyrhaeddodd adref roedd ei mam ar fin cynhesu ffa pob.

'Ddim 'to,' meddai Carys. 'Ddim dwy noson ar ôl ei gilydd?'

O'r gril deuai arogl tost yn llosgi. Gafaelodd Mrs Edwards, na fyddai byth yn ennill gwobr am goginio, yn amddiffynnol yn y gril.

''Na'r cyfan oedd 'da fi—doedd dim amser 'da fi i fynd i siopa. Roedd gwaith i'w wneud ar hast draw yn Llandre. Newydd ddod nôl ydw i. Ta beth, rwyt ti wedi cael cinio ysgol yn barod.'

'Cinio ysgol!' Sglodion meddal a dau lwmp o fraster. A nawr *ffa pob*. Dyma ddiwrnod a hanner. Gadawodd ei bag ysgol i gwympo'n drwm i'r llawr. Dywedodd Mrs Edwards, gan esgus peidio â sylwi, 'Wnei di roi'r llestri ar y ford i fi? A dewis pa ffrwythe rwyt ti eisie i bwdin . . . ma 'na geirios 'na yn rhywle.'

Daeth o hyd i'r ceirios yn cuddio y tu ôl i'r tun salad ffrwythau. Rhywbeth i'w phlesio oedd y ceirios, roedd hi'n gwybod hynny—rhywbeth i wella ei hwyl ar ôl y ffa pob. Fel arfer, pan ofynnai am geirios byddai ei mam yn dweud yn fyr wrthi nad oedd 'arian yn tyfu ar goed, 'merch fach i.' Gan weld ei chyfle, wrth iddi wasgu'r agorwr i'r tun, dywedodd, 'Does 'na ddim hufen, sbo?'

'Oes, fel mae'n digwydd.'

Hufen? Edrychodd yn ddrwgdybus ar ei mam. Roedd cael hufen yn ddigwyddiad arbennig iawn. Dim ond adeg Nadolig ac ar ei phen-blwydd byddai sôn am hufen. Roedd cael cynnig ceirios a hufen braidd yn amheus. Beth oedd ei mam am iddi ei wneud drosti? Mynd i siopa fore Sadwrn ar ei phen ei hun? Mynd â'r dillad gwely i'r *launderette?* Mynd am de at Mr a Mrs Owen a'r teulu? O Dduw, unrhyw beth ond *hynny.*

Wrth arllwys y ffa pob dros y darnau o dost, dywedodd Mrs Edwards, ychydig yn rhy ddidaro, 'Oes gwaith cartre 'da ti i'w wneud heno?'

Cafodd ei themtio i ddweud, 'Oes, llond côl o waith!' ond fe'i trechwyd gan chwilfrydedd. Dywedodd yn ofalus, 'Ddim cymaint â 'ny, pam?'

'Leiciwn i pe bait ti'n rhoi help llaw i fi 'da'r stafell wely ffrynt, os wnei di.'

'*Beth?*'

'Ddwedes i, leiciwn i pe bait ti'n rhoi help llaw i fi 'da'r stafell wely ffrynt . . . wnaiff e ddim cymryd yn hir, dim ond eisie hwfro'r llawr sy, a dwstio a gwneud yn siŵr bod y llestri'n lân, a . . .'

Edrychodd ei mam yn graff arni ar draws y bwrdd. Roedd y neges yn ddigon clir: dydyn ni ddim am unrhyw drafferth nawr, ydyn ni? Roedd hi'n gwybod na ddylai greu trafferth. Roedd hi'n gwybod y dylai geisio rheoli ei thymer. O leiaf wnaeth hi ddim ffrwydro ar unwaith. Yn fygythiol, rhoddodd ei chyllell a'i fforc ar y bwrdd.

'Dŷn ni ddim,' meddai mewn llais bach, 'yn cael un *arall*?'

'Edrych, dw i'n gwbod nad wyt ti'n hoffi hyn i gyd, a dydw i ddim chwaith, ond fel mae pethe . . .'

'*Uffern dân!*'

'Carys . . .'

'Rôn i'n meddwl fod hwnna i gyd wedi hen orffen. Ar ôl Miss Richards, ddwedest ti—ddwedest ti . . .'

'Dw i'n gwbod be ddwedes i, ond y ffaith yw, mae angen yr arian arnon ni.'

'Fydde dim angen yr arian arnon ni—fydde dim angen *hanner* yr arian arnon ni—pe baet ti ddim yn mynnu ei wastraffu fe ar yr ysgol 'na pryd y gallwn i fod yn cael addysg am ddim!'

Edrychodd Mrs Edwards arni'n ddiamynedd.

'Rŷn ni wedi trafod hyn o'r blân. Does dim pwynt mynd dros yr hen dir 'to. Mater o egwyddor yw e. Cyn belled ag y *galla* i dalu am dy addysg di, fe *wna* i. Mae e'n aberth dw i'n dewis ei wneud.'

'Ydy, ac yn aberth mae'n rhaid i ni i gyd ei ddiodde! Ffa pob a dim gwylie a'—tagodd—'*lodjers!*' Roedd hi wir wedi credu, ar ôl i Miss Richards farw, eu bod nhw wedi gweld y lodjer olaf. Roedd cael lodjers yn un o'r pethau oedd yn mynd ar nerfau rhywun fwyaf. *Paid â gwneud hyn, fe fyddi di'n tarfu ar y lodjer . . . Paid â gwneud y llall, fydd y lodjer ddim yn hoffi hynny. Meddylia am y lodjer. Wastad y lodjer.*

'Fydd pethe ddim cynddrwg ag ôn nhw o'r blân.' Siaradai Mrs Edwards yn dawel a thyner, fel pe bai'n trin plentyn drwg. 'Mwy na thebyg welwn ni ddim llawer ohono fe. Fe fydd e bant bob penwythnos bron, a . . .'

'Fe?' Am eiliad, anghofiodd Carys am ei dicter. 'Dwyt ti ddim yn mynd i gael *dyn* yn y tŷ 'ma?'

Tybed a oedd hi'n gobeithio cael perthynas ag e? Dyna'r union beth y byddai'r papurau'n sôn amdano. Roedd menywod bob amser yn neidio i'r gwely gyda'u lodjers. Doedd y peth ddim y tu hwnt i bob rheswm. Doedd ei mam ddim mor hen â hynny, a nawr roedd hi'n cochi, fel pe bai'n cadarnhau ei hofnau.

'Wrth gwrs,' meddai, 'fyddwn i ddim yn gwneud fel arfer. Ond gofynnodd Mr Owen i fi, fel ffafr arbennig, a fydden ni'n barod—gan ei fod e'n ffrind i'r teulu . . .'

'Pwy?'

'Mr Owen. Maen nhw'n gwsmeriaid iddo fe—wel, teulu Lewis yw'r cwsmeriaid, wir, ond . . .'

'Felly pwy sy'n dod 'ma?'

'Mr Stevens.'

'Pwy yw Mr Stevens?'

'Mae e'n dysgu cerddoriaeth—lan ym Mryn-teg.'

Bryn-teg—roedd hynny'n iawn. Pe bai e'n dysgu yng Nghae Coch, meddyliodd Carys, fyddai ei mam ddim mor awyddus i'w gael e. Ddim hyd yn oed er mwyn ei hannwyl Mr Owen.

'Pam mae e eisie dod *fan hyn*?'

'Yn benna achos mae angen rhywle'n nes arno fe. Mae e wedi bod yn teithio ar y trên o Abertawe bob dydd, ond mae hynny wedi dechre mynd yn ormod iddo fe, felly . . .' gwthiodd ei mam ei phlât o'r neilltu, gyda'r gyllell a'r fforc yn gorwedd yn gymen ochr yn ochr, 'Y ffaith yw—cystal i ti gael gwbod o'r dechre, a dw i ddim eisie unrhyw ymateb dwl—mae'n digwydd bod yn ddall. Mae hynny'n golygu bydd angen i ti fod yn llawer mwy cymen yn y tŷ nag wyt ti ar hyn o bryd. Dim llanw'r cyntedd â phrenne hoci a racedi tenis, bydd rhaid eu rhoi nhw naill ochr—a dim gadael pethe yng nghanol y llawr

20

rhagor, chwaith. O leia bydd hynny'n ddisgyblaeth dda i ti. Ac wrth 'mod i'n cofio, mae eisie hoelen fach ar y darn carped 'na ar y grisie. Gofynnes i i ti wythnose'n ôl. Duw a ŵyr, pum munud byddi di wrthi. Fe elli di wneud 'ny heno, tra 'mod i'n gwneud yn siŵr bod y llestri'n iawn. Dŷn ni ddim eisie iddo fe faglu a thorri asgwrn ei gefn cyn iddo fe ddod i adnabod y lle.—Nawr be sy'n bod? Beth yw'r tawelwch mawr 'ma?'

'Does dim tawelwch mawr.'

'Oes, mae 'na. Wyt ti'n pwdu?'

Gwasgodd ei gwefusau'n dynn.

'Pam na all e fynd i hostel neu rywbeth?'

'Wel, 'na agwedd garedig, rhaid dweud.'

'Roedd Miss Richards yn ddigon drwg—a dim ond rhywun *hen* oedd hi.'

'Carys, dw i'n synnu atat ti. Rôn i'n meddwl bob amser mai ti oedd yr un a oedd yn frwd dros helpu'r sawl sy'n methu helpu'i hunan?'

Tynnodd Carys anadl ddofn. Roedd byd o wahaniaeth rhwng helpu rhywun yn wirfoddol a chael rhywun wedi'i wthio arnoch chi.

'Gobeithio nad yw e'n disgwyl i ni wneud popeth drosto fe?'

'Wrth gwrs nad yw e! Paid â bod mor dwp ac anoddefgar. Mae e wedi hen arfer â gwneud pethe drosto'i hunan. Falle bydd angen help llaw arno fe o bryd i'w gilydd, a dw i'n gobeithio na fyddet *ti* hyd yn oed yn gwrthod mynd â fe i siopa unwaith yr wythnos.'

Gwgodd Carys.

'Sut mae e'n mynd i goginio?'

'Fydd e ddim yn gwneud llawer, debyg iawn. Fe fydd e'n cael pryd cynnes yn yr ysgol ganol dydd, ac fe—fe ddwedes i fod croeso iddo fe ddod lawr i gael ei frecwast 'da ni bob bore. Fydd hynny ddim yn gwneud iot o wahaniaeth i ti; rwyt ti dim ond 'ma'n ddigon hir i lanw dy geg â bwyd a rhuthro bant, felly . . .'

'*Rhywun dieithr* yn bwyta brecwast 'da ni?' meddai Carys. Gwthiodd ei chadair yn ôl ar draws llawr y gegin. 'Mae hyn yn *ormod.*'

Dyna goroni'r cyfan. Roedd y dydd yn berffaith yn ei ddiflastod. Roedd hi'n anaeddfed, roedd hi'n anghymdeithasol, a nawr roedd rhyw ddyn dall yn mynd i fod wrth y bwrdd brecwast bob bore.

'Alli di roi'r hufen 'na'n ôl,' meddai. 'Does dim chwant hufen arna i.'

Pennod 3

Fore Sadwrn, cyrhaeddodd piano. Piano bach iawn, ond eto bu'n rhaid i'r dynion ddaeth â fe dynnu ffrâm ffenest y stafell wely ffrynt allan a thynnu'r offeryn i fyny gyda blociau a rhaffau. Hyd yn oed wedyn fe grafon nhw'r paent. Doedd dim yn tarfu ar Mrs Edwards. Dywedodd nad oedd gwahaniaeth yn y byd, roedd angen ailbeintio'r tŷ, beth bynnag.

Ar ôl i ffrâm y ffenest gael ei rhoi'n ôl ac i'r dynion adael ar ôl cael paned o de yn y gegin, cripianodd Carys i fyny i'r llofft i gael golwg ar y piano. Roedd ei bysedd yn awchu am gyffwrdd ag e. Ceisiodd agor y clawr, ond roedd wedi'i gloi, wrth gwrs; felly dim ond edrych y gallai hi ei wneud. Bu ganddi ei phiano ei hun ar un adeg, hen biano gyda dau nodyn yn eisiau. Roedd wedi'i etifeddu ar ôl ei mam-gu ar ochr ei mam, yr unig beth yr oedd wedi'i etifeddu erioed, ac er nad oedd hi'n gallu fforddio gwersi roedd wedi dod i ben â dysgu darllen cerddoriaeth a chanu emynau gydag un bys. Gydag amser fe allai fod wedi symud ymlaen i gerddoriaeth iawn; gallai chwarae bariau agoriadol 'Golliwog's Cake-walk' yn barod, ond och! a gwae! daeth ei mam o hyd i bryfyn ym mhren y piano a dyna ddiwedd y bennod. Roedd ei mam wedi dweud fod y piano'n tarfu ar y lodjer, beth bynnag. Mae'n debyg nad oedd gwahaniaeth, nawr, os oedd y lodjer yn tarfu arni hi. Aeth i lawr y grisiau i holi hynny a gweld beth fyddai'r ateb; yr ateb oedd, yn gwta iawn, 'Paid â bod mor hurt.'

'Pam wyt ti'n dweud 'mod i'n hurt? Does dim disgwyl i fi wneud 'y ngwaith cartre tra bod rhywun yn toncian ar y piano yr ochr arall i'r wal.'

'Fe elli di wneud dy waith cartre i lawr fan hyn.'

23

'Fe fydda i'n clywed beth bynnag.'

'Na fyddi ddim. Fydd e ddim yn chware con-siertos, fydd e?'

'Wel, beth am pan fydda i yn 'y ngwely? Fydd dim angen iddo fe chware consiertos, fe fydd *scales* yn ddigon.'

'Fydd e ddim yn cyffwrdd â'r piano pan fyddi di yn dy wely. Rŷn ni eisoes wedi cytuno ar 'ny. Mae e wedi rhoi'i air i fi . . . cyn saith y bore ac ar ôl deg y nos bydd tawelwch. Ti'n gwbod yn iawn nad wyt ti byth yn dy wely cyn 'ny—mi fydde'n dda 'da fi pe bait ti'n cymhennu'r cyntedd 'na. 'Ma'r trydydd tro i mi ofyn i ti nawr.'

Gan gwyno, dechreuodd gasglu'r cawdel arferol o bren hoci, esgidiau hoci, welingtons mwdlyd, hen anorac, esgidiau cerdded a phymps—'I ble'r a' i â'r rhain i gyd? Ble alla i roi'r stwff 'ma? Sôn am *ffws.*'

'Wyt ti eisie i rywun gael ei ladd? Ceisia fod ychydig yn fwy ystyriol, da ti. Sut hoffet ti fod yn ddall? Cer â'r cyfan lan lofft a gwna le yn dy gwpwrdd. Ddyle'r stwff ddim bod yn y cyntedd yn y lle cynta. Mae hi'n edrych fel siop ail-law 'ma.'

'*Wel, wir!*' meddai Carys, gan straffaglu i fyny'r grisiau.

Roedd y lodjer yn mynd i gyrraedd 'rywbryd ar ôl cinio' ddydd Sul. Cyn gynted ag roedd y plât olaf wedi'i sychu, a'r llwy olaf wedi'i rhoi yn y drôr, cipiodd Carys ei hanorac (a oedd bellach yn hongian ar fach y tu ôl i ddrws y gegin) a bwrw am ddrws y cefn.

'Dw i'n mynd am reid.'

'Fel mynni di. Gwlychu at dy groen wnei di—maen nhw wedi addo glaw trwm cyn diwedd y dydd.'

'Wnaiff diferyn bach o law ddim tamed o ddrwg i fi.'

Roedd yn well ganddi ddioddef glaw nag aros yn y tŷ i gwrdd â'r lodjer; byddai amser brecwast bore fory'n hen ddigon buan i wneud hynny. Tynnodd ei beic allan o'r sied, beic hen a swnllyd ond oedd eto'n dal i fynd, a'i wthio i waelod yr ardd ac allan drwy'r ffordd gul a redai ar hyd y teras, yn gwahanu'r gerddi a'r rheilffordd. Wedi hanner awr o bedalu caled, roedd hi allan yng nghefn gwlad, lle tyfai'r glaswellt heb gael ei rwystro gan goncrit, a lle'r oedd yr awyr yn arogli'n felys o ddanadl poethion a gwartheg.

Parciodd ei beic fel arfer wrth yr hen eglwys fach gyda'i mynwent gymen, fwsoglyd. Dechreuodd gerdded i fyny'r lôn ar bwys y tyddynnod, heibio i'r cae lle y bu ŵyn yn gynharach yn y flwyddyn, heibio i'r ail gae siâp triongl, lle'r oedd ceffylau weithiau'n dod i gymryd llond llaw o wair, neu afal os oedd hi wedi cofio dod ag un, ar hyd llwybr cert yn frith o dail gwartheg ffres; troi i'r chwith drwy'r coed, a dringo i fyny'r llethr goediog drwy'r baw a'r llaca gan geisio osgoi'r brigau isel; yna allan ar ben y bryn, edrych i lawr ar y cwilt o ddyffryn, dilyn y ffens ar hyd ochr yr hen chwarel galch, ar draws y cae blodau menyn ac i'w Theyrnas.

Roedd hi wedi darganfod y Deyrnas bron flwyddyn yn ôl—tua'r un adeg ag yr aeth Siw i Seland Newydd. Fferm oedd y lle unwaith, ond nawr roedd e'n wag, yr adeiladau wedi mynd a'u pen iddynt, y ffenestri wedi torri, y trawstiau wedi'u llosgi, hen beiriannau fferm wedi'u gadael allan yn yr awyr agored i rydu a phydru. Roedd hi wedi gwneud un gornel fach o'r fferm yn Deyrnas iddi hi ei hun. Y tu ôl i hen ysgubor isel, a'i waliau'n grwm ac yn gwbl agored i'r tywydd, roedd hen adeilad bychan tua maint sied ardd weddol fawr. Mae'n bosib mai stordy fu'r lle ar un adeg—ar gyfer ŷd fwy na thebyg, gan fod llwch mân yn dal yn drwch ar lawr—ond roedd y to'n ddiddos, y waliau'n gadarn, a chan nad oedd neb arall a diddordeb ynddo, roedd wedi ymgartrefu yno ei hun.

Yn raddol bach, dros gyfnod o rai misoedd, roedd wedi gwneud y lle'n gartrefol. Soffa oedd y dodrefn yn cyntaf, neu fatras plentyn, a bod yn fanwl gywir. Wrth fynd am dro drwy'r caeau un diwrnod, roedd hi wedi dod ar ei thraws ar ben dŷmp, lle'r oedd fandaliaid yn dod yn eu ceir liw nos i gael gwared â'u sbwriel. Roedd rwbel adeiladu a rhannau ceir yno, cragen set deledu, darnau o hen beiriannau—a'r fatras. Roedd hi'n gwybod yn syth ei bod am ei chael, ac fe'i llusgodd yn benderfynol yr holl ffordd yn ôl dros y tir anwastad. Gadawodd hi allan yn yr awyr agored am wythnos gron (diolch byth ei bod hi'n haf) er mwyn bod yn gwbl sicr, ond ni ddaeth yr un creadur allan ohoni ac roedd yn arogli'n ddigon glân. Ers hynny, o'r un domen roedd hi wedi achub hen sedd car mewn lledr, cadair cegin heb gefn, a mat hirgrwn a'i batrwm wedi colli'i liw bellach ond a oedd yn ddigon defnyddiol o hyd. O'i chartref, ar adegau gwahanol, roedd hi wedi mynd â hen glustog, hen flanced wlân, cyllyll a ffyrc, llestri, a rhywbeth i ddal blodau. Roedd hi wedi prynu hen fwced plastig gyda'i harian poced i'w adael ar y clos i ddal dŵr glaw ac i'w ddefnyddio fel padell golchi llestri. Cadwai'r Deyrnas yn fwy cymen na'i stafell wely gartref, nid yn unig am mai hi oedd berchen y lle, ond hefyd am ei bod hi'n teimlo'n gyfrifol amdani. Hoffai feddwl amdani pan nad oedd hi yno, a hoffai feddwl ei bod yn gysurus, yn groesawgar ac yn lân.

Ar dywydd braf yn yr haf, byddai'n mynd i'r Deyrnas bob penwythnos, gyda bag yn llawn bwyd a llyfrau a phethau defnyddiol, fel agorwr tuniau,

26

lluniau i'r wal a lliain bwrdd i'r gadair heb gefn. Yn aml iawn byddai'n treulio'r diwrnod cyfan yno, yn cerdded, breuddwydio, darllen, yn ôl ei dewis, gan fwynhau'r ffaith ei bod yn gallu rheoli ei bywyd ei hun. Dyma'i stafell arbennig hi, lle gallai fod ar ei phen ei hun a dianc rhag lodjers. Neb i ddweud wrthi beth i'w wneud na phryd; neb i roi gorchmynion iddi. Os oedd arni hi eisiau gorwedd ar ei chefn gyda'i dwylo y tu ôl i'w phen yn syllu ar y nenfwd heb wneud dim yn y byd, roedd ganddi hawl i wneud hynny, fel roedd hi'n dewis.

Heddiw, cyn iddi fod yno am hanner awr hyd yn oed, dechreuodd fwrw glaw'n drwm. Roedd twll yn y to, a bu'n rhaid iddi osod ei phadell golchi llestri oddi tano i ddal y diferion. Ysgydwai'r drws yn y gwynt, ac roedd y lle'n ddrafftiog tu hwnt. Yn sydyn roedd hi'n unig ac oer yno; nid lle i freuddwydio ynddo ydoedd bellach, a dechreuodd hiraethu am fod gartref, er gwaetha'r lodjer. Pan ballodd y glaw ryw ychydig, tynnodd ei hanorac yn dynn amdani a rhedeg i lawr y llwybr lleidiog i'r coed.

Cyrhaeddodd Stryd Caradog gyda'i gwallt yn wlyb a llipa. Roedd ei mam yn siarad â merch ddieithr yn y gegin.

'O, Carys,' meddai Mrs Edwards. ''Na ti wedi cyrraedd 'nôl. Fe ddwedes i wrthot ti y byddet ti'n cael gwlychfa. Dyma Sara—Sara Lewis. Nith Mr Stevens. Mae hi wedi bod yn helpu Mr Stevens i setlo lawr.'

Dywedodd Carys, 'O.' Trodd Sara Lewis ei phen i edrych arni. Roedd hi'n iau na Carys. Doedd hi ddim yn hŷn na phedair ar ddeg—pymtheg efallai, os mai un fach oedd hi, ond doedd hynny ddim yn ei rhwystro rhag ymddwyn yn fawreddog. Gwelai Carys rywbeth tebyg i ddiffyg amynedd yn ei llygaid

27

tywyll: pwy yw'r creadur di-nod hwn sydd wedi meiddio torri ar ein traws? Edrychodd y ddwy ar ei gilydd yn graff am ychydig. Edrychai Carys yn ymosodol, a Sara'n ddirmygus. Roedd ganddi hawl i fod yn ddirmygus. O'i chorun i'w sawdl—o'r gwallt cyrliog byr i'r traed bychan twt—roedd hi'n gwbl berffaith. Teimlai Carys yn drwsgl a lletchwith. Roedd hi mewn cyflwr truenus, ei gwallt yn wlyb a'i thraed mewn *Hush Puppies* brwnt. Roedd hi'n casáu bod felly, yn ei chegin ei hun. Nodiodd ei phen, braidd yn gwta. Gwnaeth Sara Lewis yr un peth, yna trodd yn ôl yn sydyn at Mrs Edwards, gan siarad â hi fel oedolyn.

'Dw i wedi dangos iddo fe lle mae popeth. Mae'r stafell yn iawn, ar y cyfan. Ddwedes i wrtho fe, os bydd angen unrhyw beth arno fe, i ddod i ofyn i chi.'

O, do fe? meddyliodd Carys. Tynnodd ei hanorac diferol oddi amdani a'i hysgwyd. Camodd Sara Lewis yn ôl ychydig.

'Mae yna un broblem, sef y cwcer. Yn anffodus, dyw e ddim yn gyfarwydd â nwy.'

'Ddim yn gyfarwydd â nwy ...' dynwaredodd Carys y geiriau yn dawel. Cododd dywel a dechrau sychu'i gwallt. Y fuwch hunandybus.

Dywedodd ei mam, gan edrych yn chwyrn arni, 'Dw i'n siŵr y daw e'n gyfarwydd ag e gydag amser. Dim ond rhoi gwaedd fach sy eisie os yw e'n cael trafferth. Nawr, alla i wneud paned i chi? Te neu goffi?'

'Rŷch chi'n hynod o garedig, ond does dim amser 'da ni, mae'n ddrwg 'da fi. Rŷn ni'n cwrdd â Mam a 'Nhad yn y dre. Mae tocynne 'da ni i gyngerdd.'

'O. Wel, os ŷch chi'n siŵr ...'

'Yn hollol siŵr. Diolch yn fawr, serch 'ny.' Trodd yn hyderus at y drws. 'Mae 'na un peth bach ...'

'Beth yw 'ny?'

'Ynglŷn â fory. Dw i'n gwbod bod y bws yn aros ar ben yr hewl, ac wrth gwrs fe fydda i'n dangos iddo fe ble yn union pan ewn ni, ond . . . '

'O, does dim angen i chi boeni am fory.' Yn siriol reit, cododd Mrs Edwards yr anorac gwlyb o ymyl y sinc a'i hongian ar y lein ddillad. 'Dim problem fan 'na—mae Carys yn dal y bws yn yr un man. Gall hi fynd â fe gyda hi yn y bore.'

Gan fod ei phen yn y tywel, doedd Carys ddim yn siŵr a oedd wedi clywed yn iawn. *Hi!* Yn arwain rhyw ddyn dall i mewn ac allan bob dydd? Pam roedd yn rhaid iddi hi ei ddioddef? Doedd arni hi ddim eisiau cael ffafr gan Mr Owen. Yn araf, prin yn credu'r hyn a glywsai, cododd ei phen o'r tywel. Roedd Sara Lewis yn edrych arni—yn ceisio penderfynu, siŵr o fod, a oedd hi'n ddigon da i ofalu am ei hannwyl ewythr. Syllodd Carys yn ôl arni, yn ffroenuchel. Cododd Sara ei gên ryw fymryn a dweud, 'Unwaith yn unig bydd angen dangos iddo fe. Mae'n ddigon abl i gerdded o gwmpas ar ei ben ei hun.'

Stwffiodd Carys y tywel yn ôl dros y rheilen. Gwthiodd ei gwallt llaith y tu ôl i'w chlustiau.

'Does dim ots 'da fi.'

'Falle byddi di'n fwy prydlon 'fyd, madam fach,' meddai ei mam. 'I ble'r wyt ti'n mynd nawr, 'to?'

'I sychu'r beic.'

'Fe allet ti fynd lan i ddweud helô wrth Mr Stevens, o leia.'

'Fe alla i ddweud helô wrtho fe fory. Maen nhw ar frys nawr i fynd i'r cyngerdd.' Agorodd y drws, ac oedi, gyda'r glaw yn dylifo i mewn. 'Gobeithio y mwynhewch chi'r cyngerdd,' meddai.

Roedd Carys yn ei gwely pan ddaeth y lodjer yn ôl o'r cyngerdd, ar ei ben ei hun. Clywodd ddrws y ffrynt yn agor a chau, a chlywodd Mr Stevens yn dringo'r grisiau'n araf bach. Y gris cyntaf, yr ail ris—doedd hi ddim wedi rhoi'r hoelen yn y darn carped yna. Roedd hi wedi anghofio'r hoelen ddiawl. *Dyna'r trydydd tro i fi ofyn iti*—Dduw, paid â gadael iddo fe gwympo! Byddai ei mam yn pregethu am wythnosau. *Sawl gwaith sy'n rhaid gofyn i ti? Dwyt ti byth yn gwneud UNRHYW BETH dw i'n 'i ofyn i ti . . .*

Y trydydd gris. Y pedwerydd gris. Anadl o ryddhad. Y peth cyntaf bore fory—ie, mi wna i! Dw i'n addo! Byddai'n gwneud ymdrech i ddihuno'n gynnar, a gwneud y gwaith cyn i neb godi. Byddai'n curo'i phen ar y gobennydd chwe gwaith, yn galed iawn, a . . .

Roedd y lodjer wedi cyrraedd pen ucha'r grisiau. Rhaid ei fod wedi oedi am eiliad, achos doedd hi ddim yn ei glywed rhagor. Clustfeiniodd. Beth oedd e'n ei wneud? Oedd e wedi colli'i ffordd? Wedi anghofio pa ffordd i droi? Aeth ias i lawr ei chefn. Os daw e i mewn i'r stafell anghywir . . .

Symudodd y lodjer ymlaen ar hyd y landin, tap tap tap gyda'i ffon. Roedd y sŵn yn ddigon i godi gwallt pen rhywun, yn y tywyllwch. Crynodd Carys drwyddi, a thynnu'r dillad gwely'n dynnach amdani. Roedd meddwl am ddyn dall yn cropian yn y tywyllwch yr ochr arall i'r drws yn codi arswyd arni.

Gorweddodd ar ei chefn, yn gwrando. Roedd ei ddrws wedi agor, roedd e yn ei stafell ei hun. Dim sŵn swits y golau, doedd dim o'i angen. Yn lle hynny, cyfres o synau bach, fel rhywun yn teimlo'i ffordd o gwmpas lle anghyfarwydd. Dychmygodd ef yn ymbalfalu fel gwahadden. Gwyddai y dylai fod yn garedig wrtho, ac yn y bôn roedd hi am fod, ond roedd hi'n anodd yn y sefyllfa hon; roedd y lodjer yn cripian o gwmpas yn y stafell drws nesa iddi, ac yfory, Duw a'i helpo, byddai'n rhaid iddi ei arwain i'r bws.

Yn ei diflastod, ceisiodd ddychmygu sut un ydoedd. Mr Stevens, athro cerddoriaeth. Dychmygodd hen ŵr bach crwm gyda sbectol dywyll a wisgai siwtiau sgleiniog drewllyd. Gweddïodd i Dduw na fyddai'n drewi gormod. Byddai hynny'n ormod i'w stumogi.

O'r stafell nesaf daeth ergyd uchel, yna sŵn gwydr yn torri. Trodd Carys ar ei hochr, a chuddio'i phen o dan y gobennydd. Roedd hi wedi dweud a dweud y byddai'n ei chadw ar ddihun. Doedd dim llawer o bwynt gofyn iddo beidio â chanu'r piano os oedd yn bwriadu treulio hanner y nos yn torri pethau.

Yn ddwys a difrifol, gwasgodd y gobennydd yn dynn dros ei chlustiau. Roedd y tymor hwn, meddyliodd, yn mynd i fod yn waeth na'r disgwyl, hyd yn oed.

Pennod 4

Roedd hi wir wedi bwriadu codi'n gynnar a bwrw hoelen i'r carped. Yn anffodus, er iddi ddihuno mewn pryd, ni allai gofio ar unwaith pam roedd hi wedi dihuno, a chyn iddi gael cyfle i glirio'i phen a meddwl dros y peth roedd hi wedi ailgysgu. Y peth nesaf glywodd hi oedd ei mam yn dyrnu'r drws ac yn gweiddi, 'Carys! Mae hi wedi troi hanner awr wedi!' yn ôl ei harfer. Yna cofiodd, roedd y lodjer wedi cyrraedd a hithau heb hoelio'r carped yn saff.

Gwasgodd ei chlust i'r wal a gwrando ar y lodjer ar yr ochr arall. Roedd yn symud o gwmpas yn gwneud hyn a'r llall. Fe'i dychmygodd yn gwisgo'i siwt ddu sgleiniog a choler stiff a thei. O leiaf doedd e ddim wedi syrthio i lawr y grisiau a thorri'i asgwrn cefn. Roedd rhaid diolch am hynny, beth bynnag.

Taflodd y dillad gwely yn ôl a gwisgo'n gyflym, rhedodd fel cath i gythraul ar draws y stafell wely a rhuthro ar garlam drwy'r drws . . .

. . . bendramwnwgl i mewn i'r lodjer.

Camodd yn ôl, wedi arswydo.

'Mae'n w-wir ddrwg 'da fi . . .'

Meddai'r lodjer—a lwyddodd i osgoi syrthio'n un llwyth i lawr y grisiau—heb gynhyrfu dim, 'Paid â phoeni. Fi oedd ar fai . . . dylwn i edrych i lle dw i'n mynd.'

Cochodd Carys, er nad oedd e'n gallu'i gweld hi. Fe'i syfrdanwyd wrth sylweddoli ei fod yn eithaf ifanc. O leiaf, ddim yn hen. Yn sicr doedd e ddim yn ddeg ar hugain—o bosib ddim yn bump ar hugain. Teimlai fod pawb wedi'i thwyllo; sut gallai *e* fod yn ewythr i unrhyw un?

Dywedodd y lodjer, gyda gwên, 'Rhaid mai Carys wyt ti. Wnaethon ni ddim cwrdd ddoe, naddo? Rôt ti allan yn trin dy feic.'

'Ôn—hynny yw, nag ôn . . .'

Doedd e ddim yn gwisgo siwt dywyll sgleiniog a choler a thei. Doedd dim siwt o fath yn y byd amdano; yn hytrach gwisgai bâr o Levis melfarêd digon cyffredin a siwmper felen y byddai hi ei hun yn fodlon ei gwisgo. Yn nerfus, ysgydwodd y llaw roedd yn ei hestyn iddi.

'Gobeithio i chi fwynhau'r c-cyngerdd,' meddai.

'Do, mi wnes, yn fawr iawn. Gobeithio na wnes i darfu arnot ti pan ddes i nôl.'

Llyncodd.

'N-naddo. Dim o gwbwl.'

'Ges i ddadl fach â chornel y ford.' Lledodd gwên fawr dros ei wyneb. Fel pe bai dadlau â chornel y ford yn rhywbeth doniol i'w wneud. 'Fe dorrais wydr, mae'n ddrwg 'da fi ddweud. Bryna i un arall, wrth gwrs.'

'Does dim eisie i chi ffwdanu, dw i'n torri pethe byth a beunydd,' meddai.

'Ond dy gartre di yw hwn,' atebodd.

O leiaf roedd e'n gwerthfawrogi hynny—roedd hynny'n fwy nag a wnaeth ei nith Sara. Doedd hi ddim yn deall sut y gallai e fod yn ewythr iddi. Roedd e'n edrych yn fwy fel brawd iddi. Roedd ganddo'r un gwallt cyrliog byr a'r un ên sgwâr. Roedd yn well ganddi edrych arno o'r ochr, oherwydd wrth edrych yn syth i'w wyneb roedd hi'n amlwg ei fod e'n ddall, ac roedd rhywbeth annymunol yn hynny, hyd yn oed gefn dydd golau. O'r ochr roedd yn edrych fel pawb arall, bron yn atyniadol. Dylai ei mam fod wedi ei rhybuddio, meddyliodd. Roedd hi wedi bod yn disgwyl rhyw hen foi bach simsan, a dyma'r gŵr ifanc hwn nad oedd yn ddigon hen i fod yn dad iddi. Roedd hynny'n newid y sefyllfa'n gyfan gwbl.

Gofynnodd Mr Stevens yn gyfeillgar ddigon, 'Ydw i'n mynd i'r cyfeiriad iawn? Troi i'r chwith ar waelod y grisie?'

'Ie, 'na chi,' meddai, ac yna wrth gofio, 'Mae gofyn i chi fod yn ofalus ar y gris ola ond un, mae'r carped wedi codi fan'na.'

Dywedodd Mr Stevens y byddai'n ofalus. Oedodd Carys am eiliad, yn ceisio meddwl beth ddylai wneud. Ddylai hi ruthro'n anfoesgar o'i flaen, dri gris ar y tro yn ôl ei harfer, neu ddylai hi aros yn amyneddgar a gadael iddo ef fynd gyntaf? Cafodd y broblem ei datrys wrth i Mr Stevens ddweud wrthi i fynd yn ei blaen.

'Paid â ffwdanu aros amdana i neu yma byddi di . . . dw i'n hen grwban ara mewn lle newydd nes i mi gyfarwyddo.'

Rhuthrodd Carys yn ei blaen, yn teimlo'n euog am ei bod hi'n falch o gael mynd.

'A' i i nôl morthwyl i hoelio'r carped.'

Neithiwr, dim ond poeni am yr hyn fyddai ei mam yn ei ddweud yr oedd hi. Doedd dim llawer o ots ganddi bryd hynny pe bai'r lodjer yn syrthio i lawr y grisiau ac yn torri'i goes. Roedd hi'n anodd gofidio am rywun doeddech chi erioed wedi'i weld, yn enwedig pan oedd gennych syniadau pendant amdano—hen berson crwm a hyll. Gan ei bod hi bellach wedi'i weld, ac wedi sylweddoli sut un oedd e, roedd hi'n gwybod y byddai baich ar ei chydwybod am byth pe bai e'n syrthio ac yn torri asgwrn ei gefn.

Rhuthrodd i'r gegin a thynnu'r drôr canol allan yn wyllt, y drôr lle'r oedd ei mam yn cadw'r unig forthwyl a'r hoelion. Meddai ei mam, wrth wthio bwyd o gwmpas y badell ffrio, 'Os wyt ti'n mynd i hoelio'r carped o'r diwedd, paid â ffwdanu. Wnes i fe.'

'O.' Caeodd y drôr, a chywilyddio. 'Mae'n ddrwg 'da fi, anghofies i.'

'Yr un hen stori.'

'Ddwedes i ei bod hi'n ddrwg 'da fi.'

'Do, wel, fydde hi ddim wedi bod yn beth neis pe bai Mr Stevens wedi cael damwain ar ei noson gynta gyda ni, na fydde?—Mae'r tegell yn berwi. Wnei di neud y te?'

Wrth iddi arllwys y dŵr i'r tebot, dywedodd Carys, 'Ydy e wir yn ewythr iddi?'

Roedd Mrs Edwards yn meddwl fod hynny'n ddoniol.

'Pam? Be oeddet ti'n ei ddisgwyl? Rhywun pedwar ugain oed? Dwyt ti ddim wedi anghofio dy fod ti'n mynd ag e ar y bws, gobeithio.'

'Naddo,' meddai Carys.

Doedd hi ddim wedi anghofio hynny. Roedd hi'n poeni cymaint am fynd â Mr Stevens ar y bws fel ei bod hi wedi anghofio am y parti diwedd tymor. Doedd dim syniad ganddi beth ddylai wneud. Dal ei law? Ei arwain gerfydd ei fraich? Neu dim ond aros wrth ei ochr a gwneud yn siŵr nad oedd yn cerdded i mewn i bethau? Ddylai hi siarad wrth gerdded, neu ddylai hi gadw'n dawel rhag iddi dynnu ei sylw? A phan oedden nhw ar y bws, sut fyddai e'n dod o hyd i sedd? Ddylai hi ddangos iddo fe, neu a fyddai e'n gwneud hynny ei hun? Roedd hi'n ddigon hawdd dweud y byddai Carys yn mynd ag e ar y bws, ond doedd neb wedi dweud *sut*. Doedd arni hi ddim eisiau creu embaras drwy wneud pethau drosto fe heb eisiau. Roedd hi'n ddigon anodd gwybod sut i'w drin pan oedd hi'n disgwyl iddo fod yn hen a musgrell, ond roedd pethau'n waeth byth nawr ar ôl gweld mai dyn ifanc oedd e.

Daeth Mr Stevens at ddrws y gegin, dweud bore da yn llawn bywyd, a gofyn a oedd yn hwyr. Dywedodd Mrs Edwards, 'Dim o gwbwl, i'r eiliad, Mr Stevens bach. Carys, dangos i Mr Stevens ble i eistedd.'

Dyna hi wrthi eto. *Dangos iddo fe ble i eistedd.* Sut?

Rhoddodd glawr ar y tebot, tynnu cadair yn ôl yn swnllyd a gofyn, 'Hoffech chi eistedd fan hyn?'

Caeodd Mr Stevens y drws ar ei ôl. Camodd yn betrusgar i ganol y stafell ac aros yn stond. Chwifiodd Mrs Edwards ei breichiau fel melin wynt. Roedd hi fel pe bai'n ceisio dweud wrth Carys am gydio ynddo. Yn drwsgl, gafaelodd Carys yn llawes ei siwmper.

'Draw fan hyn,' meddai.

Symudodd yn ei flaen yn ufudd. Nodiodd Mrs Edwards, fel pe bai'n dweud, *dyna welliant.* Tynnodd Carys wyneb hir. Sut oedd disgwyl iddi wybod? Doedd rhai o'r deillion ddim yn hoffi i bobl wneud popeth drostyn nhw.

Bacwn ac wy oedd i frecwast. Cyhoeddodd Mrs Edwards hyn yn frwd, ''Ma ni, 'te . . . selsig ar ddeuddeg o'r gloch, tomatos ar chwech o'r gloch.' Ni wyddai Carys am beth roedd hi'n sôn, ond yna sylweddolodd yn raddol ei bod hi'n dweud wrth Mr Stevens ble'r oedd y bwyd ar ei blât. Roedd yn rhaid iddi gyfaddef yn dawel bach na fyddai hi byth wedi meddwl am gynnig y fath help defnyddiol—ond pam roedd rhaid iddyn nhw fwyta brecwast wedi'i goginio? I swper bydden nhw'n cael bacwn, fel arfer. Allai hi ddim ei fwyta am chwarter i wyth y bore. Gwgodd ar Mr Stevens ar draws y bwrdd. Pam na allai hi gael ei thost, fel arfer?

Ceisiodd deimlo'n ddig tuag ato, ond methodd. Roedd hi'n union fel ceisio gwylltio gyda rhywun a oedd yn cysgu. Eisteddai Mr Stevens yno yn bwyta'i frecwast heb fedru'i weld, a hyd yn oed os mai fe oedd achos y bwyd seimllyd ych-a-fi, roedd hi braidd yn greulon i'w feio am hynny. Fe'i gwyliodd yn llechwraidd am ychydig, gan edrych arno drwy gil ei llygaid, rhag ofn. Doedd y ffaith fod ganddo ffon wen a'i fod yn bwrw yn erbyn corneli byrddau ddim yn golygu nad oedd yn gallu gweld dim o gwbl. Fyddai arni hi ddim eisiau cael ei dal yn syllu arno, er, o sylwi ar y ffordd roedd yn teimlo am ei gwpan te, yn ofalus rhag bwrw pethau dros y bwrdd, teimlai'n weddol sicr nad oedd fawr o siawns i hynny ddigwydd. Roedd hi'n drychineb os nad oedd yn gallu gweld dim—os nad oedd yn gallu gwahaniaethu rhwng dydd a nos. Cododd ei ben, ac am eiliad meddyliodd Carys ei fod yn edrych arni, ond pan edrychodd eto roedd ei lygaid yn syllu dros ei hysgwydd, ar ddim. Teimlai Carys yn annifyr.

Gwgodd ei mam arni, ac amneidio arni i fwyta'i brecwast. Er mwyn osgoi brifo Mr Stevens, gorfododd ei hun i fwyta. Dim ond holi fyddai ei mam, 'Be sy'n bod ar y bacwn 'na?' os na fyddai'n bwyta, ac yna byddai'n rhaid iddi ddweud nad oedd hi'n hoffi bacwn. Wedyn efallai byddai Mr Stevens yn dechrau meddwl mai arno ef roedd y bai ei bod yn gorfod ei fwyta. Byddai'n dal yn well ganddi pe na bai e yno, ond gan ei fod e, doedd arni hi ddim eisiau ei frifo.

Am chwarter wedi wyth, dechreuodd y ddau ar y daith ar hyd Stryd Caradog. Cariai Carys ei bag ysgol—yn llawn llyfrau a chrys chwaraeon glân—yn un llaw, gyda'i phren hoci yn gorwedd ar ei hyd a'i hesgidiau hoci wedi'u clymu i'r ddolen. Roedd gan Mr Stevens fag lledr, i gario cerddoriaeth, siŵr o fod

37

(ond beth oedd y pwynt cael cerddoriaeth os nad oedd yn gallu ei gweld a'i darllen?), a chariai ef letraws ar ei gorff fel y gwnâi bechgyn dosbarth un. Teimlai Carys fod hynny'n gwneud iddo edrych yn blentynnaidd, ond roedd angen iddo gadw un llaw yn rhydd. Roedd llythrennau cyntaf ei enw mewn aur ar y bag. E.H.S. Ceisiodd ddyfalu beth oedd ystyr yr E. Emyr? Endaf? Emrys? Doedd hi ddim am ofyn iddo—doedd hi ddim am ddweud dim wrtho, rhag ofn iddi ddweud y peth anghywir. Wrth i glwyd yr iard gau y tu ôl iddynt, roedd Mr Stevens wedi dweud, 'Ga i?' a rhoi ei law ar ei braich. Nawr, yn llawn embaras, daliodd ei braich yn syth fel pocer heb symud modfedd rhag iddo feddwl ei bod hi'n teimlo'n anghyfforddus. Roedd ei braich yn brifo ar ôl bod yn yr unfan am gymaint o amser. Pe bai Mr Stevens yn hen a chrwm mi fyddai Carys wedi gallu dygymod â'r sefyllfa. Y ffaith ei fod yn ifanc oedd y broblem. Doedd pobl ddim yn disgwyl i ddynion ifanc gael eu tywys o gwmpas gan ferched ysgol.

Heddiw roedd y daith at y bws, a gymerai ryw bymtheg eiliad fel arfer, gan ei bod hi bob amser yn hwyr ac yn gorfod rhedeg a'i gwynt yn ei dwrn, yn teimlo fel pe bai'n cymryd pymtheg awr. Roedd hi'n gwybod na allai ofyn i Mr Stevens redeg, ond credai y byddai'n llawer haws pe bai hi'n cymryd ei fraich ac yn ei arwain. Byddai'n gynt o lawer, beth bynnag. Ond roedd hi'n ofni gwneud. Efallai ei fod e'n teimlo'n saffach wrth fynd yn ei bwysau. Sut allai hi wybod hynny? Doedd hi erioed wedi bod yng nghwmni person dall o'r blaen. Annheg oedd gofyn iddi ofalu amdano. Pam na allai e gael ci i'w dywys?

O'r diwedd daethant at yr arhosfan. Yn ofnus, arweiniodd Mr Stevens ar draws y palmant.

'Rhaid i ni aros fan hyn . . . mae 'na ryw bum cant o bobol 'ma wastad.'

Gwenodd Mr Stevens a dweud, 'Dw i'n gweld.' Roedd hynny'n rhywbeth rhyfedd i ddyn dall ei ddweud, ond roedd yn gwenu'n ddigon dymunol—ar ddim byd yn arbennig. 'Pa fws rŷn ni'n disgwyl amdano?'

'Rhif deg sy eisie arna i. Allech chi gymryd unrhyw fws, ond rhif deg yw'r unig un sy'n mynd i gyfeiriad yr ysgol.'

'Yna, gwell i fi aros i gael bws gyda ti . . . gwell peidio mentro gormod y diwrnod cynta.'

Meddyliodd mewn panig am eiliad efallai ei fod yn disgwyl iddi fynd ar unrhyw fws gydag e a'i arwain hyd at Fryn-teg. Doedd ei mam ddim wedi sôn dim am hynny. Yr unig beth ddywedodd hi oedd, 'Cer â fe ar y bws.' Soniwyd dim gair am ddisgyn o'r bws a dringo'n ôl eto. Yn betrusgar, meddai, 'Ydych chi'n—gwbod y ffordd? Y pen arall?'

'Ydw, ydw! Dw i wedi bod yn ymarfer am y pythefnos dwetha 'ma . . . dwi'n hen law arni! Allen i ddod o hyd i'r ysgol â mwgwd am fy llygaid.'

Doedd hi ddim yn rhyw siŵr iawn a ddylai chwerthin neu beidio. Gan synhwyro ei bod hi'n ansicr, chwarddodd Mr Stevens drosti.

'Wir, nawr! Dw i'n gwbod am bob polyn lamp—dw i hyd yn oed wedi cyfri'r cracie yn y palmant . . . allwn i ddim mynd ar goll pe bawn i'n trio! Dim ond angen rhywun i 'ngwthio i allan yn y man iawn a 'nhroi i i gyfeiriad yr ysgol, ac mi fydda i'n saff o gyrraedd.'

Roedd hi'n rhyddhad clywed hynny. Roedd y syniad o'i arwain yr holl ffordd i fyny at Fryn-teg yn gwneud iddi ferwi a rhewi am yn ail.

Daeth bws rhif deg i'r golwg. Roedd yn gaeth fel morfil ar draeth yng nghanol y môr o draffig, ond roedd pawb eisoes yn casglu'n dyrfa wrth ddisgwyl amdano.

'Mae'r bws 'ma,' meddai Carys.

Gafaelodd yn nerfus ym mraich Mr Stevens. Doedd hynny ddim fel pe bai'n ei boeni, a symudodd y ddau ymlaen gyda gweddill y llif. Bu bron iddi anghofio'i hembaras wrth ofalu eu bod nhw'n dringo i'r bws yn saff heb golli'i gilydd. O ran dod o hyd i sedd, doedd dim dewis o fath yn y byd; roedd rhaid iddyn nhw sefyll wrth y drws, wedi'u gwasgu at ei gilydd.

'Ydy hi fel hyn bob amser?' gofynnodd Mr Stevens.

'Ydy, fel lori wartheg, ond fyddwch chi ddim ar y bws yn hir.'

Nodiodd.

'Mi fydda i'n iawn ar 'y mhen fy hunan fory. Fydd dim angen i ti boeni dim wedyn.'

Roedd Carys yn gobeithio nad oedd yn dweud hynny o achos rhywbeth roedd hi wedi'i ddweud neu wedi'i wneud.

'Does dim ots 'da fi.'

'Na, ond mae'n rhaid i fi ddysgu bod yn annibynnol. Dyna holl bwynt dod i fyw atoch chi.'

Felly? Doedd hi ddim wedi sylweddoli hynny. Roedd hi wedi deall fod y siwrne yn y trên bob dydd yn ormod iddo.

'Beth am heno?' gofynnodd.

'O, mi fydda i'n iawn heno. Does dim angen i ti boeni am 'ny. Fe aiff rhywun â fi i'r bws.'

'Ond sut fyddwch chi'n gwbod pryd i ddod mâs?'

'Mae 'da fi dafod yn 'y ngheg, ti'n gwbod!'

Wrth gwrs bod 'na. Nid ffŵl oedd e. Ond eto . . .

'Dyw hi ddim mor rhwydd i ddod nôl,' meddai.

'Rhaid i chi groesi'r ffordd fawr. Ddwywaith. Ac mae'r traffig yn ofnadwy bryd 'ny.'

'Wel, bydd rhaid i mi fentro, oni fydd? Siawns os safa i'n llonydd yn ddigon hir y gwnaiff rhyw berson caredig dosturio wrtha i. Mae pobol yn garedig iawn, cofia . . . y troeon dw i wedi cael fy arwain ar wib i ochr draw'r hewl pan nad oeddwn am groesi yn y lle cynta!'

Oedodd Carys. Ar ôl chwarae â dolen ei bag am ychydig, dywedodd, 'Os ŷch chi am—os nad oes ots 'da chi aros am ryw ddeng munud—fe allen i gerdded i'ch hebrwng chi.' Cyn gynted ag roedd hi wedi dweud hynny fe wridodd. Ei hebrwng e! Yn union fel plentyn! 'Hynny yw,' mwmianodd, 'os ŷch chi'n gadael yr un pryd â fi . . .'

'Pedwar o'r gloch?'

'Ie, ond bydd eisie deng munud arna i . . .'

'Os wyt ti'n siŵr na fydd hynny'n creu trafferth. Dw i ddim eisie bod yn boendod i ti. Mae pethe'n ddigon gwael i ti fel mae hi, rhwng 'mod i'n bwrw i mewn i fyrdde am un ar ddeg y nos a phethe.'

Roedd wyneb Carys yn fflamgoch erbyn hyn.

'Dyw e ddim yn drafferth, wir nawr.'

'Rhaid i ti beidio â meddwl 'mod i'n mynd i ofyn i ti wneud pethe drosta i o hyd. Rhaid i fi ddysgu ymdopi.'

Oes, meddyliodd; ond allai e byth ymdopi â dwy groesfan brysur am chwarter i bump y prynhawn. Ddim ar ei ddiwrnod cyntaf.

''Ma Bryn-teg fan hyn,' meddai Carys. Heb roi amser iddi ei hun i ystyried a oedd yn gwneud y peth iawn, rhoddodd law o dan ei benelin. 'Wela i chi am bedwar . . . mi fydda i 'na, dw i'n addo.'

Pennod 5

Yn yr ysgol, cyn y gwasanaeth, edrychodd Siân Wyn Williams ar y nodyn ar yr hysbysfwrdd a dweud, 'Dwyt ti, Carys, ddim yn dod, sbo?' Gallai fod wedi dweud *wrth gwrs*, ond doedd dim angen iddi. Roedd ei goslef yn ddigon. Dywedodd Carys, yn bigog, 'Pwy sy'n dweud nad ydw i?'

'Dwyt ti ddim wedi arwyddo.'

'Er mwyn popeth! Dyna'r cyfan sy'n bod? Rho feiro i fi ac fe arwydda i'r funud 'ma! Unrhyw beth i'th gadw di'n hapus.'

Gwyliodd Siân Wyn yn amheus wrth iddi lofnodi ei henw. Roedd Carys yn gwybod yn union beth roedd hi'n ei feddwl: Mi greda i pan wela i di 'na ...

'Pwy sy'n mynd i ddod 'da ti?'

'Pwy sy'n dod 'da *ti* te, Siân Wyn?' gofynnodd, er ei bod yn gwybod yn iawn pwy fyddai'n gwmni i Siân Wyn. Roedd gan Siân Wyn gariad o'r enw Geraint a oedd yn mynd i fod yn ail John Ogwen, ac ar hyn o bryd roedd e yn y Coleg Cerdd a Drama yn dysgu sut i wneud hynny. Gallai holl ferched yr ysgol gyd-adrodd hanes ei fywyd ar eu cof erbyn hyn. Geraint hyn a Geraint llall fuodd hi am ddau dymor cyfan.

Ddywedodd Siân Wyn ddim gair, dim ond gwenu mewn ffordd wamal, gyfrinachol a nawddoglyd. Syllodd merch arall drwy'i sbectol drwchus ar enw Carys ar y rhestr a gweiddi mewn syndod, 'O, rwyt ti'n *dod*? Pwy sy'n dod 'da ti?'

'Rhywun,' meddai Carys.

Edrychodd Siân Wyn a'r ferch arall ar ei gilydd yn hollwybodol.

'Pwy yw rhywun?' gofynnodd Siân Wyn.

'Rhywun dw i'n 'i nabod.'

'Pwy?'

'Ble mae e'n byw?'

'Beth mae e'n 'i wneud?'

'Beth yw ei enw fe?'

Dechreuodd Carys gloffi yn wyneb y llif cwestiynau.

'Dyw hynny o ddim busnes i chi.'

'Diddordeb, 'na i gyd.'

'Dwyt ti ddim eisie dweud wrthon ni?'

'Pam ddim?'

'Dere nawr! Paid â bod yn swil . . . beth yw ei enw fe?'

Yn fentrus, fe ddywedodd, 'Emyr.' Dyna'r enw cyntaf ddaeth i'w meddwl. Nid bod ots, beth bynnag. Fyddai Mr Stevens byth yn dod i wybod, hyd yn oed os mai dyna oedd ei enw.

'Emyr beth?' meddai Siân Wyn.

'Be mae e'n 'i wneud?'

'Myfyriwr yw e?'

'Nid cefnder i ti yw e, ife?'

'Does dim cefnder 'da fi.'

'Beth yw e 'te?'

'Fetia i unrhyw beth ei fod e'n dal yn yr ysgol.'

'Dyw e ddim yn dal yn yr ysgol.' Pwy oedd eisiau cariad oedd yn dal yn yr ysgol? Yn dal i wisgo blazer ac yn gorfod ufuddhau i awdurdod? Roedd 'r un man iddi wneud job dda tra oedd hi wrthi. 'Mae e wedi gadael yr ysgol ers oes pys.'

'Beth yw ei waith e, 'te?'

'Mae—mae e'n gerddor,' meddai Carys.

Roedd hyn yn creu argraff.

'Wir?'

'Ydy,' meddai Carys. 'Wir.'

'Pa offeryn mae e'n 'i chware?'

''Da pa grŵp mae e?'

Am eiliad ynfyd ystyriodd wneud Mr Stevens yn gitarydd blaen neu'n ddrymiwr i ryw grŵp, ond roedd ganddi ddigon o synnwyr i wrthod y syniad. Byddai hynny'n denu mwy fyth o gwestiynau, ac yna mi fyddai hi'n methu ateb. Doedd hi ddim yn gwybod llawer am y byd pop. Doedd ei mam ddim yn gadael iddi wrando ar y radio ar fore Sadwrn. Dywedai fod cerddoriaeth bop, hyd yn oed pop Cymraeg, yn arwain at gyffuriau a phlant siawns.

'Mae e'n canu'r piano,' meddai. 'Pethe clasurol.'

O leiaf fe ddylai hynny gau eu cegau.

Ac mi wnaeth. Dim ond Non Humphries oedd yn meddwl fod hynny'n beth gwych.

'O!' meddai. *Unawdydd?*

Roedd hynny'n mynd yn rhy bell, yn dechrau mynd i fro breuddwydion.

'Paid â bod mor ddwl,' meddai Carys. 'Ble bydden i'n debyg o gwrdd ag unawdydd?'

Roedd hi wedi anghofio, wrth addo i Mr Stevens y byddai'n cwrdd ag e am bedwar o'r gloch, bod ei dosbarth hi yn gorfod aros ar ôl ysgol ar nos Lun i wrando ar sgyrsiau gyrfaoedd gan hen ddisgyblion yr ysgol. Hyd yn hyn roedden nhw wedi clywed gan ysgrifenyddes, rhaglennydd cyfrifiaduron a rhywun a oedd yn rheolwr stoc. Diflas ar y naw fu pob sgwrs. Heno, tro'r Gwasanaeth Sifil oedd hi, ac roedd hi'n argoeli bod yn noson fwy diflas nag arfer.

Yn nerfus braidd, gan mai Miss Jones oedd yn gyfrifol am drefnu'r sgyrsiau ac am nad oedd hi'n un o'i hoff ddisgyblion ar ôl y bennod fach yr wythnos cynt, aeth Carys ati i egluro am Mr Stevens. Roedd un peth yn sicr, doedd hi ddim am ei siomi. Ddim er mwyn y Gwasanaeth Sifil, o bopeth. Roedd hi wedi rhoi addewid iddo, felly roedd hi'n amhosib iddi beidio â'i gadw. Doedd hi ar ei chalon ddim am iddo feddwl ei fod yn creu trafferth iddi. Nid arno ef roedd y bai ei fod yn ddall ac yn bwrw mewn i fyrddau byth a beunydd.

Doedd Miss Jones ddim yn fodlon iawn ar yr esboniad, fel roedd Carys wedi disgwyl ('Trueni dy fod yn gorfod colli'r sgwrs arbennig hon. Gallai'r Gwasanaeth Sifil fod yr union faes i ti.'), ond deallai fod angen rhywun i helpu Mr Stevens ar ei ddiwrnod cyntaf.

'Dw i'n cymryd y bydd e'n iawn heb dy help di ddydd Llun *nesa?* Dw i ddim am i ti golli dwy sgwrs yn olynol.'

'O, mi fydd e'n iawn erbyn dydd Llun *nesa,*' meddai Carys. 'Heddiw yw'r broblem.'

Roedd gweddill y dosbarth yn fud. Sut llwyddodd *hi* i osgoi'r sgwrs? Dywedodd Carys yn llawn balch-der fod trefniant blaenorol ganddi.

'O ie?'

'I be?'

'I gwrdd â'r cariad, siŵr o fod.'

'Ie,' meddai Carys.

Gadawodd nhw i glebran ymysg ei gilydd a rhedodd i fyny'r ffordd i gwrdd â Mr Stevens a mynd ag e adre'n saff. Roedd hi wedi dweud deng munud ac roedd Miss Jones eisoes wedi'i chadw i siarad am dros bum munud.

Cyrhaeddodd waelod y rhiw a arweiniai at Fryn-teg a'i hanadl yn ei dwrn, wrth i gloc Neuadd y Ddinas daro chwarter wedi. Gallai weld Mr Stevens yn disgwyl amdani, y tu allan i glwydi haearn trymion yr ysgol. Roedd yn siarad â merch a wisgai flazer las yn frith o binnau a bathodynnau, a thei glas ac arian a olygai ei bod yn y chweched. Roedd hi'n edrych yn or-hyderus ac yn ffroenuchel. Teimlai Carys braidd yn eiddigeddus, er bod hynny'n beth

45

hurt. Doedd dim angen iddi fod yn eiddigeddus. Doedd arni *hi* ddim eisiau bod yn or-hyderus ac yn ffroenuchel. Nid rhinwedd oedd hynny.

Doedd hi ddim yn eiddigeddus o olwg y ferch. Yn sydyn fe sylweddolodd ei bod yn eiddigeddus am ei bod yn sgwrsio â Mr Stevens. Roedd hynny hyd yn oed yn fwy hurt. Os oedd hi'n mynd i ddechrau teimlo felly am lodjer na fu am ei groesawu yn y lle cyntaf . . .

Trodd y ferch ar ei sawdl a dechrau cerdded i lawr y bryn tuag ati. Roedd ganddi wallt golau ac wyneb hirgrwn perffaith. Edrychai'n ddifrifol, ac roedd ei hwyneb o liw ifori pur. Nawr roedd hi'n edrych fel y Mona Lisa. Ceisiodd Carys ddyfalu pwy oedd hi. Un o ddisgyblion Mr Stevens, siŵr o fod. Roedd yn rhyw fath o gysur dwl iddi nad oedd Mr Stevens yn gwybod ei bod yn edrych fel y Mona Lisa, na chwaith yn gwybod fod gan Carys y funud honno smotyn enfawr ar ei gên, bod ei cheg yn rhy llydan, ei dannedd yn rhy fawr, ei thrwyn y siâp anghywir a'i choesau fel coed pys. Trueni, serch hynny, nad oedd yn gallu gweld iddi olchi'i gwallt y noson cynt. Yr unig beth y gallai ymhyfrydu ynddo oedd ei gwallt.

Efallai nad oedd yn gallu gweld ei gwallt, ond roedd yn amlwg wedi clywed sŵn ei thraed, yn trampio'n drwm yn ei hesgidiau ysgol, achos roedd eisoes yn troi tuag ati'n ddisgwylgar. Dywedodd Carys, 'Helô! Dw i 'ma.'

'Helô,' meddai Mr Stevens. 'Ti wedi ymlâdd, yn ôl dy sŵn di.'

'Ydw. Redes i'r holl ffordd.'

Roedd hi ar fin dechrau egluro pam ei bod hi'n hwyr, ond wedyn ofnodd y byddai'n meddwl ei bod wedi cytuno i gwrdd â fe yn unswydd er mwyn osgoi'r sgwrs yrfaoedd, felly fe ddywedodd, 'Gymerodd hi fwy nag ôn i'n disgwyl. Rôn i'n ofni y byddech chi wedi mynd cyn i fi gyrraedd.'

'Dôn i ddim yn poeni,' meddai Mr Stevens. 'Rôn i'n gwbod y byddet ti'n dod gan dy fod ti wedi addo.'

Doedd mynd â Mr Stevens adref ddim hanner cynddrwg â'r daith gyntaf. Yn un peth, roedd Carys yn gwybod beth i'w ddisgwyl. Doedd hi ddim yn teimlo mor anesmwyth pan oedd ei law e ar ei braich, er bod tyrfaoedd o ddisgyblion Bryn-teg ar bob llaw yn syllu arnyn nhw. Ysgydwodd ei phen a meddwl, Syllwch chi—y defaid dwl. Efallai bod Mr Stevens yn athro cerddoriaeth iddyn nhw, ond doedd e ddim yn byw yn eu cartrefi nhw. *Hi* oedd yr un a oedd yn gyfrifol amdano.

Wrth ddisgyn o'r bws y pen arall, gofynnodd Mr Stevens a oedd amser ganddi i 'wneud un ffafr fach arall drosta i . . . fe ddwedodd dy fam fod yna siop rownd y gornel. Allet ti ddiodde'r straen o fynd â fi 'na?'

Wythnos diwethaf, roedd y syniad o lusgo dyn dall o gwmpas siop wedi troi arni; nawr, doedd dim gwahaniaeth ganddi o gwbl. Teimlai Carys yn berson defnyddiol, ac yn llawn brwdfrydedd i helpu. Beth bynnag, roedd Mr Stevens yn prysur golli'r label 'dyn dall', a meddyliai hi amdano bellach fel Mr Stevens, rhywun oedd yn digwydd bod yn methu gweld.

Aeth yr anturiaeth fach honno'n lled dda, meddyliodd. Cymerodd droli i roi ei bag ysgol ynddo, a dechrau gyda'r cynnyrch llaeth—'Menyn? Bacwn? Caws? Wyau?'—fe'i harweiniodd yr holl ffordd i'r til heb golli'r un adran, na gorfod mynd yn ôl ar hyd yr un llwybr, chwaith. Roedd y lle'n ferw gwyllt o siopwyr munud olaf fel arfer, yn prynu'r hyn allen nhw ar eu ffordd adref o'r gwaith, ond dim ond dweud 'Esgusodwch fi' mewn llais uchel oedd ei angen er mwyn i lwybr agor o'u blaenau yn wyrthiol. Un cip ar Mr Stevens, ac roedd gwragedd ymosodol, a fyddai fel arfer yn gwthio Carys gyda'u basgedi, yn symud i'r ochr ar amrantiad. Am newid braf, meddyliodd Carys.

Heb sylweddoli dim, dywedodd Mr Stevens, 'Wel, dim trafferth o gwbwl fan 'na.' Doedd hi ddim am ddweud wrtho nad fel yna oedd hi bob amser. Roedd hi wedi darllen mewn erthygl cylchgrawn merched unwaith, wrth aros i fynd at y deintydd, fod pobl ag anabledd yn casáu cael eu trin yn wahanol i bawb arall. Efallai y byddai'n teimlo'n fach pe bai'n meddwl ei fod wedi cael triniaeth arbennig.

Crychodd Carys ei thalcen wrth dynnu'i bag o'r troli bwyd ar bwys y til, a dweud, 'Dŷch chi ddim wedi prynu rhyw lawer.' Roedd e wedi cadw at fwyd-ydd oer. Gwnaethai ei gorau glas i'w demtio gyda chig ffres, ond dim ond gwenu wnaeth e ac ysgwyd ei ben. 'Gobeithio nad eich swper chi yw hyn,' meddai Carys.

Chwarddodd Mr Stevens.

'Ddim swper un noson, yn sicr!'

'*Unrhyw* noson . . .' Roedd ffa pob ar dost yn ddigon gwael; ond sardîns, a chig oer a *iogwrt*—'Mae hi'n aea,' meddai. 'Mae angen rhywbeth cynnes arnoch chi.'

Dywedodd Mr Stevens yn amddiffynnol, 'Fe ges i ginio cynnes yn yr ysgol.'

'Ysgol!' Yn ôl yr hyn a glywsai, doedd cinio cynnes Bryn-teg fawr gwell na chinio unrhyw ysgol arall. 'Os mai coginio sy'n eich poeni chi,' meddai, 'fydde dim ots 'da fi helpu.'

'Na!' Roedd ei lais yn gadarn iawn. 'Rhaid i fi ddechre ymdopi ar 'y mhen fy hunan.'

'Ond os na wnewch chi roi cynnig arni . . .'

'Mi wna i. Gydag amser . . . cyn gynted ag y bydda i wedi dod dros yr ofn y bydda i'n llosgi'r lle'n ulw!'

A hithau'n ddydd Llun ac yn ddiwrnod rhydd i Mrs Edwards, roedd hi wedi coginio cáserol cig eidion. Drwy'r amser wrth fwyta, roedd Carys yn meddwl am Mr Stevens i fyny'r grisiau yn agor tun o sardîns.

'Pam na rown ni swper iddo fe 'fyd?' holodd.

'Be?'

'Pryd fin nos yn ogystal â brecwast.'

'Am be wyt ti'n siarad, dwêd?'

'Mr Stevens . . . mae e'n bwyta sardîns.'

'O! Wel, falle'i fod e'n hoffi sardîns.'

'Dyw e ddim. Mae'n ofni defnyddio'r nwy.'

'Fe gyfarwyddith e'n ddigon cloi. Beth bynnag, mae rhyddid iddo fe ddod i ofyn.'

'Dyw e ddim eisie dod i ofyn, mae e eisie bod yn annibynnol . . . allen ni gynnig rhywbeth iddo fe ar nos Lun, o leia.'

'Wedyn fydde fe ddim yn annibynnol, na fydde?'

'Mi fydde fe weddill yr wythnos.'

Dywedodd Mrs Edwards, 'Gwell cadw at yr arfer 'ma nawr. Mae'n cael brecwast wedi'i goginio yn barod.'

A chinio ysgol, meddyliodd Carys. Er mwyn popeth, nac anghofiwn y cinio ysgol. Bwriodd ei fforc i ddarn mawr a thyner o gig nas gwelwyd mewn unrhyw ginio ysgol erioed.

'Mae'n ofni llosgi'r tŷ'n ulw.'

'Dw i ddim yn meddwl fod hynny'n debyg iawn o ddigwydd.'

'Na, ond ti'n gweld, os nad yw e'n gyfarwydd ag e . . .' Caeodd ei llygaid a cheisio dychmygu am eiliad

49

sut oedd hi ar Mr Stevens. 'Pam na chewn ni Baby Belling iddo fe?'

'Achos does dim meter trydan yn ei stafell e.'

'Fe allen ni gael un wedi'i roi i mewn.'

'Ddim heb dalu'n ddrud. Beth bynnag, beth yw'r holl gonsýrn 'ma? Wythnos i heddi allen i feddwl bod byddin gyfan yn mynd i symud i'r tŷ, yn ôl dy ymateb di. Nawr, mae'n amlwg dy fod ti am i fi redeg gwesty pedair seren 'ma.'

'Ddwedes i ddim gair am westy pedair seren. 'Na i gyd ddwedes i oedd pam na chewn ni Baby Belling iddo fe.'

'Ac fe ddwedes i y bydde hynny'n golygu ail feter ... Beth yw'r newid agwedd 'ma? Dyw'r syniad o lodjer newydd ddim mor wael ag yr ôt ti wedi'i ofni, ydy e, Carys?'

'Mae'r syniad yn dal yn un gwael.' Gwgodd. 'Ond dyw hynny ddim yn golygu nad ydw i'n teimlo trueni drosto fe ... yn eistedd fan 'na ar ei ben ei hun yn bwyta sardîns ... sut mae disgwyl i fi fwynhau *hwn*'—pwyntiodd at ei phlât—'a gwbod *hynny*? Mae 'na'r fath beth â chymwynasgarwch, Mam.'

'Rhyfedd iawn,' meddai Mrs Edwards o dan ei hanadl. 'Doedd dim sôn am 'ny wythnos yn ôl ...'

Pennod 6

Fyddai hi ddim wedi cyfaddef i'w mam am y byd—ac am gyfnod gwrthodai gyfaddef iddi' hunan—ond, a bod yn gwbl onest, doedd cael lodjer arall yn y tŷ *ddim* yn gymaint o boendod ag roedd hi wedi'i ddisgwyl. Allai neb ddweud fod Mr Stevens yn creu trafferth. Roedd hi'n syndod pa mor gyflym y daeth hi'n gyfarwydd â gweld wyneb dieithr wrth y bwrdd brecwast, a dim ond o ddydd Llun i ddydd Gwener oedd hynny, beth bynnag.

Ar nos Wener fe fyddai'n mynd yn syth o'r ysgol at ei chwaer briod (sef mam Sara Lewis) a oedd yn byw yn Abertawe. Fyddai e byth yn cyrraedd yn ôl tan yn hwyr nos Sul. Roedd allan fel arfer ar nos Iau hefyd, felly dim ond dydd Llun, dydd Mawrth a dydd Mercher oedd yn weddill, a hyd yn oed bryd hynny doedd dim siw na miw i'w glywed, fel bod Carys a'i mam yn anghofio'n llwyr ei fod yno. Gan amlaf, arhosai yn ei stafell yn canu'r piano, ond dim byd swnllyd, dim byd anfelodaidd, modern. Fel arfer— yn ôl yr hyn roedd Carys yn gallu'i glywed wrth wasgu'i chlust yn dynn at y wal—cyfansoddiadau Haydn a Mozart a'u tebyg a chwaraeai. Weithiau gwrandawai ar y radio, ond eto'n dawel iawn. Pan oedd Miss Richards yn fyw, roedd y set deledu'n byddaru pawb tan yn hwyr y nos. Ar ôl deg, yn ôl y cytundeb, doedd dim smic o stafell Mr Stevens.

Yn aml, wrth orwedd yn y cae nos yn gwrando ar y distawrwydd, teimlai Carys nad oedd hyn yn gwbl deg. Fe ddylai gael radio, o leiaf. Wedi'r cyfan, gallai hi orwedd yn ei gwely'n darllen llyfr, ond beth allai Mr Stevens ei wneud? Roedd ganddo lyfrau o ryw fath, roedd hi wedi'u gweld yn ei stafell, llyfrau

51

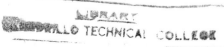

enfawr, trwm yr olwg—Braille, fwy na thebyg—ond allai hi ddim deall o gwbl sut roedd rhywun yn dod i ben â'u darllen. Roedd Carys yn siŵr na fyddai ganddi hi fyth ddigon o amynedd i ddod i ddeall ystyr yr holl ddotiau bach. Dim ond gwenu wnaeth Mr Stevens pan fentrodd ofyn iddo am hyn ar y ffordd i'r bws ryw fore, dim ond gwenu a dweud y byddai hi'n dysgu darllen y dotiau'n ddigon cyflym pe bai raid. 'Mater o gymhelliant yw e . . . os oes gen ti ddewis rhwng darllen yn ara a methu darllen o gwbwl . . .'

Roedd methu darllen o gwbl yn syniad rhy arswydus i'w ystyried. Dyna'r hyn oedd yn gwneud iddi orwedd yn ei gwely am ddeg y nos yn gwrando ar Mr Stevens yn gwneud dim, ac yn teimlo nad oedd hyn yn gwbl deg. Dylai gael radio, o leiaf.

Ceisiodd ddal pen rheswm â'i mam.

'Fydde fe ddim yn tarfu arna i. Fydde dim ots 'da fi. Dw i'n cysgu fel clawdd, beth bynnag.'

'Doeddet ti ddim yn cysgu pan oedd Miss Richards a'i set deledu 'ma.'

'Roedd 'ny'n wahanol. Teledu oedd 'ny.'

'Yn wahanol achos mai Miss Richards oedd hi? . . . paid ti â gofidio gormod am Mr Stevens. Ddaeth e ddim 'ma i gael maldod, dod 'ma i fagu annibyniaeth a dysgu sut i ymdopi wnaeth e. Os yw e eisie help, fe ofynnith e'n ddigon cloi.'

'Dyw e ddim eisie help, eisie gwrando ar ei radio mae e.'

'Sut wyt ti'n gwbod? Wyt ti wedi gofyn iddo fe?'

'Naddo, ond . . .'

'Wel, 'na ti 'te . . . un rheol i bawb. Dw i ddim am i *ti* wrando ar y radio ar ôl deg y nos, a dw i ddim am iddo fe wneud, chwaith.'

'Ond dyw'r peth ddim yn deg! Dyw e ddim yn gallu . . .'

'Carys!' Rhoddodd ei mam derfyn ar y sgwrs yn bendant a chadarn. Roedd ganddi dueddiad anffodus i wneud hynny. 'Gad di i Mr Stevens ymladd ei frwydr ar ei ben ei hun. Mae'n ddigon abl i wneud 'ny. Does dim angen i ti wneud dim drosto fe.'

Roedd hynny'n ddigon gwir; doedd dim angen iddi hi frwydro dros Mr Stevens. Doedd dim angen iddi ofni chwaith y byddai e'n disgwyl iddi weini arno. Roedd Miss Richards yn arfer creu deng ngwaith cymaint o drafferth. Miss Richards a'i chwestiynau di-baid: 'Carys, allet ti wneud hyn i fi— 'sgwn i allet ti—os oes amser 'da ti?' Roedd hi'n arfer treulio hanner ei bywyd ar neges dros Miss Richards. Doedd Mr Stevens bron byth yn gofyn iddi wneud unrhyw beth. Efallai os byddai llythyr yn cyrraedd byddai'n gofyn iddi ei ddarllen iddo, ac un tro roedd wedi gofyn a allai edrych am rif yn y llyfr ffôn, ond doedd Carys ddim yn meddwl mai cymryd mantais oedd hynny o gwbl. Doedd hi byth yn gorfod 'mynd lawr i'r siop' drosto deirgwaith yr wythnos, neu 'wacáu'r bin sbwriel' bob yn eilddydd, fel gyda Miss Richards. Roedd yn dal i fynd at y bws gydag ef bob bore, ond dim ond am eu bod yn gadael yr un pryd ac y byddai'n chwith peidio gwneud, nid am fod arno ei hangen hi na chwaith am iddo ofyn iddi. Weithiau, hefyd, ar ddiwedd y dydd, byddai'n cerdded i Frynteg i gwrdd ag e, oherwydd doedd croesi'r ffordd ddwywaith yn dal ddim yn hawdd iddo, ond gallai ddod i ben â hynny, hyd yn oed, pe bai raid. Doedd e ddim wir yn dibynnu arni. Doedd e ddim yn dibynnu ar neb am ddim. Fel dywedodd Sara Lewis, roedd yn hen gyfarwydd ag ymdopi ar ei ben ei hun.

Pan fyddai'n dod nôl yn hwyr y nos, fyddai e byth yn aros ar ben y grisiau nawr, nac yn bwrw mewn i fyrddau, chwaith. Roedd Carys yn torri mwy o bethau na Mr Stevens o bell ffordd.

Ond roedd siopa'n achosi peth trafferth iddo, serch hynny. Roedd angen rhywun arno i ddw.eud wrtho beth oedd ar y silffoedd a beth oedd eu prisiau. Dyma dasg wythnosol Carys; bob nos Fawrth, ar ôl yr ysgol, mi fyddai'n ei arwain o amgylch yr arch-farchnad. Hyd yn oed wedyn gofidiai fod hynny'n anghyfleus iddi.

'Dyw e ddim yn anghyfleus,' meddai. I'r gwrth-wyneb, edrychai ymlaen at y dasg. Hoffai reoli'r sefyllfa, gan awgrymu bwydydd a'i gynghori ar yr hyn i'w brynu. 'Fe ddylech chi gael ffrwythe ffres. Bananas, neu orenne, neu rywbeth . . . mae afale'n fwyd da. Beth am afale?—beth am dun o gawl?—beth am wyau? Mae wyau'n dda i chi. Fe ddylech chi brynu wyau. Prynwch hanner dwsin o wyau a thun o gawl.'

Roedd hyd yn oed wyau a chawl, meddyliodd Carys, yn well na iogwrt a sardîns oer o hyd ac o hyd. Doedd dim rhaid gwneud mwy nag agor tun ac arllwys ei gynnwys i sosban, byddai hynny'n ddech-reuad; dim ond berwi wy, byddai hynny'n ei orfodi i ddechrau cyfarwyddo â'r cwcer nwy.

Un wythnos fe ddywedodd wrtho, 'Fe ddylech chi gael cig. Pam na wnewch chi dreio darnau o gig oen? Maen nhw'n hawdd i'w coginio. Y cyfan sy 'da chi i'w wneud yw eu gwthio nhw o dan y gril a berwi cwpwl o dato—prynu pacyn o bys—a 'na bryd bach net. Wedi'r cyfan, mae'n rhaid i chi ddechre ryw-bryd. Allwch chi ddim byw ar wyau a chawl am byth.'

'Na alla, miss,' meddai Mr Stevens, gyda gwên fach.

'Wel, allwch chi ddim, does dim sens yn y peth o gwbwl. Mae dynion yn coginio'r dyddie 'ma. Dyw bod yn gwbwl ddi-glem yn y gegin ddim yn trendi rhagor.'

Pan ddywedodd hynny meddyliodd y byddai'n well pe bai wedi cau'i cheg, er mai'r unig beth roedd hi am ddweud oedd: diolch byth fod yr hen ystrydebau'n dechrau diflannu, a bod dynion heddiw'n gwneud gwaith gwragedd a gwragedd yn gwneud gwaith dynion. Os oedd hi'n gallu newid plwg y tân trydan, yna fe ddylai Mr Stevens allu coginio darn o gig oen. Doedd hi ddim wedi bwriadu dweud dim byd personol, ond efallai nad oedd hi wedi bod yn arbennig o ddoeth. Erbyn meddwl, doedd hi ddim wedi bod yn ddoeth o gwbl. Yn ei gofid, trodd i ffwrdd. Roedd hi'n casáu cig oen. Byddai hi'n dda ganddi pe na bai wedi sôn amdano o gwbl. Pam na allai fwyta wyau a chawl os mai dyna oedd hawsaf iddo? Pa hawl oedd ganddi hi i ymyrryd? Roedd hi'n dechrau mynd fel Miss Jones, yn pregethu ac yn . . .

'Carys!'

Rhewodd. Nawr roedd hi wedi'i adael. Roedd awgrymu ei fod e'n ddi-glem yn ddigon gwael, a nawr roedd hi wedi mynd a'i adael yn sefyll yno ar ei ben ei hun. Dyna'r tro diwethaf y byddai'n gofyn iddi fynd ag ef i'r archfarchnad. Roedd ei hwyneb yn goch fel machlud haf. Trodd yn ôl, gan lusgo'r troli y tu ôl iddi.

'Mae'n ddrwg 'da fi, fe . . .'

'O, paid ymddiheuro! Ti'n iawn, ti'n gwbod— mae'n rhaid i fi ddechre yn rhywle. Nawr 'te, cer i nôl y darn cig oen 'na, ac fe addawa i,'—estynnodd ei law—'y gwna i 'ngore glas i wneud pryd blasus ohono fe.'

'Allen i ddod lan i ddangos i chi,' meddai Carys. Dyna'r peth lleiaf y gallai ei gynnig, a hithau wedi mynnu cael ei ffordd. 'Dim ond unwaith bydd yn rhaid i fi ddangos i chi, ac wedyn fe allwch chi wneud pob dim eich hunan.'

Y tro hwn, ar ôl eiliad o oedi, derbyniodd ei chynnig.

'Ond dim ond os wyt t'n siŵr na fydd ots 'da dy fam.'

'O, fydd dim ots 'da *hi*,' meddai Carys. Beth bynnag, roedd hi'n chwarae chwist heno. Nid y byddai ei mam yn gwrthwynebu, ond o leiaf fyddai dim angen egluro. Doedd arni hi ddim eisiau cael ei chyhuddo o'i faldodi.

Mwynheodd ddangos i Mr Stevens sut i goginio cig oen. Cyn hynny doedd hi ddim wedi dwli ar goginio, ond roedd dysgu rhywun arall yn bwrw goleuni newydd ar y cyfan. Roedd Mr Stevens yn ymddiheuro'n ddiddiwedd ei fod yn drwsgl a blêr, ond roedd hi'n gyfarwydd â bod felly ei hunan. Roedd ei mam byth a hefyd yn cwyno fod pethau'n torri'n ddarnau mân dim ond iddi fynd i mewn i stafell. Cydymdeimlai'n fawr â Mr Stevens felly pan fwrodd halen i'r llawr, a gallai ddeall yn iawn pan wasgarodd bys wedi'u rhewi dros bob man.

'Peidiwch â phoeni,' meddai, gan benlinio i'w codi o'r llawr. 'Does dim ots o gwbwl.'

Roedd rhai o'i lestri a'i gyllyll a ffyrc heb gael eu golchi'n lân iawn. Doedd hi ddim am sôn am y peth, gan ei bod hi'n sylweddoli nad oedd hi'n hawdd iddo, ond pan geisiodd eu golchi'n gyfrinachol heb iddo sylwi, fe ddyfalodd yn syth beth roedd hi'n ei wneud.

'Be sy'n bod?' meddai. 'Ydy'r pethe'n dal yn frwnt?'

'Ddim yn frwnt,' meddai Carys.

'Digon i droi ar rywun . . . nawr ti'n gweld pam nad ydw i'n coginio.'

'Ydw, ond mae'n rhaid i chi fwyta. Wedi'r cyfan'—crafodd wy a oedd wedi glynu at gefn llwy— 'go brin bod yr Hen Frythoniaid yn ffwdanu golchi llestri o gwbwl.'

Y dydd Mawrth canlynol, doedd Carys ddim yn rhyw siŵr iawn a fyddai ar Mr Stevens eisiau mynd o amgylch yr archfarchnad gyda hi eto, o ystyried y ffordd roedd hi wedi'i drin yr wythnos cynt. Meddyliodd y byddai'n chwilio am esgus—nad oedd angen dim arno, neu fod un o ferched yr ysgol wedi mynd ag e'n barod—ond yn siriol reit, ar y ffordd adre, meddai, 'Be fydda i'n coginio'r wythnos hon? Sbageti?'

Edrychodd arno braidd yn swil, heb fod yn siŵr a oedd o ddifrif neu'n tynnu'i choes.

'Ydych chi wir eisie gwneud?'

'Wrth gwrs 'ny! Fyddwn i'n gofyn fel arall?'

Efallai, meddyliodd. Efallai, i osgoi ei brifo. Ar y llaw arall, roedd angen iddo ddysgu sut i ofalu amdano'i hun.

'Yr unig drafferth yw,' meddai, 'dw i ddim yn siŵr a alla i goginio sbageti.'

'Wel, does dim rhaid cael sbageti. Dw i ddim yn dwli arno fe. Meddwl ei fod yn rhywbeth hawdd i'w goginio ôn i.'

'Beth am wyau wedi'u sgramblo? Bydde hynny'n hawdd.'

'Iawn, wyau wedi'u sgramblo amdani. Fe ddylen i ddod i ben â hynny, do's bosib—ond ar un amod; dy fod ti'n aros i fwyta gyda fi. Dw i ddim yn mynd i eistedd 'na eto a llanw 'mola ar ôl i ti wneud yr holl waith.'

Doedd y gwaith yn ddim iddi, a beth bynnag roedd hi gymaint yn fwy anodd iddo fe. Dim ond gwneud yn siŵr fod pob dim yn iawn oedd hi, ond wedyn doedd hi ddim am wrthod aros i fwyta gyda fe. Roedd y peth braidd yn hurt, Mr Stevens lan lofft ar ei ben ei hun a hithau lawr yn y gegin yn bwyta gweddillion pryd nos Lun. Os oedd hi'n mynd i'w ddysgu i goginio, roedd 'r un man iddi aros a rhannu'r canlyniad gyda fe. Allai ei mam ddim cwyno'i bod yn ymyrryd (roedd Mrs Edwards yn pregethu'n ddi-ben-draw am ymyrryd: *Gwesteion yw gwesteion; mae hawl 'da nhw i gael ychydig bach o breifatrwydd)* gan mai Mr Stevens ei hun oedd wedi'i gwahodd.

'Iawn,' meddai. 'Fe gewn ni wyau wedi'u sgramblo ar dost ac fe af i i nôl gweddillion cáserol ddoe, neu fe fydd Mam yn holi pam na wnes i 'i fwyta fe.'

Wnaeth Mr Stevens ddim yn rhy ddrwg, ac ystyried. Efallai iddo fwrw'r halen dros bob man eto—arni hi roedd y bai am hynny o bosib, am beidio â dweud wrtho ble'r oedd e—ond dim ond un wy dorrodd e dros ymyl y bowlen, ac aeth y cyfan ddim i'r llawr. Dywedodd Carys, wrth benlinio i'w sychu, 'Ddangosa i i chi sut mae gwneud omlet wythnos nesa, ife?' ac yn syth teimlodd yn lletchwith am nad oedd e wedi sôn dim am wythnos nesaf. Ond y cyfan ddywedodd Mr Stevens oedd, 'Mi fydde'n dda 'da fi pe gallet ti ddangos i fi sut mae bod yn llai trwsgwl.'

'Angen ymarfer sydd,' meddai Carys.

'Ie, siŵr. Fel canu'r piano—ond bod canu'r piano'n llawer haws i fi na thorri wyau i bowlen.—Aeth yr un 'na i mewn yn iawn?'

Edrychodd Carys i fyny o'r llawr.

'Y rhan fwya.'

'Hynny yw, mae dwy ran o dair wedi methu'r bowlen. Paid â dweud celwydd wrtha i.'

'Wel, peidiwch â bwrw'r wyau mor galed. Nid creigie sy 'da chi.'

'Os nad ydw i'n 'u bwrw nhw, dŷn nhw ddim yn torri o gwbwl. Mae eu plisgyn nhw fel rwber—maen nhw'n bownsio.' Estynnodd am un arall.

'Beth amdanat ti, Carys? Wyt ti'n canu offeryn o gwbwl? Piano, recorder . . .'

O dan y bwrdd, sgwriai Carys yn wyllt.

'Nadw,' meddai. 'Fe dorrodd Mam e'n ddarne.'

'Beth?' Roedd syndod yn llais Mr Stevens. 'Damia! Fe fydde hi'n help pe bai'r bowlen yn aros yn llonydd.—Torri beth yn ddarne?'

'Y piano.'

'Ei dorri e'n *ddarne*?'

'Roedd pryfyn ynddo fe—o leia, dyna be ddwedodd hi. Aeth hi ag e allan i'r ardd a gwneud tanllwyth enfawr ohono fe.'

'Braidd yn eithafol.'

'Mwy na thebyg ei bod hi'n *anghyfreithlon*—nid ei phiano hi oedd e. A rôn i bron yn gallu canu "Golliwog's Cake-walk".' Safodd, gan edrych yn feirniadol ar y broses o dorri wyau. 'Ceisiwch ddal y bowlen gydag un llaw a'r wy gyda'r llall. Mae hynny'n haws o lawer.'

'A . . . Ydy, mae e. 'Na welliant. Gest ti wersi erioed?'

'Naddo, ond o leia rôn i'n gallu canu ag un bys.—Ddo i â bowlen fwy'r wythnos nesa. Mae honna'n chwerthinllyd o fach.'

''Sdim ots. Dw i'n dod i ben 'ma. Mae croeso i ti ddod mewn i botsian â'r piano os wyt ti am, ti'n gwbod. Allen i hyd yn oed roi ambell wers i ti, os wyt ti am.—Beth amdani? Yn gyfnewid am ddangos i fi sut mae torri wyau? Fyddwn i ddim yn teimlo mor ddrwg wedyn am adael i ti wneud pethe drosta i.'

Syllodd yn gegrwth arno.

'Ŷch chi wir yn meddwl 'na?'

'Pam lai? Os oes amser 'da ti, nos Fawrth—ac wedyn y penwythnose. Does dim gwrthwynebiad 'da fi os wyt ti am ddod lan 'ma ar benwythnose pan dw i bant. Dewis di.—'Na ni! Yr un ola. Nawr be sy'n rhaid i ni 'i wneud?'

Erbyn iddyn nhw dorri a sgramblo hanner dwsin o wyau'n llwyddiannus a'u gosod ar ddarnau o dost ac eistedd i'w mwynhau, teimlai Carys yn ddigon hyderus i ofyn cwestiwn yr oedd wedi bod yn ysu i'w ofyn er y diwrnod cyntaf hwnnw ar y bws: 'Beth yw ystyr y llythrennau *EH*?'

Bu saib byr, yna dywedodd Mr Stevens, 'Huw yw'r H.'

'Beth am yr E?'

'Dw i bron â gwrido wrth ddweud . . . be ddaeth dros fy rhieni, dwn i ddim . . . Edgar.'

'Edgar?'

'Ie, dw i'n gwbod! Paid â dweud dim!'

Yn gwrtais, meddai Carys, 'All rhywun ddim dewis ei enw . . . Carys Louise ydw i.'

'Wela i ddim o'i le ar hynny.'

'Mae'r ddau enw 'da'i gilydd yn erchyll! Mae Carys yn iawn, a Louise hefyd, ond Carys Louise.'

'Galle pethe fod yn waeth; beth am Carys Letitia? . . . Ond meddylia amdana i, ag Edgar fel enw!'

Digon i godi arswyd ar rywun. Roedd yn falch nad oedd yn gwybod hynny o'r blaen.

'Rôn i'n meddwl mai Emyr oedd e,' meddai.

'Trueni mawr nad Emyr yw e!'

'Dyna be mae pobol yn eich galw chi? *Edgar*?'

'Fyddet ti'n synnu clywed mai Huw mae pawb yn 'y ngalw i?'

Am ryddhad. Roedd Edgar yn ofnadwy. Ond roedd Huw yn iawn.

'Alla i'ch galw chi'n Huw?'

'Wna i ddim ateb i Edgar, beth bynnag!'

'Na, hynny yw . . . oes rhaid i fi'ch galw chi'n Mr Stevens o hyd?'

'Fydde dim llawer o bwynt i hynny, na fydde? Nawr 'mod i wedi gorfod cyfadde popeth.'

'Pam,' gofynnodd yn ddwys ar draws y bwrdd— 'wnaethon nhw'r fath beth?'

'Duw a ŵyr! Anodd dweud . . . pam mae rhieni'n gwneud hanner y pethe maen nhw'n eu gwneud?'

Ie, meddyliodd Carys; pam? Doedd dim synnwyr i'r hyn roedd llawer o rieni'n ei wneud. Priodi ac yna ysgaru, cael plant ac yna byth yn eu gweld, aberthu heb fod angen . . .

'Oeddech chi *wir* yn golygu'r hyn ddwedoch chi am wersi piano?' holodd Carys.

'Wrth gwrs 'ny.'

'*Nawr*?'

'Os wyt ti am. A llai o'r "*chi*" 'ma hefyd. Os wyt ti'n 'y ngalw i'n Huw, cystal i ti anghofio am "*chi*". Dw i'n teimlo fel hen ŵr pan glywa i "chi". Reit, draw â ni at y piano . . .'

Allai pethau fod yn waeth. Yn llawer gwaeth. Doedd cael lodjer arall yn y tŷ ddim yn syniad drwg o gwbl.

Pennod 7

Roedd Mrs Edwards yn ynfyd pan glywodd am y gwersi rhad; cymryd mantais oedd hynny, meddai.

'Nid cymryd mantais yw e,' meddai Carys. '*Fe* gynigiodd.'

''Sdim ots 'da fi. Dw i ddim am i ti dderbyn cardod.'

'Nid cardod yw e!' Roedd Carys yn chwyrn. 'Cyfnewid digon teg—dw i'n ei ddysgu e i goginio.'

Dywedodd Mrs Edwards, gan wasgu'i gwefusau'n dynn, fod hynny'n wahanol.

'Sut mae hynny'n wahanol?'

'Nid dy fara menyn di yw coginio. Cofia di ei fod e'n dysgu drwy'r dydd gwyn.'

''Sdim ots 'da Huw. Ei syniad e oedd e. Ma fe'n *hoffi* dysgu canu'r piano. Mae e'n meddwl ei bod hi'n bechod na ches i 'nysgu o'r blaen.'

Edrychodd Mrs Edwards arni'n graff.

'Gest ti ganiatâd Mr Stevens i'w alw fe wrth ei enw cynta?'

'Nid 'na'i enw cynta.'

'Paid â hollti blew! Ofynnes i, gest ti ganiatâd 'da fe?'

'*Do!* Ofynnes i iddo fe! Ofynnes i beth oedd ystyr EH, ac fe ddwedodd e Edgar Huw ac y gallwn i ei alw e'n Huw.'

'Gobeithio'n wir,' meddai Mrs Edwards, 'nad wyt ti wedi bod yn ei flino fe â chwestiyne digywilydd?'

'Digywilydd!' Taflodd Carys ei phen yn ôl yn ddiamynedd. Pam oedd hynny'n ddigywilydd? Doedd dim ots gan Huw ei bod hi'n gofyn—doedd dim ots ganddo fe ei bod hi'n gofyn unrhyw beth. Fe oedd un o'r bobl mwyaf di-ffws iddi ei gyfarfod erioed. Gallai ddweud unrhyw beth wrtho. Doedd dim angen aros i feddwl, gallai ddweud y peth cyntaf a ddeuai i'w phen, doedd e byth yn cynhyrfu. Doedd e ddim yn poeni o gwbl pan ofynnodd iddo a oedd yn rhaid iddo fe gael brecwast wedi'i goginio bob bore.

''Sdim ots 'da fi be dw i'n ei fwyta. Ddylai fod ots?'

'Wel!' Roedd hi'n wyllt gacwn. A nhw wedi bod yn bwyta bacwn ac wy diflas bob bore, ac ambell i wy wedi'i ferwi, heb reswm yn y byd. Roedd Huw wedi ymddiheuro'n ostyngedig.

Wrth siarad ag e, roedd Carys wedi teimlo fod yna gwlwm rhyngddyn nhw. Nawr roedd ei mam yn galw'r peth yn ddigywilydd. Sut allai hynny fod yn ddigywilydd? Ar ôl sgwrs hir fel yna? Roedd hi'n amlwg nad oedd ei mam yn deall dim. Doedd ganddi ddim math o syniad sut un oedd Huw. Iddi hi 'Mr Stevens' oedd e o hyd—y lodjer, a dyna i gyd.

'Os na wnei di adael i fi gael gwersi piano 'da fe,' meddai Carys, 'fydd e ddim yn gadael i fi ei ddysgu fe i goginio. Dy fai di fydd e wedyn mai dim ond iogwrt a sardîns fydd e'n eu bwyta, ti'n sylweddoli 'ny?'

'Dw i ddim am i ti gymryd mantais,' meddai Mrs Edwards. ''Na i gyd.'

Yr wythnos ganlynol, fe fuon nhw'n coginio omlet.

'Fe ddangosa i i ti sut i wneud y rhai arbennig 'ma, fel y rhai wnaethon ni yn yr ysgol. Mae'n ddigon hawdd . . . dim ond torri'r wyau i bowlen sy eisie, fel y tro o'r blaen, ond yn lle rhoi'r wy i gyd i mewn, rhaid gwahanu'r gwynwy oddi wrth y melynwy a churo'r gwynwy ar eu penne'u hunain. Edrych'—rhoddodd y gwahanwr arbennig roedd wedi dod gyda hi o'r gegin yn ei law—''ma beth rŷn ni'n ei ddefnyddio. Rhywbeth yn debyg i hidlwr te.

Os teimli di fe, fe weli di fod 'na agen ar yr ochr; mae'r gwynwy'n mynd trwy honno. Iawn? Ti'n gadael i'r gwynwy lithro drwodd i'r cwpan, ac yna'n ei arllwys e i'r bowlen—'na ti.' Gafaelodd yn ei law. ''Ma'r bowlen fan hyn—a 'ma'r cwpan fan hyn—a 'ma'r wyau, ti'n gwbod sut mae 'u torri nhw . . .'

'Ond dw i ddim yn deall sut mae eu rhannu nhw yn ddau! Carys, dw i ddim yn meddwl y bydda i'n gallu dod i ben â gwneud omlet.'

'Wrth gwrs fyddi di. Paid â gwangalonni nawr. 'Ma'r peth hawsa yn y byd . . . dere, fe ddangosa i i ti. Cymer hwn'—gwthiodd wy i'w law—'ac fe ro i'r hidlwr ar ben y cwpan—iawn?—a thorri'r wy—fel hyn—ac wedyn ei symud o gwmpas, a 'na ni, ti'n gweld, mae'n digwydd, mae'r gwyn yn mynd mâs drwy'r agen ac mae'r gweddill yn aros. Teimla fe—dere! 'Da dy fys—wnaiff e ddim cnoi . . . tro fe atat ti ryw gymaint—'na ni! Dim ond y melynwy sy ar ôl nawr. Mae hi mor syml â 'na.'

Efallai bod y cyfan yn syml iddi hi, ond gallai Carys werthfawrogi'n iawn nad oedd hi felly i Huw. Roedd angen iddo deimlo mwy, meddyliodd. Nid dim ond dweud wrtho beth i'w wneud, ond arwain ei law hefyd. Felly byddai'n dod i ddeall pethau. Teimlai ar ben ei ddigon pan lwyddodd o'r diwedd i wahanu wy ar ei ben ei hun, heb unrhyw gymorth ganddi hi.

'Wyt ti'n gweld?' meddai. 'Wyt ti'n *gweld*?'

'Ydw,' meddai. 'Dw i'n meddwl 'mod i wedi dechre'i deall hi nawr. Cofia di, ddylen i hefyd, â'r holl bregethu 'ma . . . dw i ddim wedi cael cymaint o gyfarwyddiade ers dyddie'r ysgol gynradd pan ôn i'n ceisio cau 'nghot fawr!'

Edrychodd arno'n amheus. Doedd hi ddim wedi bwriadu bod yn awdurdodol—dim ond dangos iddo sut oedd coginio omlet. Tybed oedd hi wedi gorwneud pethau? Roedd e dipyn yn hŷn na hi. Efallai nad oedd yn hoffi cael merch un ar bymtheg oed yn dweud wrtho beth ddylai wneud o hyd.

Tawelodd wedyn wrth goginio. Sylwodd Huw. Dywedodd, 'Dere nawr, Carys! Be sy'n bod? Ble mae'r awdurdodol lais wedi mynd?'

'Rôn i'n meddwl 'mod i'n ormod o fòs yn dweud wrthot ti beth i'w wneud.'

'Wel, brenin mawr, os na fyddet ti, fyddwn i'n bwyta bara menyn o hyd, oni fyddwn i? Paid ymddiheuro am ddweud wrtha i beth i'w wneud. 'Na'r union beth sydd 'i angen arna i.'

Byddai hi wedi hoffi'i gredu, ond allai hi ddim bod yn gwbl siŵr. Wrth fwyta, yn wynebu'i gilydd dros y bwrdd fformica bychan, meddai Carys, 'Huw ... ydw i'n boendod i ti?'

Atebodd yn syth, 'Yn boendod! Wyt ti eisie i fi dy ganmol i'r cymyle, neu rywbeth?'

'Na. O ddifri nawr. Wedest ti dy fod ti eisie bod yn annibynnol ...'

'Do, mi wnes—a dw i'n dal eisie bod yn annibynnol. Ond dyw hynny ddim yn golygu na alla i dderbyn help, chwaith.' Estynnodd law ar draws y bwrdd, yn chwilio am ei llaw hi. 'Dw i'n ddiolchgar iawn. Ti'n gwbod 'ny, on'd wyt ti? Nid pawb fydde'n ffwdanu â fi.'

Meddai Carys, gan gochi, 'Dyw e'n ddim ffwdan o gwbwl. Dw i wrth fy modd.'

'Ond dw i'n mynd â'th amser di i gyd ... yr holl bethe 'ma ti'n eu gwneud drosta i.'

' 'Sdim ots. 'Sdim byd llawer arall 'da fi i'w wneud, ta beth.'

Roedd Huw yn dawel am eiliad, yna gofynnodd, 'Wyt ti'n mynd mâs weithie, Carys?'

'Weithie.'

'I ble'r wyt ti'n mynd?'

'I wahanol fanne.'

'Pa fanne?—Clybie ieuenctid? Disgos?'

Gwnaeth ryw sŵn tuchan.

'I'r sinema?'

'Weithie.'

'Beth am y penwythnos? Be wyt ti'n ei wneud bryd 'ny?'

'Siopa. Darllen. Mynd am sbin ar y beic.'

'Ar ben dy hunan bach?'

'Wel . . .' Gwanodd ddarn o omlet â'i fforc. 'Gan fwya.'

'Dwyt ti ddim yn digwydd gallu canu, wyt ti?'

'*Canu*?' Syllodd arno. 'Na, pam felly?'

'Dw i'n chwilio am gantorion, 'na i gyd. Mae'r grŵp bach 'ma 'da fi—caneuon gwerin a phethe felly. Ar nos Iau ŷn ni'n cwrdd. Wrth gwrs, falle nad oes diddordeb 'da ti mewn canu gwerin, ond, meddwl ôn i, os oes 'da ti lais gweddol . . .'

'Does 'da fi ddim,' atebodd Carys. Dywedodd hynny â phendantrwydd diflas. Roedd ganddi lais mor affwysol o wael fel nad oedd wedi trafferthu ceisio ymuno â chôr yr ysgol. Byddai Miss Richards, pan agorai Carys ei cheg i ganu, yn rhoi'i dwylo am ei chlustiau ac yn grwgnach, 'Mae dy lais di'n hollti 'mhen i.' Dywedodd Carys yn freuddwydiol, 'Fydde'n dda 'da fi pe bawn i'n gallu gwneud—canu, hynny yw.'

'Wyt ti'n siŵr nad wyt ti'n gallu?'

'Ydw, ydw.' Methu canu, methu dawnsio, methu canu'r piano; doedd hi ddim yn gallu gwneud *dim*. A nawr roedd hi'n gwybod lle'r roedd Huw yn mynd ar nos Iau. Pam ddiawl roedd rhaid iddi fod mor anobeithiol?

'Beth am gariad?' meddai Huw. 'Fentra i bunt fod cariad 'da ti.'

Dychwelodd y gwrid yn un llif coch. Dros ei gwddf, i fyny dros ei thalcen. Roedd hi'n falch, yr eiliad honno, nad oedd Huw yn gallu'i gweld.

'Dim *cariad*,' meddai. 'Hynny yw, mae—mae llawer o ffrindie 'da fi sy'n fechgyn—ond dw i ddim eisie 'nghyfyngu fy hunan i un person.'

Cytunodd Huw yn ddifrifol y byddai'i chyfyngu ei hunan i un yn unig yn gam gwag.

Wrth gwrs roedd yn gallu synhwyro ei bod yn dweud celwydd. Hyd yn oed os na allai weld ei hwyneb, roedd y peth yn amlwg. Er mwyn goresgyn ei hembaras, gofynnodd, 'Oes 'da ti?'

'Ffrindie sy'n fechgyn?'

Cynyddodd yr embaras.

'*Cariad.*'

'O!' meddai Huw, 'Cariad . . . wel, na, ond dyw hynny ddim yn hawdd i fi.'

Edrychodd arno'n ddrwgdybus yn syth, ond doedd e ddim fel pe bai e'n tynnu'i choes. Edrychai'n ddifrifol. Meddyliodd am y ferch o Fryn-teg â'r wyneb fel y Mona Lisa.

'Beth am dy ddisgyblion di?' gofynnodd.

'Merched ysgol?' meddai Huw. 'Yn fy oedran i?'

'Dwyt ti ddim mor hen â 'ny!'

Byddai ei mam wedi dweud ei bod hi'n ddigywil-ydd. Ond doedd dim gwahaniaeth gan Huw. Cododd ei aeliau a dweud, 'O na? Pa mor hen ddwedet ti 'te?'

'O . . .' oedodd. Roedd rhai pobl yn sensitif am eu hoedran. Pan ofynnodd rhywun i Miss Jones unwaith, yn llawn diniweidrwydd, a oedd hi'n cofio'r rhyfel, roedd hi wedi ymateb yn rhewllyd oer. 'Falle 'mod i'n edrych yn hen,' roedd hi wedi dweud, 'ond dydw i ddim wedi dod o'r arch, chwaith. O ran diddordeb i chi, doedd neb wedi *meddwl* amdana i yn ystod y rhyfel.' Ar y llaw arall, pan oedd rhywun wedi meddwl fod Siw ddwy flynedd yn iau nag oedd hi (un fach bwt oedd hi), roedd hi wedi gwylltio'n lân. Doedd arni hi ddim eisiau brifo Huw wrth geisio dyfalu'n anghywir.

'Wel?' meddai, 'Dere nawr! Bydd yn ddewr! Mentra.'

'O . . . ugeinie?' meddai. Allai hi ddim bod ymhell o'i lle.

Gwawdiodd Huw.

'Ofni mentro? Ydy deng mlynedd bob ochor yn ddigon i ti?'

'Wel, dwyt ti ddim yn cofio'r rhyfel, wyt ti?' holodd.

'Na, dydw i ddim! Dw i ddim yn cofio ceffyl a chart, chwaith.'

'Trenau stêm?'

Tagodd.

'Beth am ffilmie di-sain tra dy fod ti wrthi? Fel mae'n digwydd, rôn i bron yn ddwy pan ddigwyddodd trychineb Aber-fan.'

Amcangyfrifodd ei fod tua phedair ar hugain. Roedd hynny'n swnio'n reit hen, tan i rywun feddwl mai dim ond rhyw wyth mlynedd yn hŷn na hi oedd e (saith a hanner wir, gan y byddai hi'n ddwy ar bymtheg cyn iddo fe fod yn bump ar hugain). Erbyn bod rhywun yn chwe deg a saith deg ac wyth deg roedd rhywun mor hen fel nad oedd ots yn y byd, oherwydd roedd bwlch blynyddoedd yn diflannu. Eglurodd hynny i Huw, ond dim ond chwerthin wnaeth e.

'Dw i'n dal ddim yn meddwl y byddai Mr Watkins yn falch o glywed 'mod i ar ôl un o'r merched!'

Mr Watkins oedd prifathro Bryn-teg—dyn caled, yn ôl pob sôn, ac un piwritanaidd ar ben hynny. Fyddai Mr Watkins byth yn ystyried cynnal parti i'r chweched dosbarth. Doedd cael piwritan o brifathro, meddyliodd Carys, ddim yn ddrwg i gyd, chwaith. Rhaid ei bod hi'n anodd ar Huw, serch hynny. Wedi'i amgylchynu gan ferched hardd Bryn-teg ac yntau'n methu gwneud dim am y peth. Edrychodd arno'n llawn cydymdeimlad.

'Does dim cariad 'da ti o gwbwl?'

Roedd hynny'n fwy digywilydd. Gwenodd Huw.

'Dere â hances boced fawr i fi . . . Roedd 'da fi un, unwaith, cred 'ny neu beidio.'

Roedd hi'n ei gredu. Pam na ddylai hi? Mae'n siŵr nad oedd Huw yn dweud celwydd fel hi—doedd dim angen iddo wneud. Roedd e'n gallu siarad â phobl a chymysgu'n dda. Roedd hi'n siŵr bod dwsinau o'r merched eisiau mynd allan gyda fe.

'Be ddigwyddodd iddi?' gofynnodd. 'Dy gariad di.'

Yn siriol ddigon, cwrsodd Huw ddarn olaf yr omlet o amgylch ei blât, gan ddefnyddio'i fysedd yn y diwedd, heb ofidio dim am hynny.

'Aeth hi bant ar wylie sgio a dod nôl 'da rhywun arall.'

'Aeth hi bant *hebddot* ti?'

'Wel, fydden i'n dda i ddim ar bâr o sgîs!'

'Pam aeth hi, 'te?'

'Ffansïo'r syniad, siŵr o fod.'

'Wel, ddyle hi ddim fod wedi gwneud!'

'Na?' meddai Huw.

'Na, ddyle hi ddim!' Roedd Carys yn gwbl bendant. 'Ddyle hi fod wedi dewis rhywbeth y gallet ti 'i wneud 'da hi.'

'Fel cerdded y Banne gyda labrador mewn harnes a photel o frandi?' Gwenodd. 'Nid 'na'r math o ferch oedd hi. Ta beth, doedd dim disgwyl iddi gyfyngu ar yr hyn roedd hi'n 'i wneud o'm hachos i.'

'Pam lai?'

'O . . . dyw pethe ddim yn gweithio fel 'na. Pam ddyle hi?'

Gallai Carys feddwl am gant o resymau.

'Fydden i ddim wedi gwneud,' meddai.

'Fyddet ti ddim? Na, falle fyddet ti ddim. Rwyt ti'n berson ystyriol iawn, on'd wyt ti?'

Unwaith eto, gwridodd. Ydw i? meddyliodd. Oedd hi? Petai Miss Jones ond yn gallu clywed hyn.

'Nid bod yn ystyriol yw 'ny,' meddai, 'ond bod yn deg.'

'Wel, beth bynnag yw e . . . a bod yn hollol onest, dw i'n meddwl fod y ferch druan wedi dechre blino ar orfod fy arwain i o gwmpas a gwneud pob dim drosta i. Dyna pryd ddechreues i dreio bod yn fwy annibynnol—wedi cael maldod am ormod o amser. Ti'n gwneud gwyrthie, gyda llaw. Wyt ti'n sylweddoli nad ôn i'n gallu berwi wy hyd yn oed, ychydig o wythnose'n ôl? Nawr fe alla i eu torri a'u curo nhw, eu gwahanu nhw a gwneud omlet!'

Disgwyliai iddi wenu, ond wnaeth hi ddim. Roedd hi'n rhy brysur yn pendroni am y cariad fu 'da Huw unwaith, cariad oedd wedi'i adael er mwyn mynd i sgio ac wedi dod nôl â rhywun arall.

'Beth oedd ei henw hi?' gofynnodd.

'Menna. Pam?'

'Mae hi'n swnio'n hen fuwch.'

'Doedd hi ddim yn hen fuwch. Dim ond yn ferch normal oedd eisie mwynhau bywyd fel pawb arall.'

Dywedodd Carys yn ystyfnig, 'Dw i'n meddwl ei

bod hi'n fuwch. Ddyle hi ddim fod wedi dechre mynd mâs 'da ti os nad oedd hi'n gallu . . . '

Oedodd, a cheisio rhoi trefn ar ei meddyliau.

'Os nad oedd hi'n gallu 'niodde i a'r ffaith 'mod i'n dda i ddim?' ychwanegodd Huw.

'Na! Os nad oedd hi'n gallu—wel—meddwl am dy anghenion di.'

'O, roedd hi yn meddwl am fy anghenion i . . . ond fe ddiflasodd hi ar 'ny, 'na i gyd. Dw i'n meddwl 'mod i'n creu embaras iddi.'

'*Embaras?*'

'Wel, wrth fod wrth ei hochor hi o hyd fel hen gi bach.'

'Wel, wir!' meddai Carys. (Roedd hi rywfodd wedi anghofio gymaint o embaras roedd hi wedi'i deimlo ar y dechrau, hefyd. Wedi'r cyfan, roedd hi wedi goresgyn hynny'n ddigon didrafferth. Doedd hi ddim yn teimlo iot o embaras nawr.) 'Beth yn y byd,' meddai'n chwyrn, 'sy 'na i greu embaras?'

'Dwn i ddim,' meddai Huw, 'ond mae rhai pobol yn teimlo fel 'ny. Mae e'n eu poeni nhw. Mae e'n gwneud iddyn nhw deimlo'n lletchwith.'

Oedd e wedi synhwyro ei bod hi wedi teimlo'n lletchwith? Y diwrnod cyntaf hwnnw, wrth fynd ag e i'r bws—a'i braich fel pocer, yn ddisymud . . .

'Dyw Sara ddim yn teimlo'n lletchwith, ydy hi?'

'O, Sara! Mae hi wedi tyfu gyda'r peth . . . roedd hi'n cerdded hanner ffordd o gwmpas Abertawe gyda fi pan oedd hi'n ddim o beth. Paid â chymryd Sara fel llinyn mesur.'

Na, meddyliodd Carys. Roedd Sara'n berffaith. Cannwyll llygaid pawb oedd Sara. Paid â chymryd Sara fel llinyn mesur.

'Dydw *i* ddim yn teimlo embaras,' meddai.

'Na,' meddai Huw. 'Dyna pam rwyt ti mor dda i fi
. . . ti'n 'y ngwthio i ar hyd y lle ac yn 'y ngorfodi i i
wneud pethe. A sôn am wneud pethe'—curodd ei
fysedd ar y bwrdd—'mae'n hen bryd i ni roi'r gore i'r
clebran 'ma. Cer at y piano; 'y nhro i yw hi i ddweud
wrthot ti beth i'w wneud—a dw i'n dy rybuddio di
'mod i cystal â ti am wneud, 'fyd!'

Pennod 8

Daeth y diwrnod—y diwrnod anochel—pan oedd Beth Griffiths yn casglu arian y parti.

'Dere nawr, Edwards! Agor y pwrs 'na! Mae arnat ti ddwybunt i fi.'

'Oes . . .' Edrychodd yn ei phwrs, er ei bod yn gwybod yn iawn faint oedd yno; punt deg ceiniog i bara hyd ddiwedd yr wythnos. 'Alla i 'i roi e i ti ddydd Llun?'

Culhaodd llygaid Beth.

'Wyt ti'n dal yn dod?'

'Wrth gwrs ei bod hi'n dal yn dod!'

'Mae ei chariad hi'n dod 'da hi . . .'

'Y cerddor . . .'

'Yr unawdydd piano . . .'

'Emrys . . .'

'Emyr . . .'

'Emyr?'

'*Wel*?' holodd Beth. '*Wyt* ti?'

'Edrych, does dim ceiniog goch y delyn 'da fi,' meddai Carys. 'Fe gei di fe'r peth cynta fore Llun, dw i'n addo.'

'Na, hynny yw . . . wyt ti'n dal yn dod?'

'A wyt ti'n dal i ddod â'r cariad 'da ti?'

'Y cerddor . . .'

'Yr unawdydd piano . . .'

Wedi cael llond bol, fe ddywedodd, 'Na, dw i'n dod ag eliffant piws 'da fi! Arhoswch i gael gweld, wnewch chi?'

Y noson honno, gorweddai Carys yn y gwely yn chwys domen. Rhwng dechrau a diwedd y tymor, gallai unrhyw beth fod wedi digwydd (ond ni wnaeth); rhwng nawr a dydd Llun doedd dim gobaith mul. Rhwng dydd Llun a nos Sadwrn—roedd ei boch yn fflamgoch ar y gobennydd. Byddai'n rhaid iddi dalu. Allai hi ddim meddwl am ffordd i osgoi hynny. Dwybunt i'r gwynt, ond gwell hynny na'u bod nhw'n amau rhywbeth.

Mi fydden nhw'n amau rhywbeth, beth bynnag. A mwy na hynny, mi fydden nhw'n gwybod. Hyd yn oed pe bai'n talu'r arian—hyd yn oed pe bai'n llwyddo i gwympo lawr y grisiau ar y funud olaf a thorri'i choes—pan welen nhw nad oedd hi yno, mi fydden nhw'n gwybod yn iawn. Byddai pawb yn edrych ar ei gilydd ac yn gwenu'n slei; yn nodio pen ac yn dweud yn uchel, 'Ddwedes i, on'd do fe?' Siân Wyn Williams fyddai'r uchaf ei chloch.

'Cerddor! Dyw hi ddim yn nabod unrhyw gerddor!'

'Ond mi ydw i !' Eisteddodd Carys i fyny yn y gwely, a chydio yn y dillad.

Roedd hi'n adnabod Huw, on'd oedd? A beth oedd e, ond cerddor? Wedi'r cyfan, ddywedodd *hi* erioed ei fod e'n unawdydd piano. Non Humphries, y ffŵl dwl, ddywedodd hynny. Doedd Carys ddim wedi honni unrhyw beth. Wrth gwrs, roedd hi wedi dweud mai Emyr oedd ei enw e, ond gallai hi ddweud eu bod nhw wedi camddeall, a doedd e ddim mor hen â hynny, ddim mor hen fel bod pawb yn meddwl fod y peth yn chwerthinllyd, ac os gallai hi ei berswadio i wisgo sbectol dywyll a gadael ei ffon gartref, efallai na fyddai neb yn sylwi dim—allai neb ddweud wrth edrych arno. Ddim os byddai'n gwisgo sbectol dywyll. Ac mi fyddai hi'n rhoi ei gair iddo, fyddai hi ddim yn ei adael am eiliad, hyd yn oed, fyddai dim cyfle iddo fynd ar goll neu faglu dros bethau. Fyddai dim rhaid iddyn nhw ddawnsio na dim, a dim ond am ychydig byddai'n rhaid iddyn nhw aros—yn

74

ddigon hir i bawb eu gweld, dyna i gyd. Gallai ddweud eu bod am fynd ymlaen i rywle arall, rhywle i oedolion. Fyddai dim ots ganddo, does bosib, dim ond am un noson?

Taflodd y cynfasau'n ôl a gwisgo'i siwt loncian dros ei chrys nos. Roedd hi'n un ar ddeg y nos, a byddai ei mam yn cael ffit, ond os na fyddai hi'n gwneud rhywbeth ar unwaith, wnâi hi byth. Pe bai'n gadael pethau tan y bore fyddai dim hyder ganddi i ystyried y peth, hyd yn oed.

'Huw . . .' curodd yn ysgafn iawn ar ei ddrws. 'Fi sy 'ma—Carys. Ga i ddod i mewn?'

Cilagorodd y drws. Tywyllwch dudew yn y stafell. Am eiliad meddyliodd ei fod yn cysgu, ond yna dywedodd Huw, 'Rwyt ti yn y stafell yn barod, wrth dy sŵn di!' a chynheuodd y golau. Gwelodd ei fod yn eistedd yn y gwely'n darllen un o'i lyfrau Braille trwm. Anghofiodd am ei neges wrth ei weld a dweud, 'Huw, sut wyt ti'n gallu darllen y llyfre 'na?'

'Sh!' Rhoddodd fys ar ei wefus. 'Fe ddangosa i i ti ryw ddiwrnod. Ddim nawr. Be sy'n bod? Methu cysgu?'

'Rôn i eisie gofyn rhywbeth i ti. Rôn i eisie . . .'

'Well i ti gau'r drws, dw i'n meddwl. Dwyt ti ddim eisie dihuno dy fam.'

Na. Gallai ddychmygu'r strach: 'Mynd i mewn i stafell lodjer am un ar ddeg y nos . . .' I stafell *dyn*, yn ei chrys nos. Nid bod Huw yn gallu gweld mai yn ei chrys nos yr oedd hi. Caeodd Carys y drws, a chan aros wrth draed y gwely, dywedodd yn gyflym, 'Fyddet ti ddim yn hoffi dod i barti, fyddet ti?'

'Parti?' Roedd wedi'i synnu. 'Pa fath o barti?'

'Un diwedd tymor. Yn yr ysgol. Nos Sadwrn nesa.'

Roedd Huw yn ddistaw. Daliodd Carys yn rheilen y gwely yn dynn â'i dwy law.

'Nid parti plant bach yw e. Un ar gyfer y chweched yn unig. Mae pawb yn dod â chariad neu—neu frawd, neu gefnder, neu rywun yn gwmni. Meddwl ôn i—falle—y byddet ti'n hoffi dod 'fyd.'

Ddywedodd Huw ddim gair. Does arno ddim eisiau dod, meddyliodd Carys. Mae ganddo bethau gwell i'w gwneud. Mae e'n mynd at ei chwaer, yn gweld Sara Lewis, ac yn mynd gyda hi o gwmpas Abertawe. Pam ddylai e aberthu'r cyfan er mwyn rhyw barti bach pitw?

Ciliodd yn ôl at y drws.

'Rôn—rôn i'n meddwl, 'na i gyd,' meddai. 'Dôn i ddim yn siŵr . . .'

'Carys.' Gan roi un llaw i gadw'i le yn y llyfr, estynnodd y llall tuag ati. Arhosodd hithau yn ei hunfan. 'Fe fydden i'n wir yn hoffi dod, ond . . . dw i ddim yn arbennig o dda mewn partïon fel 'na. Partïon, dawnsio—dw i ddim hyd yn oed yn gallu dawnsio. Fydde cywilydd 'da ti ohona i.'

'Na fydde ddim!' meddai Carys; ac yna, rhag ofn bod hynny'n swnio'n rhy awyddus, 'Dw i ddim yn gallu dawnsio chwaith—hynny yw, ddim yn iawn. Does dim clem 'da fi. Dim ond symud yn yr unfan a thaflu'u breichie o gwmpas mae pawb.'

'O.' Ac yna saib. 'Falle bydden i hyd yn oed yn gallu gwneud 'ny,' meddai Huw.

'Gallet, a fydde dim rhaid i ni aros drwy'r nos—ddim os na fyddet ti eisie. Pe bait ti eisie mynd at dy chwaer wedyn, allen i dy hebrwng di i'r trên, a . . .'

'Wir nawr, Carys!' Caeodd Huw ei lyfr. 'Beth wyt ti'n meddwl ydw i, dwêd? Rôn i'n meddwl, hyd yn oed yn yr oes oleuedig hon, bod dyn yn dal i hebrwng merch adre. Neu ydw i'n rhy hen ffasiwn?'

Doedd Carys byth yn siŵr, gyda Huw, a oedd e'n tynnu'i choes ai peidio. Doedd hi ddim wedi bwriadu ei sarhau. Ond mater syml fyddai cerdded gydag e i'r orsaf a'i roi ar y trên ac yna cerdded yn ôl i ddal y bws. Doedd arni hi ddim eisiau iddo newid ei gynlluniau i gyd o'i hachos hi. Fyddai hynny ddim yn iawn. Ceisiodd egluro, ond fe dorrodd ar ei thraws. 'Er mwyn popeth! Fe alla i fyw am benwythnos heb ruthro nôl i'r nyth. Os mynd i barti, mynd i barti amdani . . . dw i ddim yn cael gwahoddiad i lawer ohonyn nhw. O leia gad i fi gymryd mantais o'r cyfle!'

'Ti'n meddwl 'te'—prin y gallai fentro gofyn—'yr hoffet ti ddod yn gwmni i fi?'

'Wrth gwrs 'mod i eisie dod 'da ti. Dw i'n falch i ti ofyn. Nos Sadwrn nesa, ddwedest ti?'

'Ie.' Wedi bywiogi drwyddi, fe symudodd yn ôl i mewn i'r stafell. 'Am hanner awr wedi saith mae'n dechre, ac yn gorffen tua un ar ddeg. Mae'n rhaid i bawb adael erbyn 'ny. Bydd rhai o'r staff 'na, ond dŷn nhw byth yn ymyrryd. Fe fyddan nhw'n eistedd yn stafell yr athrawon yn llymeitian jin. Does dim hawl 'da *ni* i yfed, ond . . .'

'Paid â phoeni,' meddai Huw. 'Dw i ddim yn gaeth i jin.'

'Falle bydd 'na seidir 'na. Dw i ddim yn siŵr.' Ni fu digon o ddiddordeb ganddi tan hynny i holi. Yn sydyn reit, doedd y parti ddim yn gwmwl du ar y gorwel mwyach. Roedd pelydrau o haul yn dechrau torri drwy'r cwmwl. 'Dw i'n meddwl y bydd e'n eitha sbort.'

'Wrth gwrs y bydd e'n sbort! Rhaid i ti ddweud wrtha i be ddylen i wisgo.'

'O, dim ond jîns a siwmper, fel arfer. Does dim angen gwisgo'n smart, a—fydd dim rhaid i ti ddod â'r ffon wen gyda ti, chwaith, na fydd? Ddim i barti? Fydd dim gwaith cerdded o gwbwl, dim ond i'r bws, ac mi fydda i 'na 'da ti, felly ...'

Roedd ei llais yn dangos mwy o bryder nag a fwriadodd. Hanner gwenu wnaeth Huw a dweud, 'Fe alla i ei gadael hi 'ma, os wyt ti eisie—os wyt ti'n barod i fod yn gyfrifol amdana i.'

'Wrth gwrs 'y mod i! Dw i'n addo! Fydden i ddim yn gadael i ddim byd ddigwydd i ti.'

'Dw i'n siŵr na fyddet ti ... ond, Carys ...' Unwaith eto estynnodd ei law. Y tro hwn, am ei bod hi'n nes, fe gyffyrddodd â'i llaw hi. Fe'i daliodd am eiliad fer. Yn dyner, fe ddywedodd, 'Fyddan nhw'n gwbod, serch 'ny.'

Llyncodd Carys.

'G-gwbod?'

'Does dim modd celu'r peth. Fydden i'n gwneud pe gallen i, ond ...'

Wedi cynhyrfu i gyd, tynnodd Carys ei llaw i ffwrdd.

'D-dw i ddim eisie i ti g-gelu dim! Meddwl ôn i y bydde hi'n haws i ti—er mwyn d-dawnsio a dal g-gwydr a phopeth.'

'Er mwyn symud yn yr unfan a phethe?'

'Ie! Rôn i'n meddwl y bydde hi'n haws i ti!—Dw i ddim fel hi. Dyw e ddim yn achosi embaras i fi.'

'Bydd ddistaw,' meddai Huw. 'Mi fyddi di'n di-huno dy fam.'

'Fydden i ddim wedi dy wahodd di os bydde fe, fydden i nawr?'

'Na, wrth gwrs na fyddet ti,' meddai Huw. 'Wyt ti'n hollol siŵr dy fod ti'n dal am wneud?'

'Wrth g-gwrs 'mod i!' Dechreuodd Carys amau unwaith eto. 'Os wyt ti'n dal i fod eisie dod, h-hynny yw.'

'Wrth gwrs 'y mod i.'

'Ac mi *w-wnei* di ymddiried yndda i i ofalu amdanat ti?'

'Dim problem,' meddai Huw.

Mi ddylai hi fod yn teimlo'n orfoleddus, ond ryw-fodd doedd hi ddim.

Yn reddfol, synhwyrodd Carys y byddai trwbl ynglŷn â mynd â Huw i'r parti, fel ynglŷn â'r gwersi piano. Doedd hi ddim yn syndod yn y byd iddi pan ddywedodd ei mam dros swper un noson, 'Beth yw hyn amdanat ti'n gofyn i Mr Stevens fynd gyda ti i barti?'

'Ofynnes i iddo fe ac fe ddwedodd ei fod e am ddod.'

'Neu doedd e ddim yn hoffi dweud na.'

'Alle fe fod wedi dweud na os oedd e eisie . . . dyw e ddim yn cael gwahoddiad i barti'n amal iawn.'

'Na ti, chwaith.'

Cododd ei phen, wedi'i synnu a'i chynddeiriogi. Beth wnaeth hi i haeddu'r fath sylw cas? Doedd ei mam ddim mor bigog fel arfer.

'Parti ysgol yw e,' meddai.

'Dw i'n gwbod mai parti ysgol yw e. Mae'n siŵr bod Mr Stevens yn cael hen ddigon ar bethe ysgol yn ystod yr wythnos, heb gael ei lusgo yno ar benwyth-nos 'fyd.'

'Does neb yn ei lusgo fe, fe . . .'

'Hyd yn oed os nad yw e mor hen ag roeddet ti wedi'i ofni, dyw hynny ddim yn golygu fod hawl 'da ti i'w orfodi fe i . . .'

'Ond dw i ddim yn 'i *orfodi* fe! Doedd dim rhaid iddo fe ddod!'

'Nac oedd, a doedd dim rhaid i ti ofyn, chwaith . . . a'i roi e mewn sefyllfa anodd.'

79

'Fel mae'n digwydd'—yn ddidaro, trodd Carys y siwgr yn ei the—'fe ddiolchodd i fi am ofyn iddo fe.'

'Wrth gwrs 'i fod e wedi diolch i ti! Mae e'n dod o deulu parchus. Be oeddet ti'n disgwyl iddo fe wneud? Troi a dweud wrthot ti am ei adael e'n llonydd?'

Gwridodd Carys.

'Nid un fel 'na yw Huw.'

'Dw i'n gwbod yn iawn nage fe. 'Na'r union reswm pam na ddylet ti fod wedi gofyn iddo fe. Ddylet ti ddim gofyn iddo fe beth bynnag. Fe ddylet ti fod yn nabod rhywun yr un oedran â ti.'

Gwgodd Carys.

'Pa obaith sy 'da fi! Ble ddo i i nabod rhywun yr un oedran â fi? Wyt ti'n meddwl fod 'na rywun yn yr ardal 'ma eisie 'y nabod i? A finne'n mynd i ysgol y snobs? Pe bait ti wedi fy hala i i Gae Coch yr un peth â . . .'

'Allet ti ymuno â rhywbeth. Mae 'na glwb ieuenctid da yn y capel.'

'Clwb ieuenctid y capel!' Roedd hyn wedi cael ei drafod o'r blaen. Dyna oedd tôn gron Miss Richards: dyw'r ferch 'na ddim yn normal . . . pam na wnaiff hi *ymuno* â rhywbeth?

'A beth,' meddai Mrs Edwards, 'sy'n bod ar glwb ieuenctid y capel?'

Meddai Carys yn llawn dirmyg, 'Dim ond teithie cerdded a thenis bwrdd.'

'Be wyt ti'n ei ddisgwyl 'te? Cyffurie a rhyw?'

'Fydde unrhyw beth yn well na theithie cerdded—criw mawr afreolus yn trampio . . . ta beth, dw i ddim yn mynd i'r capel.'

'Fe wnâi les i ti. Pryd mae'r parti 'ma, neu beth bynnag yw e, yn gorffen?'

'Dwn i ddim. Falle ddim tan hanner nos.'

'Sut dewch chi adre 'te?'

'Bws. Cerdded. Tacsi. Beth yw'r ots? Fe fydd Huw 'da fi.' Rhoddodd ei chwpan i lawr ar y soser yn ddiamynedd. 'Mae e yn *ddyn*, ti'n gwbod. Falle'i fod e'n ddall, ond mae e'n ddigon abal i ofalu amdana i.'

'Ddyle fe ddim bod yn gorfod gofalu amdanat ti. Mae'i fywyd ei hunan 'da fe—dyw e ddim eisie treulio'i orie hamdden yn mynd i bartïon ysgol. Yn y dyfodol, arhosa di iddo fe ofyn i ti gynta.'

'O, yn y dyfodol, fe stedda i wrth y tân yn gwau! Weithie dw i'n meddwl,' meddai Carys yn chwerw, 'be ddigwyddodd i'r Mudiad Ffeministaidd . . . does dim gobaith caneri 'da fe yn y tŷ 'ma!'

Y bore wedyn, ar y ffordd i'r bws, meddai Huw, 'Ti'n dawel iawn—fel y diwrnod cynta 'na 'to! Rôn i'n deall bryd 'ny. Ofn oedd arnat ti, yndyfe?'

'Nage ddim!'

'Ie 'te! Roeddet ti bron marw o ofn! Ond dwyt ti ddim rhagor. Be sy'n bod 'te? Probleme yn yr ysgol?'

Roedd hi wedi sylwi o'r blaen ei fod yn gallu synhwyro sut hwyl oedd arni. Er na allai weld ei bod yn gwgu, roedd yn gwybod bob amser.

Dywedodd yn dawel, 'Hi sydd.'

'Pwy yw *hi*?'

'Mam. Yn pigo arna i byth a beunydd—yn poeni a phregethu. Mae 'na *rywbeth* yn bod o hyd.'

'O! 'Na i gyd?' Doedd hynny, mae'n amlwg, ddim yn ei boeni fe. 'Mae mam pawb 'r un peth!'

Edrychodd Carys yn syn arno, wedi'i syfrdanu gan syniad newydd hollol.

'Oedd dy fam di'r un peth?'

'Oedd, glei!'

Dyna ryfedd. Doedd hi erioed wedi meddwl fod mam gan Huw—ddim mam oedd yn poeni ac yn

81

dweud wrtho beth i'w wneud. Roedd Huw yn oedolyn. Doedd oedolion ddim yn gorfod poeni am famau.

'Fydde dim ots 'da fi,' meddai Carys, 'pe bai hi ddim yn pregethu o hyd ac o hyd.'

'Am be mae hi'n pregethu?'

'Ti, gan fwyaf . . . y ffordd dw i'n dy flino di. Ac na ddylen i fod wedi gofyn i ti ddod gyda fi ddydd Sadwrn. Ddwedodd hi nad dy ddyletswydd di oedd bod yn gwmni i ferch *ysgol*.'

Bu saib. Yna dywedodd Huw, 'Fydde'n well 'da hi pe na bydden i'n mynd yn gwmni i ti?'

'Fydde'n well 'da hi pe bawn i heb ofyn i ti. Mae *hi*'n meddwl y byddet ti'n hoffi dweud wrtha i am fynd i grafu, ond achos dy fod ti'n dod o deulu parchus, dy fod ti'n rhy foesgar i wneud 'ny, ac nad wyt ti am roi loes i fi . . . amdanat ti mae hi'n poeni, nid fi. Mae hi'n meddwl 'mod i'n cymryd mantais.'

'Fydde fe rywfaint o help pe bawn i'n cael gair â hi i ddweud sut mae pethe mewn gwirionedd?'

'Dim ond os wyt ti wir yn golygu 'ny.'

'A dwyt ti *ddim* yn credu 'mod i'n golygu'r hyn ddwedes i?'

'D-dw i ddim yn gwbwl s-siŵr.'

'Wel, bydd yn gwbwl siŵr! Pan dw i'n dweud 'mod i'n falch i ti ofyn, dw i wir *yn* falch. Dw i ddim yn cael gwahoddiade i bartïon bob dydd—does dim llawer o bobol fydde'n trafferthu gwneud.'

Taniodd ei bochau. Doedd hi ddim yn arfer gwrido pan oedd hi'n blentyn. Ond wrth iddi dyfu, roedd y peth yn gwaethygu—ac yn waeth na dim pan oedd hi gyda Huw, sefyllfa gwbl hurt gan nad oedd e'n gallu ei gweld, hyd yn oed.

'Dyw e ddim yn drafferth o gwbwl,' meddai.

'Wir, nawr? Fe fydden i'n dweud ei fod e—addo bod yn gyfrifol amdana i.'

Dechreuodd Carys chwarae gyda dolen ei bag.

'A dweud y gwir, dw i—dw i wedi bod yn meddwl am 'ny. Falle y dylet—y dylet ti fynd â'r ffon 'da ti wedi'r cyfan. Paid â meddwl nad ydw i *eisie* bod yn gyfrifol—hynny yw, a' i ddim bant a'th adael di na dim—ond—wel—beth pe bawn i'n cael trawiad ar y galon neu'n cwympo'n farw neu rywbeth? Mi fyddet ti ar goll wedyn, oni fyddet ti? Heb y ffon?'

'Fydde hi ddim yn hawdd,' meddai Huw'n ddwys, 'ond dw i ddim yn rhag-weld am eiliad y *cei* di drawiad neu rywbeth . . .'

'Na, ond dw i—dw i'n dal i feddwl y dylet ti fynd â hi. Dw i'n meddwl y byddet ti'n teimlo'n fwy cyff-yrddus.' Edrychodd yn ymchwilgar arno. 'Mi fyddet ti, on' fyddet ti?'

'Dewis di,' meddai Huw. 'Dy griw ffrindie di fydd 'na.'

' 'Na ni 'te—dw i'n meddwl y dylet ti fynd â'r ffon 'da ti.' Doedd dim ots ganddi hi am farn y merched. Doedd hi ddim yn teimlo dim cywilydd ohono fe— nid Menna arall oedd hi.

'Ond cofia di,' meddai Huw, 'fe alla i ei thaflu hi naill ochr pan fyddwn ni'n dawnsio . . .'

Pennod 9

Gan dorri'r rheol am unwaith, dywedodd Mrs Edwards y gallai Huw ddod i gael cinio gyda nhw. 'Gan ei fod e'n aberthu ei benwythnos dim ond er mwyn mynd yn gwmni i ti i barti, yna'r peth lleia gallwn ni ei wneud yw rhoi tamed o fwyd iddo fe . . . gwell i ti ddweud wrtho fe am ddod lawr i gael cinio 'da ni—neu falle y dylwn i fynd.'

'Na, mi a' i,' meddai Carys. 'Ddweda i wrtho fe.'

'Wel, gwna'n siŵr ei fod e'n dod. Dwêd 'mod i'n mynnu.'

Gyntaf oll, pan gurodd ar ei ddrws a dweud, 'Huw! Mae'n rhaid i ti ddod lawr i gael cinio 'da ni,' doedd e ddim yn fodlon gwneud.

'Wir i ti,' meddai, 'does dim eisie. Dw i'n dod i ben yn iawn.'

Meddai Carys, gan feddwl ei fod yn poeni am golli ei annibyniaeth, 'Dim ond heddi . . . ta beth, mae Mam yn mynnu. Ei ffordd hi o dawelu'i chydwybod yw hyn, am dy fod ti'n mynd â fi i'r parti heno.'

'O, mae hynny'n hurt! Dw i'n edrych 'mlân at heno.'

'Wyt, dw i'n gwbod 'ny'—roedd hi'n mynd yn fwy hy wrth i'w hyder gynyddu—'hi sydd ddim.'

'Wel, fe ddweda i wrthi hi.'

'Fe fydd hi'n dal i fynnu dy fod ti'n dod i fwyta 'da ni . . . pam na ddei di? Mae hi'n coginio pryd tri chwrs yn arbennig i ti.'

Dim ond ar ôl llawer o holi a phwyso y llwyddodd Carys i lusgo'r ateb oddi wrtho. Yn llawn cywilydd fe sibrydodd, 'Dw i ddim yn ddigon hyderus wrth y ford i fwyta pryd tri chwrs mewn cwmni.'

'O, *Huw*,' meddai Carys; ac yna, rhag ofn ei bod hi wedi'i frifo, 'Beth yn y byd sy'n bod ar y ffordd rwyt ti'n ymddwyn wrth y ford?'

Tynnodd wyneb a dweud, 'Oes rhaid i ti ofyn? Rwyt ti wedi gorfod eistedd a 'ngwylio i'n ddigon amal.'

'Ond does dim ots 'da neb os wyt ti'n bwrw pethe drosodd. Dw i'n gwneud 'ny o hyd.'

'Ddim bwrw pethe sy'n 'y mhoeni i.'

'Wel ...' Crychodd ei thalcen mewn penbleth. Roedd hi'n hen gyfarwydd ag amheuon ac ofnau cudd, ond Huw? Meddyliodd yn ôl dros y prydau yr oedden nhw wedi'u bwyta gyda'i gilydd ac eto allai hi ddim gweld beth oedd yn ei boeni os nad oedd yn poeni ei fod yn bwyta gyda'i fysedd o bryd i'w gilydd; ac roedd hi'n anodd credu y byddai hynny'n cythruddo unrhyw un. Doedd hi erioed wedi'i chythruddo gan y peth. Pam na allai Huw ddefnyddio'i fysedd, os mai dyma oedd hawsaf iddo? Roedd *hi* wedi ceisio cwrso darnau o fwyd o gwmpas ei phlât gyda'i chyllell a'i fforc a'i llygaid ynghau; roedd gwneud hynny'n fwy rhwystredig na chwarae'r gêm ddwl 'na lle'r oedd yn rhaid i chi siglo peli metel i dyllau bach. Roedd hi'n syndod a rhyfeddod o'r mwyaf ei fod yn ymdopi cystal. 'Dwyt ti byth yn poeni am 'ny 'da fi,' meddai Carys.

'Achos mai ti wyt ti. Dw i ddim yn dy ystyried di fel cwmni dieithr.'

'Wel, nid cwmni dieithr yw Mam, chwaith ... ti'n bwyta brecwast 'da hi bob bore.'

'Mae brecwast yn wahanol. Mae pawb ar ormod o frys i sylwi adeg brecwast.'

'A does neb yn mynd i sylwi adeg cinio, chwaith, achos does 'na ddim i sylwi arno fe ... wir nawr, dw i'n meddwl 'ny. Dim ond i ti gadw dy benelinoedd oddi ar y ford, fydd popeth yn iawn. Mae'n swnian am hynny byth a hefyd. Yn dweud ei fod e'n beth anfoesgar i'w wneud. Duw a ŵyr pam. Beth yw diben bord, dwêd, ond fel rhywbeth i bwyso arni?'

Yn raddol llwyddodd i'w ddarbwyllo—'Ond dim ond os wnei di ymddiheuro drosta i 'mlân llaw'—ac yn wir, adeg cinio, hi, nid Huw, fwriodd ddŵr o'r jwg dros bob man. Meddai Huw yn gyhuddgar ar y bws wedyn, 'Wnest ti hynny'n fwriadol? Er mwyn i fi deimlo'n well?' Gwadodd Carys hynny'n gryf, ond doedd e, mae'n amlwg, ddim wedi'i argyhoeddi. Doedd dim ffordd i'w ddarbwyllo ei bod hi ganwaith yn fwy trwsgl na fe.

Cyrhaeddodd y ddau'r parti ugain munud yn hwyr, am nad oedd y bysiau'n brydlon. Allai Carys ddim bod wedi trefnu'r peth yn well; roedd hi'n amlwg wrth wynebau pawb, wrth iddynt gerdded i mewn, eu bod wedi penderfynu nad oedd hi'n mynd i ddod. Meddai Siân Wyn Williams, yn llusgo'r ail John Ogwen o gwmpas (edrychai'n debycach i El Bandito na John Ogwen), 'O! Ti 'ma!' mewn llais oedd yn datgelu'r hyn roedd hi'n ei feddwl.

'Doeddet ti ddim yn meddwl y bydden i?' meddai Carys, ac yna, yn gyflym iawn, rhag ofn y byddai Siân Wyn yn dweud rhywbeth wrth Huw, 'Dyma Huw.'

'Huw?' meddai Siân Wyn. 'Rôn i'n meddwl mai . . .'

'Huw, 'ma Siân Wyn, sy yn yr un dosbarth â fi, a Geraint sy yn y Coleg Cerdd a Drama.'

Dywedodd Huw, yn llawn brwdfrydedd, 'Shw' mae?'

Gofynnodd Siân Wyn, 'Cerddor ŷch chi?'

'Pardwn?' meddai Huw.

'Ddwedes i wrthot ti,' meddai Carys. 'Mae'n canu'r piano.'

'O, cerddor!' meddai Huw. 'Rôn i'n meddwl am eiliad mai garddwr ddwedest ti!'

'Ynganu aneglur,' meddai Geraint.

Wedi'i chymysgu'n lân, gwnaeth Siân sŵn rhyfedd yng nghefn ei gwddf. Roedd hi'n bleser gweld yr hen Wyn ar goll am unwaith. Wnaeth hi ddim ffwdanu gofyn iddo ai unawdydd piano oedd e.

Ar y dechrau, nid Siân Wyn oedd yr unig un a oedd ar goll. Roedd pawb yn tueddu i lynu, fel pe bai, at ymylon y neuadd. Daliai Carys bobl yn syllu'n nerfus ar Huw, gan feddwl nad oedd hi'n edrych, a phan sylweddolen nhw ei bod hi'n eu gwylio, bydden nhw'n dechrau nodio a gwenu fel giât yn syth. Gwyddai Carys y byddai yna fôr o glebran ben bore Llun. Pa ots? Os nad oedden nhw wedi gweld person dall erioed o'r blaen, eu problem nhw oedd hynny . . . roedd hi'n falch nad oedd hi wedi dweud wrth Huw am wisgo sbectol dywyll a gadael ei ffon gartre. Twyllo fuasai hynny, a byddai hi wedyn cynddrwg â Menna, a aeth i sgio hebddo fe am fod cywilydd arni i'w gael yn gwmni iddi mewn mannau cyhoeddus.

Tra oedd hi'n hongian ei chot, daeth Marged Morris, un o ffrindiau pennaf Siân Wyn ati, gan wenu yn ddigon cyfeillgar, ond eto braidd yn gyhuddgar, a dweud, 'Fe ddylet ti fod wedi dweud wrthon ni, ti'n gwbod. Mi fydden ni wedi deall yn iawn.'

'Deall beth?' meddai Carys yn ddidaro, fel pe bai hi ddim yn gwybod am beth roedd Marged yn sôn.

'Am dy gariad di . . . mae'n dysgu ym Mryn-teg, on'd yw e?'

Symudodd Carys yn ôl at ei chot.

'Wel?'

'Mae cyfnither 'da fi sy'n mynd 'na ... rôn i'n meddwl pam ei bod hi wedi dechre cael gwersi piano a hithe ddim yn gerddorol o gwbwl!'

Meddai Carys, gan wgu ar ei chot i osgoi dangos ei balchder, 'Mae e'n cymryd dosbarthiade cyfan ac unigolion.'

'A dyma ni fan hyn, gyda'r hen Organ Morgan ... sôn am lwc.—Hei, fentra i fydd fy nghyfnither yn genfigennus tu hwnt pan ddweda i wrthi hi! Meddylia ei fod wedi dy ddewis di pan alle fe fod wedi cael pob merch ym Mryn-teg!'

Tybiodd Carys fod hynny'n rhyw fath o ganmoliaeth, ond, wrth gwrs, doedd Huw ddim wedi'i dewis hi. Os rhywbeth, hi oedd wedi'i ddewis e.

Edrychodd ar ei hwyneb yn y drych. Doedd dim modd gwadu, *roedd* ei gwefusau'n rhy fawr, *roedd* siâp rhyfedd ar ei thrwyn, ac *roedd* ganddi frychni dros bob man. Yr unig gysur oedd nad oedd Huw yn gwybod hynny.

Aeth yn ôl i'r neuadd. Roedd hen chwaraewr recordiau'r ysgol wedi torri—doedd Miss Morgan ddim yn fodlon iddynt ddefnyddio'r hi-fi o'r stafell gerddoriaeth, gan ei bod yn ofni y bydden nhw'n dinistrio'r cyfan wrth chwarae cerddoriaeth bop. Roedd rhywun yn llusgo Huw at y piano. Clywodd lais Non Humphries, yn clochdar yn hunandybus, 'Unawdydd yw e—all rhywun ddim gofyn i *unawdydd*, Carys, dwêd wrthyn nhw! Allan nhw ddim gofyn iddo fe i chwarae eu stwff nhw!'

'Falle mai fe gynigiodd,' atebodd Carys.

'Wnaeth e ddim cynnig! Fe orfodon nhw fe!'

'Wel ... mae'n debyg y galle fe fod wedi gwrthod pe bai e eisie.'

Fyddai e wedi gwrthod? Na, mae'n debyg na fyddai. Byddai'n meddwl mai helpu oedd yr hyn

88

roedd hi am iddo'i wneud. Dyna *oedd* yr hyn yr hoffai iddo'i wneud, ond—ond mai dim ond darnau clasurol roedd hi wedi'u clywed ganddo erioed. Plîs, Huw, meddyliodd, ddim Mozart, er mwyn popeth . . .

Nid Mozart ddewisodd Huw. Roedd hi'n amlwg ei fod yn gwbl abl, wedi'r cyfan, i ganu pethau llai uchel-ael pan oedd rhaid. Ochneidiodd Non Humphries a dweud, '*Sothach* yw hyn. Fe ddyle fe fod yn canu Beethoven nefolaidd, ddim yn ei iselhau ei hunan fel hyn.'

'Fydde chware Beethoven,' meddai Carys, 'fel taflu perle o flaen y moch.'

Dechreuodd pobl glosio wrth i Huw ganu'r piano. Daethant ato, gwthio'i benelin a dweud: gwych, grêt—hei! Wyt ti'n gwbod hwn? Gallai Carys fod wedi dechrau teimlo'n ddig, ond llwyddodd cariad rhywun i drwsio'r peiriant o'r diwedd, fel y gallai Huw gael hoe.

'Gostwng dy safone,' meddai Carys. 'Dôn i ddim yn gwbod dy fod ti'n gallu canu stwff fel 'na.'

'Doeddet ti ddim yn gwbod 'mod i'n gallu ei symud hi?' Gwenodd Huw yn ddireidus. 'Wedi'r cyfan, athro parchus, cyfrifol ydw i . . . ond mae hi'n newid braf i anghofio 'ny o bryd i'w gilydd.'

Meddai Carys, gan nodio'n foddhaus fel aelod o'r teulu brenhinol at Siân Wyn a'i chriw, 'Mae hynny wedi rhoi rhywbeth iddyn *nhw*'i drafod.'

'A ydw i'n synhwyro dy fod ti'n hunanfodlon? Paid â dechre ymfalchïo gormod . . . chware plant yw rhywbeth fel 'na. Pe bawn i'n gallu chware Sonata yn B gan Liszt yr un mor ddidrafferth, fe fydde rheswm 'da ni i ddathlu.'

Wyddai Carys ddim byd am Sonata yn B gan Liszt,

ond fe fentrodd ddweud, 'Allet ti ddim dawnsio i'r Sonata, cofia.'

'Na, mae hynny'n ddigon gwir. Wyt ti eisie, gyda llaw?'

'Dawnsio?'

'Mae'n swnio fel bod pawb arall yn gwneud.'

Edrychodd Carys o'i chwmpas. Yn sicr roedd nifer o bobl yn symud yn wyllt. Fe'u gwyliodd am ychydig, a gweld nad oedd rheolau pendant ynglŷn â sut i ddawnsio. Taflai rhai eu cyrff o gwmpas fel anifeiliaid, tra bod eraill yn gwneud dim ond cylch-droi yn yr unfan.

'Wel, fe allen ni roi cynnig arni,' atebodd.

'Paid â swnio mor amheus! Os ydw i'n barod i roi cynnig arni, fe ddylet ti, do's bosib!'

Roedd dawnsio yn haws nag roedd Carys wedi'i ofni. Daliodd Huw hi ato'n dynn—roedd yn rhaid iddo, yng nghanol y môr o bobl ac mewn lle anghyf-arwydd—ac ar ôl ychydig, wedi iddi fwrw ychydig o swildod, gorffwysodd ei phen ar ei ysgwydd, a meddyliodd, 'Fi sy 'ma—Carys'—allai hi ddim credu'r peth yn llwyr, hyd yn oed nawr. Parti diwedd tymor ac roedd hi yma, gyda Huw—yn dawnsio'n glòs gyda fe, fel pe bai'n gariad iddi. Eisoes, roedd yn dechrau cyfansoddi llythyron yn ei phen: *Annwyl Siw, Wythnos diwetha roedd parti'r chweched ac fe es i gyda Huw. Dw i ddim yn cofio a ydw i wedi sôn amdano fe o'r blaen. Mae e'n athro cerddoriaeth ac yn eitha pishyn.* Allai hi ddim honni bod ei lygaid yn las neu fod ganddo'r 'lliw haul mwyaf gwefreiddiol', ond roedd bod yn athro cerddoriaeth yn fwy rhamantus na bod yn gneifiwr defaid o Seland Newydd unrhyw bryd. *Mae'r Wyn Williams (oes eisiau dweud!), yn eiddigeddus IAWN. (Mae John Ogwen yn dwba tew. Ar ôl yr holl sôn a'r edrych ymlaen !!!). Fe dreulion ni'r*

NOSON AR EI HYD yn dawnsio gyda'n gilydd, ac roedd pawb . . .

'Ydy dy lygaid di ar agor?' gofynnodd Huw.

'Ydyn!' meddai. Fe'u hagorodd yn gyflym. Roedd Catrin Puw o'r chweched uchaf, a oedd yn dawnsio gerllaw gyda llanc gwelw, rhyfedd yr olwg a oedd yn gwisgo blazer ysgol, yn esgus dweud y drefn wrthi. Yr ochr arall i'r stafell roedd y Wyn Williams yn gwenu. Taflodd Carys ei phen yn ôl. Gallai hi wenu faint fynnai hi! Doedd dim ots yn y byd ganddi! Am y tro cyntaf erioed, roedd hi'n teimlo'n well na nhw. Criw anaeddfed y plorod oedd y gweddill. Bochau'n blastar o smotiau, a blazers ysgol. O leiaf roedd Huw yn *aeddfed*. Un tro, dim ond rai diwrnodau yn ôl, roedd hi wedi dymuno i'r parti diwedd tymor fod drosodd am flwyddyn arall. Nawr, wrth iddi glywed cloc yr eglwys gerllaw'n taro un ar ddeg, teimlai fel Sinderela yn y ddawns. Gan ganiatáu ychydig o amser ychwanegol iddynt, roedd hi'n ddeng munud wedi pan ddaeth Miss Evans ('*Yn gwbl gaib,*' meddai Siân Wyn yr wythnos ganlynol. 'Yn gaib rhacs, dw i'n dweud dim gair o gelwydd wrthoch chi.') o'r diwedd a chyhoeddi, 'Amser i bawb fynd, foneddigion a boneddigesau, os gwelwch yn dda.' Byddai Carys wedi hoffi i Miss Jones ei gweld yno gyda Huw. Efallai y byddai Miss Evans yn sôn am y peth— byddai crybwyll y peth yn ddigon da. Rhywbeth fel: 'Gyda llaw, glywsoch chi bod Carys Edwards wedi cyrraedd nos Sadwrn wedi'r cyfan? 'Da rhyw unawdydd piano, medden nhw . . .' Mwy na thebyg na fyddai'n gwneud, ond roedd hi'n braf damcaniaethu.

Aethon nhw ddim adref ar y bws, achos doedd Huw ddim yn meddwl fod hynny'n addas. Dywedodd y dylen nhw fynd i'r orsaf i gael tacsi. Wrth

iddynt gerdded drwy'r strydoedd, meddyliodd
Carys gymaint roedd Huw yn ei golli gyda'r lleuad
wedi codi yn gaws crwn a'r awyr yn llawn sêr. Fel yna
roedd hi wedi dychmygu y dylai pethau fod. Ceis-
iodd ddweud wrtho ac fe gododd Huw ei ben a
gofyn, 'Ydy'r aradr 'na? Dim ond yr aradr dw i'n
gallu'i nabod.' Dywedodd Carys ei fod, a gwregys
Orion hefyd, ac fe ddywedodd e, 'O, ie. Dyna'r llall
... tri yn y canol ac un ar bob pen'; ond doedd
hynny ddim yr un fath â gweld drosto'i hun.

Dechreuodd Carys feddwl, wrth iddynt gerdded at
yr orsaf, tybed a fu'n gallu gweld ar un adeg. Roedd
yn rhaid ei fod. Allai e ddim bod wedi cael ei eni'n
ddall. Doedd hynny bron byth yn digwydd y dydd-
iau hyn. Dim ond drwy ddamwain neu wrth hen-
eiddio roedd y peth yn digwydd. Yn ofnus, fe
ofynnodd, 'Huw, a gest ti . . . ?'

'A ges i beth?'

'A gest ti . . . ddamwain?'

'Damwain?'

'Hynny yw, wyt ti wedi bod yn ddall erioed?'

'Paid â phoeni, does dim ots 'da fi dy fod ti'n
gofyn.' Gwasgodd ei braich i'w chysuro. 'Ydw, yw'r
ateb.'

'Ers i ti gael dy eni?'

'Ers i fi gael fy ngeni.'

Roedd Carys wedi'i syfrdanu. Roedd hynny'n
rhywbeth, meddyliodd, a oedd y tu hwnt i bob
deall—y tu hwnt i ddychymyg y dyn cyffredin. Heb
weld yr haul yn codi y tu ôl i'r bryniau yn y bore
bach, neu'n machlud fel pelen enfawr o dân y tu
hwnt i doau'r tai liw nos—heb weld adar a blodau a
choed—heb weld *pobl* erioed. Doedd e heb weld dim
yn y byd gydol ei fywyd. Sut gallai e wybod, pan
ddywedai hi fod y sêr yn disgleirio, beth oedd sêr?

Pigau bach arian?—ond beth oedd arian? Beth oedd disgleirio? Pa ddarluniau oedd ganddo yn ei feddwl os nad oedd e erioed wedi . . .

'Dwêd wrtha i,' meddai Huw, 'be wyt ti'n ei wneud ar ddydd Sul fel arfer?'

Gydag ymdrech, rhoddodd y gorau i'w synfyfyrio a'i gorfodi'i hun i ganolbwyntio ar ei eiriau.

'Mynd mâs i'r wlad ar y beic.'

'I gefn gwlad?'

'Wel . . .' Oedodd yn betrusgar. 'Mae hynny'n dibynnu ar be wyt ti'n feddwl wrth gefn gwlad.'

'Gwartheg, ceffyle . . . y math yna o beth.'

'O, mae 'na wartheg a cheffyle. A moch ac ieir hefyd. A chadnoed—gwylia'r grisie—a chwningod. A moch daear, os wyt i'n gwbod lle i edrych amdanyn nhw.'

Arhosodd Huw tan iddyn nhw gyrraedd gwaelod y grisiau'n saff cyn dweud, 'Dw i ddim wedi bod yn y wlad rhyw lawer.'

Syllodd Carys arno, wedi'i synnu.

'Wir? Ddim hyd yn oed ar wylie?'

'Mae'r teulu wastad yn mynd dramor.' Dywedodd hynny'n ymddiheuriol. 'Fenis, Rhufain, Fflorens . . . mae Mam wedi ffoli ar yr Eidal. Mae'n debyg'—oedodd—'pe bawn i'n dod 'da ti—bydde hynny'n drafferth mawr?'

Dod gyda hi? I'r wlad?—i'r *Deyrnas*. Ei hymateb cyntaf oedd bod hynny'n amhosib. Doedd y ffordd ddim yn hawdd. Sut gallai Huw ddygymod â phyllau o ddŵr a thyllau a ffensiau gwifren bigog pan oedd heolydd cyffredin hyd yn oed yn peri anhawster iddo? Ond yna meddyliodd, *Mae e wedi gofyn i fi—mae e wir wedi GOFYN i fi*. Yn swil, fe ddywedodd, 'Hoffet ti, wir?'

'Dim ond os na fydda i'n boendod iti.'

93

'Fyddet ti ddim yn boendod o gwbwl,' meddai.

'Ond sut ewn ni 'na? Dw i ddim yn gallu seiclo.'

'Dim ots am 'ny, fe ewn ni ar y bws—fyddwn ni ddim yn hir.'

'Wyt ti'n siŵr na fydda i'n niwsans?'

Pa ots, beth bynnag? Roedd e wir wedi *gofyn* iddi. Tynnodd ei goes, yn fwy hyderus bellach, 'Chei di ddim bod—fe lusga i ti'n ddidrugaredd! Gerfydd dy ben drwy'r drain . . . cofia di, fe fydd hi'n gorsog braidd. Fydd angen hen sgidie arnat ti.'

'Fe ddo i o hyd i ryw hen bâr yn rhywle. Os wyt ti'n gwbwl siŵr na fydda i'n diflasu pethe i ti. Cofia mai boi gwan o'r ddinas ydw i . . . sydd ddim yn gyfar-wydd â gwair iawn o dan draed.'

'O, nid dim ond gwair fydd 'na! Mwd a thail gwartheg, a ffosydd yn llawn dŵr brwnt, a . . .'

'Mae'n swnio fel cwrs ymarfer corff y fyddin,' meddai Huw. 'Dwyt ti ddim yn meddwl falle 'mod i'n rhy uchelgeisiol?'

Roedd ganddi amheuon a dweud y gwir, ond doedd hi ddim am iddo synhwyro hynny. Yn gadarn, wrth ei arwain ar draws y ffordd, meddai, 'Paid â dechre codi bwganod. Ti'n gwbod y gelli di ddi-bynnu arna i. Wna i ddim gadael i ti gwympo i mewn i drap neu eistedd ar nyth cacwn.'

Dim ond 'Hm!' ddywedodd Huw.

Yn y tacsi ar y ffordd adref fe gydiodd Huw yn ei llaw. Wnaeth e ddim ceisio ei chusanu. Meddyliodd Carys a oedd hynny oherwydd nad oedd yn teimlo fel ei chusanu neu oherwydd ei fod yn meddwl ei bod yn rhy ifanc. O *feddwl dy fod ti'n un ar bymtheg mlwydd oed*, rwyt ti'n dal yn hynod o anaeddfed . . . Fyddai e'n ei chusanu pe bai hi'n aeddfed, tybed?

Disgwyliodd amdano wrth y giât wrth iddo dalu

am y tacsi. Gyrrodd y cerbyd i'r gwyll. Dywedodd Huw, 'Carys?'

'Dw i fan hyn . . .'

Estynnodd ei law.

'Cyn i ni fynd i mewn . . . rôn i am ddiolch i ti. Am noson hyfryd iawn.'

Efallai *bryd hynny*. Efallai mai bryd hynny roedd wedi bwriadu ei chusanu. Fyddai hi byth yn gwybod. Roedd drws y ffrynt wedi agor ac roedd Mrs Edwards yno yn ei gŵn-wisgo las.

'Rôn i'n meddwl i fi glywed tacsi . . . smart iawn! Gwastraffus iawn hefyd. Fwynheoch chi?'

Atebodd Huw, yn foneddigaidd fel arfer, 'Mâs draw, diolch.' Roedd Carys yn canolbwyntio ar geisio peidio â sgrechian. Am unwaith, byddai'n dda ganddi pe bai'n gallu defnyddio ei llygaid i roi neges-euon cudd i Huw. A allai mam Huw fod fel ei mam hi? A oedd *hi* wedi aros ar y trothwy, heb sylweddoli nad oedd croeso iddi yno? A oedd *hi* wedi gofyn cwestiynau, a gwneud sylwadau dibwys?

'Gobeithio,' meddai Mrs Edwards, 'fod y ferch 'ma wedi diolch i chi'n iawn am fod yn gwmni iddi.'

Gwingodd Carys mewn poen. Tynhaodd gafael llaw Huw am ei llaw hi.

''Y mhleser i oedd cael ei chwmni hi,' atebodd.

Pennod 10

'*Ofynnodd* e i fi,' meddai Carys.

'Iawn! Ddwedest ti! Gwna di'n siŵr dy fod ti'n gallu gofalu amdano fe, 'na i gyd. Dw i ddim am i ti ei lusgo fe i fanne na fydd e'n gallu dod i ben â nhw. Ti'n anghofio o hyd, dyw hi ddim mor hawdd iddo fe—all e ddim rhuthro o gwmpas yn wyllt fel eliffant, fel ti. Dw i ddim am i ti redeg bant a'i adael e ar ei ben ei hunan.'

'*Wna* i ddim.'

'Wel, paid. Cofia mai ti sy'n gyfrifol amdano fe.'

Fel pe bai angen dweud o gwbl. Efallai ei bod hi'n anaeddfed, ond doedd hi ddim yn ffŵl, chwaith. Ei adael ar ei ben ei hun! Fyddai hyd yn oed plentyn deg oed ddim yn gwneud hynny. Cwynodd wrth Huw am y peth yr holl ffordd at y bws.

'Dim ond poeni o hyd . . . pam mae'n rhaid iddi bregethu'n ddiddiwedd? All hi ddim gwneud pwynt unwaith, rhaid ailadrodd o hyd ac o hyd nes 'mod i'n teimlo fel sgrechian.'

'Fel 'na mae mamau. Falle fyddi di fel 'na ryw ddydd.'

'Mwy na thebyg *na* fydda i fel 'na . . . fe fydda i'n cofio'n rhy dda sut oedd hi pan ôn *i*'n ifanc.'

Gwenodd Huw ond ddywedodd e ddim gair.

'Paid â gwneud hyn, paid â gwneud y llall . . . beth mae hi'n *meddwl* y gwna i â ti, dwêd? Dy adael di mewn cae'n llawn o fresych neu rywbeth?'

'Well i ti beidio!'

'Wel, wrth gwrs na wna i. Ond rwyt ti am gael profiade newydd, on'd wyt ti?' Edrychodd arno'n ymchwilgar. 'Dwyt ti ddim am gadw at y ffordd fawr?'

'Ydw i?' meddai Huw. 'Na, dw i ddim, mae'n debyg. Fydde hynny'n wangalon iawn ... cer di â fi i ble bynnag y mynni di. 'Sdim ots 'da fi os ca i 'mwrw i'r llawr gan braidd o ddefaid neu fy llyncu gan gors.'

Aeth ag e'r un ffordd ag arfer, ar hyd y lôn wrth ochr yr eglwys, i fyny'r llwybr drwy'r coed, ymlaen heibio i'r chwarel galch, ar draws y cae blodau menyn. Roedd y llwybr drwy'r coed yn droellog a chorsog, ac yn rhy gul mewn mannau iddynt gerdded ochr yn ochr. O bryd i'w gilydd, er mwyn osgoi'r mwd, bu'n rhaid iddyn nhw adael y llwybr a gweu eu ffordd drwy'r coed neu ddringo ar lethr. Er iddi wneud ei gorau glas, doedd hi ddim bob amser yn bosib i gadw Huw rhag cerdded i mewn i byllau neu lithro ar y tir llaith, ond roedd e'n edrych fel pe bai yn ei elfen. Dywedodd ei fod wedi disgwyl taith galed ac na allai gwyno felly. Gweu drwy'r coed oedd y rhan waethaf. Daliai Carys ganghennau rhag bwrw i'w wyneb gystal ag y gallai, ond ara deg aeth pethau wedyn.

'Dyw hi ddim hanner mor wael yn yr haf,' meddai'n galonogol. 'Allwn ni aros ar y llwybr bryd hynny, ac mae hi'n gynt o lawer.'

'Fentra i ei bod hi'n gynt o lawer i *ti* pan nad wyt ti'n gorfod llusgo rhywun ar dy ôl di.'

Allai hi ddim gwadu hynny, ond meddai, 'Beth yw'r ots? Mae'r diwrnod ar ei hyd 'da ni—ac wedi'r cyfan, mae hwn yn brofiad newydd sbon i ti.'

'Ydy,' meddai, 'does dim dwywaith am 'ny!'

Gofynnodd iddo, wedi iddyn nhw ddod allan o'r goedwig, a oedd am orffwyso ychydig, ond gwrthododd yn bendant, gan fynnu bwrw ymlaen.

'Dw i'n cymryd yn ganiataol fod diwedd i'r daith 'ma yn rhywle?'

'Oes, ond ddweda i ddim tan i ni gyrraedd. Rhywle arbennig iawn—fues i erioed â neb yno o'r blaen. Ti yw'r cynta.'

Gwasgodd Huw ei braich a dweud, 'Wel, 'na fraint ac anrhydedd!', fel pe bai wir yn golygu hynny.

Ar hyd crib y chwarel, arhosai bob yn ail gam i ofyn, 'Beth oedd hwnna?'—yna byddai Carys yn aros hefyd, yn gwrando am eiliad, ac yna'n dweud, 'Dim ond rhywbeth yn y clawdd' neu 'Gwiwerod yn ymladd' neu 'Cnocell y coed yn rhywle.' Un tro, roedd yn gwylio Huw mor ofalus fel y bu bron iddi sathru ar ben malwoden anarferol o fawr. Plygodd i'w chodi. Ar unwaith, dywedodd Huw, 'Be sy'n digwydd?'

'Dim . . . dal dy law mâs. Dwêd wrtha i beth yw hwn.'

'Fydd e ddim yn rhywbeth erchyll, na fydd?'

'Be fydde'n erchyll 'te?'

'Dwn i ddim . . . neidr?'

'Dyw nadroedd ddim yn erchyll, maen nhw'n hardd. Ta beth, nid neidr yw e . . . dere 'mlân! Cymer e!'

Tynnodd Huw wyneb hyll, a dweud, 'Iawn, miss.'

'Beth yw e, 'te?'

'M-malwoden, miss.'

'Mae hi'n anferth, on'd yw hi? A beth am hwn?'

Gan wibio'n sydyn at y clawdd, daeth yn ôl gyda rhywbeth arall a oedd wedi dal ei sylw. Byseddodd Huw y gwrthrych yn amheus.

'Dwn i ddim . . . beth yw e?'

'Hen nyth aderyn. Dwn i ddim yn iawn pa aderyn, chwaith. Un bach iawn ddwedwn i. Mae e mor feddal, teimla fe.'

'Fel pwrs bach o wlân.'

'Ydy. Mae'n edrych fel un 'fyd.'

Aeth â Huw ar hyd crib y chwarel galch, yn esbonio synau ac yn disgrifio pethau iddo—'Darn o wlân dafad, wedi'i ddal ar y weiren bigog ... rhosynne gwyllt—dim arogl, cofia ... caws llyffant. *Puffball* anferth o fawr'—am unwaith anghofiodd y bwlch oedran y poenai amdano fel arfer, gan deimlo, os rhywbeth, ei bod hi'n hŷn o lawer ac yn fwy profiadol na fe. Efallai ei fod wedi byw'n hwy na hi, ond roedd cymaint o bethau a oedd mor gyfarwydd iddi hi, nad oedd e erioed wedi dod ar eu traws.

Ond yn rhyfedd iawn newidiodd pethau yr eiliad y daethant i'r Deyrnas. Huw, unwaith eto, oedd yr un â'r holl brofiad, a hithau'n ferch un ar bymtheg oed yn ceisio plesio.

'Dyw hi ddim yn bosib cynnau tân, wrth gwrs, does dim simdde 'ma, ond mae soffa 'ma—wel, hen wely yw e wir—a blanced, ac os ddei di â thermos poeth, fel sy 'da ni heddi ...'

Doedd hi ddim yn gwybod sut byddai hi wedi ymateb pe bai Huw wedi chwerthin am ei phen—yn sicr fyddai hi ddim wedi dod ag e yma eto, hyd yn oed pe bai e am ddod; ond wnaeth e ddim chwerthin, wrth gwrs. Cymerodd bopeth o ddifrif, gan archwilio pob twll a chornel, dysgu lle'r oedd pob dim, ac yna'i daflu ei hun ar y soffa, tra bod Carys yn eistedd ar yr hen sêt car. 'Mae'n lle gwych, on'd yw e?' meddai. 'Rhywle i ddianc o boene'r byd. Wyt ti'n siŵr na ddaw neb 'ma a'th daflu di mâs?'

'Mae'n debyg y bydden nhw wedi bod 'ma erbyn hyn.'

'Does neb byth yn dod 'ma?'

'Ddim hyd y gwn i. Dw i erioed wedi gweld neb.'

'Fuest ti'n lwcus i ddod o hyd i'r lle.' Derbyniodd Huw gwpanaid o goffi poeth o'r thermos ac fe'i magodd rhwng ei ddwylo. 'Dw i ddim eisie gollwng y gath o'r cwd—ond ddylen i sôn wrth dy fam am hyn?'

'Wel—dw i erioed wedi cadw'r peth oddi wrthi'n *fwriadol*, ond . . .'

'Gwell peidio â sôn am y lle?'

'Dim ond creu ffwdan fydde hi. Ti'n gwbod sut mae hi . . . O, *Carys, wyt ti wir yn meddwl y dylet ti? a Beth os wyt ti'n tresmasu? a Beth os bydd tramp 'na ryw ddiwrnod?* Mwy na thebyg y bydde hi'n fy ngwahardd i rhag dod 'ma.'

'Mae'r lle 'ma'n bwysig i ti, on'd yw e?' meddai Huw.

'Mae e'n rhywle y galla i fod ar fy mhen fy hunan. Rhywle y galla i *feddwl.*'

'Am be wyt ti'n meddwl?'

'O—Partïon diwedd tymor a'r ffaith 'mod i heb gariad a 'mod i'n "hynod o anaeddfed" . . . beth fydda i'n ei wneud mewn pum mlynedd, a phethe.'

'Beth *wyt* ti'n meddwl fyddi di'n ei wneud mewn pum mlynedd?'

'Duw a ŵyr . . . byw yn fras ar y dôl?'

'O'r hyn dw i wedi'i glywed am y dôl, fydde hynny ddim yn sbort a sbri. Ddylet ti ddim credu pob dim rwyt ti'n ei ddarllen yn y papure . . . ddim gwylie ym Majorca yw bywyd ar y dôl. Cael dy drin fel baw gan fiwrocratwyr bach a cholli hunanhyder . . . fydden i ddim yn argymell 'ny i ti'n bendant.'

'Falle na fydd 'da fi fawr o ddewis. Fel mae pethe—pwy fydde eisie cyflogi rhywun di-glem fel fi?'

'Ai 'na beth wyt ti? Rhywun di-glem?'

'Does 'da fi ddim talent arbennig at ddim.'

'Na'r mwyafrif helaeth ohonon ni.'

'Mae 'da ti.'

'Fi?' Ysgydwodd Huw ei ben. 'Ddim o gwbwl. Mae 'da fi ryw fath o dalent. Dim mwy.'

'Wel, o leia ti'n mwynhau'r hyn ti'n 'i wneud.' Bu saib. 'Ti *yn* mwynhau,' meddai Carys, 'on'd wyt ti?'

'Mae mwynhau yn air rhy gryf—dw i'n cael rhywfaint o foddhad. Fan ucha dw i'n diolch 'mod i'n gallu ennill fy mara menyn. Doedd dim llawer o ddewis gen i o ran gyrfa. Mae dysgu'n well o lawer nag ateb ffôn mewn swyddfa neu diwnio pianos. Fydden i ddim yn dweud 'mod i'n cael gwefr wrth ddysgu. Ond 'na ni, mae hynny'n wir am y rhan fwya o bobol. Mae 'na ambell berson lwcus, sydd â galwedigaeth ac sy wedi cael cyfle i'w dilyn, ond mater o ddiodde swydd a chwilio am antur fan arall yw hi i'r gweddill ohonon ni.'

'Mae'r rhan fwya o bobol yn mynd adre ac yn edrych ar y teledu.'

'Ydyn. Wel'—gwenodd—'o leia does dim rhaid i fi wneud 'ny. Math o wobr gysur ... cha i 'mo 'nhemtio i syllu ar y bocs drwy 'mywyd. Dwêd wrtha i be licet ti 'i wneud, pe bait ti'n cael dewis.'

'Pe bawn i'n cael dewis?' Oedodd Carys, gan syllu'n freuddwydiol ar ei choffi. 'Rhywbeth 'da phobol, siŵr o fod.'

'Gyda phobol neu dros bobol?'

'*Dros* bobol. Helpu pobol.'

'Gwaith cymdeithasol?—Swyddog Prawf?'

Ysgydwodd ei phen, yn bendant iawn.

'Na, ddim 'ny. Fe feddylies i am 'ny. Dw i ddim yn credu y dyle pobol fynd i garchar. Hynny yw, dw i ddim yn credu y dyle rhai pobol farnu pobol eraill heb wbod yn iawn sut mae hi arnyn nhw.'

'Be wyt ti'n 'i feddwl?'

'Cael eich temtio. Byw ar y dôl mewn fflat bitw 'da chwech o blant, a phethe.'

'Wyt *ti*'n gwbod sut mae hi arnyn nhw?'

'Nac ydw. 'Na pam fydden i ddim eisie bod yn farnwr. Dw i ddim yn meddwl y dyle pobol farnu.'

'Mm! Anarchydd bach sy 'da fi fan hyn, ife? Felly beth am feddygaeth?'

'Dw i ddim yn ddigon deallus i 'ny. Dw i'n dda i ddim mewn gwyddoniaeth.'

'Dysgu?'

Edrychodd yn amheus arno.

'Dysgu beth?'

'Beth bynnag ti'n 'i wneud ore.'

'Dw i ddim yn gwneud dim yn dda iawn.'

'Dysgu pethe cyffredinol 'te.'

Crychodd Carys ei thrwyn.

'Fydden i ddim yn *helpu* digon wedyn.'

'Be wyt ti am 'i wneud 'te? Helpu'r Fam Theresa? Byw yn slymiau Calcutta?—Be am ddysgu mewn ysgol i ddeillion? Fyddet ti'n helpu digon *wedyn*?'

O rywle yng nghefn ei meddwl, saethodd braich allan a chydio'n dynn yn y syniad. Dysgu mewn ysgol i ddeillion; doedd hi erioed wedi ystyried hynny—nid dyna'r fath o yrfa roedd cyn-ddisgyblion yn dod nôl i'r ysgol i sôn amdani. Meddai Huw, a oedd yn ddiamau wedi synhwyro'i fod wedi dod o hyd i fan gwan, 'O leia fyddet ti'n dda yn gwneud 'ny.'

Cododd Carys ei phen fel saeth.

'Sut galla i wbod 'ny?'

'Wel, rwyt ti wedi bod yn eitha llwyddiannus wrth 'y nysgu i, on'd wyt ti? Dw i'n gallu gwneud omlet heb ei hail nawr!'

Nawr eto, doedd Carys ddim yn siŵr a oedd e o ddifrif neu'n tynnu'i choes.

'Mae hynny'n wahanol,' meddai'n dawel. 'Oedolyn wyt ti.'

'Wel, mae plant yn haws o lawer i'w dysgu—yn llawer mwy parod i fentro. Ddim chwarter mor ofnus a hunanymwybodol.'

'Ofnus a hunanymwybodol? Dwyt *ti* ddim yn ofnus a hunanymwybodol?'

'Wrth gwrs 'mod i! Ofni gwneud ffŵl o'n hunan o hyd.'

'Doeddet ti ddim yn ofni dawnsio.'

'Rôt ti 'da fi fan 'ny. Pan dw i'n cael 'y ngadael ar 'y mhen fy hunan ... alli di ddychmygu unrhyw beth yn fwy dwl na gofyn i *goeden* fynd â fi ar draws y ffordd? Neu fwrw mewn i bolion lamp, ac yna ymddiheuro? Dw i wedi bod yn gwneud 'ny ers oesoedd, ond dw i'n dal i deimlo'n ffôl ar ôl gwneud.'

Gwyddai y byddai *hi*'n teimlo'n ffôl hefyd—roedd cymaint o bethau yn gwneud iddi deimlo'n ffôl; ond roedd hi wastad wedi meddwl nad oedd Huw mor sensitif â hi.

'Dw i'n siŵr,' meddai Huw yn llawn perswâd, 'y gallet ti ddysgu plant yn yr un ffordd ag wyt ti wedi bod yn fy nysgu i.'

Am ennyd teimlodd Carys yn gynhyrfus—pam lai? Efallai y gallai hi.

'Fydde'n rhaid i fi hyfforddi fel athrawes?'

'Siŵr o fod. Pam na sgwenni di at yr R.N.I.B. i ofyn?'

'A Braille? Fydde'n rhaid i fi ddysgu Braille?'

'Wel, rywbryd, mae'n debyg.'

Tynnodd wyneb.

'Yr holl ddotie bach 'na?'

'Dyw e ddim yn waeth na llaw fer! Paid â gwangalonni mor gloi. Os alla i ei ddysgu fe, does dim rheswm yn y byd pam na elli di. Fe allen i dy ddysgu di, os hoffet ti.'

Roedd hi ar fin manteisio ar y cyfle hwn gyda, 'Fyddet ti?' brwdfrydig, pan gofiodd am ei mam, ac fe giliodd y brwdfrydedd fel niwl y bore. Sibrydodd, 'Cymryd mantais fydde 'ny. Ti'n gwbod be mae hi'n 'i ddweud am gymryd mantais. Fydde 'na ddim taw arni.'

Ddywedodd Huw ddim, dim ond yfed ei goffi yn feddylgar. Meddyliodd Carys, ''Na'i diwedd hi. Wnaiff e ddim cynnig 'to.'

'Mae'n debyg'—yn ofalus ymbalfalodd Huw am y gadair heb gefn a gosod ei fŵg coffi i lawr—'Mae'n debyg y gallen ni gyfnewid gwasanaeth? Hynny yw, pe bawn i'n dysgu Braille i ti, allet ti . . .'

Meddyliodd hi ei fod am ddweud, 'fynd â fi am dro i'r wlad'. Os oedd am ddweud hynny, fyddai dim pwynt. Fyddai ei mam byth yn derbyn hynny fel cyfnewid teg. Fyddai hi byth yn derbyn nad oedd e'n dod i'r wlad er mwyn plesio Carys.

'. . . ddarllen i fi nawr ac yn y man.'

'Darllen?'

'Allet ti ddiodde gwneud 'ny? Dim ond bob hyn a hyn.'

Byddai'n fodlon darllen iddo drwy'r nos, os mai dyna oedd arno'i eisiau. Roedd hi wedi meddwl ei fod e'n gwbl hapus gyda'i lyfrau trwchus llawn dotiau.

'Mi fydden i'n gwerthfawrogi 'ny'n fawr iawn,' meddai Huw. 'Dw i'n gweld eisie 'ny—cael rhywun wrth law i ddarllen i fi.'

Yn eiddigeddus, meddai Carys, 'Fuodd Sara'n darllen i ti?'

'Pan oedd amser 'da hi.'

'Fe ddarllena i i ti bryd bynnag wyt ti eisie.'

'Paid ag addo gormod! Falle na fydd Caneuon Gwerin Gwent neu Hanes y Delyn yng Nghymru ddim at dy ddant di—ta beth, dŷn ni ddim am i'th fam feddwl 'mod i'n cymryd mantais arnat *ti*.'

'Fydde hi ddim.'

'Mi fydde hi, ti'n gwbod, a fydde pob hawl 'da hi i wneud—a sôn am dy fam, fe ddylen ni'n dau fach ddechre troi tua thre cyn iddi ddechre meddwl dy fod ti wedi 'mwydo i i'r gwartheg 'ma.'

'Dylen, dylen.' Yn araf bach rhoddodd Carys y fflasg thermos yn ôl yn ei bag. Heddiw roedd hi'n fwy amharod nag erioed i adael clydwch y Deyrnas—dim ond hi a Huw a neb arall—a mynd yn ôl i'r byd mawr a'i broblemau. 'Weithie mi fydden i'n hoffi aros 'ma am byth.'

'Ie, mae pawb â'i freuddwyd. Yn anffodus, mae realiti 'ma o hyd a does dim dianc . . . dere nawr! Cer â fi nôl. Dw i'n dibynnu'n llwyr arnot ti—ddyle hynny roi teimlad o bŵer i ti.'

'Dw i ddim eisie pŵer,' meddai Carys. 'Ddim dros bobol eraill; dim ond drosta i'n hunan.'

Roedd Mrs Edwards yn disgwyl amdanyn nhw wrth y ffenest wrth iddynt gerdded i lawr Stryd Caradog. Doedd Carys ddim yn teimlo mor bigog wrth weld hyn ag oedd hi'r noson cynt, oherwydd doedd hi ddim yn debygol iawn y byddai ar Huw eisiau rhoi cusan iddi am bump y pnawn, a'r ddau ohonynt wedi blino'n lân ac yn fochaidd. Dim ond nodi'r ffaith wnaeth hi. ''Na hi, yn syllu drwy'r ffenest yn gofidio amdanon ni . . . sgwn i a yw hi wedi ffonio'r heddlu eto?'

'Bydd ddistaw,' meddai Huw. 'Dwyt ti ddim yn sylweddoli pa mor lwcus wyt ti.'

Daeth Mrs Edwards i'r drws, heb synhwyro dim—efallai bod pob mam yr un peth—a'u cyfarch yn siriol. 'I'r dim. Dw i newydd ddechre llanw'r bath. Pwy sy eisie mynd gynta?'

'Huw,' meddai Carys.

'Carys,' meddai Huw.

'Ti yw'r gwestai,' meddai Carys.

'Ond ti yw'r foneddiges,' meddai Huw.

'Wel, tra eich bod chi'n dadle am y peth,' meddai Mrs Edwards, 'fe a' i i ferwi'r tegell . . . peidiwch â bod wrthi'n rhy hir, wnewch chi, neu fe fydd y dŵr yn oeri.'

Pennod 11

Ddydd Llun, ar ôl y wers Gymraeg, galwodd Miss Jones ar Carys i ddod ati.

'Rôn i'n falch o glywed dy fod ti wedi mynd i'r parti nos Sadwrn wedi'r cyfan,' meddai.

Gwingodd Carys, a sibrwd yn dawel ei bod hi 'wastad wedi bwriadu dod'.

'Ie, wel, fe fwynheaist ti 'fyd, yn ôl pob sôn.'

Sut oedd modd ateb *hynna*?

Atebodd Miss Jones drosti. 'Gofala di dy fod ti'n parhau â'r gwaith da. Dim ond gwneud lles fydd hynny.' Nodiodd yn garedig. 'Y tymor nesa fe fydda i'n disgwyl gweld tipyn gwell canolbwyntio 'fyd.'

'Iawn,' meddai Carys.

Cerddodd Miss Jones at y drws. Trodd, a'i llygaid yn llawn direidi, er nad oedd hi'n enwog am fod yn ddireidus.

'O'r hyn glywes i, roedd dy ffrind di'n dipyn o foi ar y piano. Fe ddaeth e'n ddefnyddiol iawn . . . oni bai amdano fe, fydde'r noson wedi dod i ben yn ddigon pwt!'

Wedi'i gadael ar ei phen ei hun yn y stafell ddosbarth, ffuglewygodd Carys yn ddramatig. Fy nghwpan sydd lawn, meddyliodd. Yn wir, mae'n dylifo dros bob man.

Yn y gorffennol, hyd yn oed pan oedd Siw yno, roedd hi bob amser wedi croesawu diwedd tymor; am rai wythnosau godidog byddai rhyddid ganddi, rhyddid o afael amserlen a staff yr ysgol. Ond nawr, gydag ychydig ddyddiau yn unig cyn gwyliau'r Pasg, fe allai fod wedi byw heb wyliau heb boeni dim.

Am y tro cyntaf erioed, doedd pedair wythnos o wyliau'n apelio dim. Pe bai Huw yn mynd i fod yno

byddai'n wahanol ond roedd e'n mynd i'r Eidal a
doedd hi ddim yn gwybod beth fyddai'n ei wneud
hebddo am gyfnod mor hir. Dim ond hi a'i mam, a
dim i'w wneud ond mynd ar y beic i'r Deyrnas, ac
roedd hyd yn oed honno yn wag heb Huw.

Doedd arno fe ei hunan ddim eisiau mynd. Roedd
e wedi dweud wrthi. Dywedodd y byddai'n well
ganddo 'aros fan hyn . . . Duw a ŵyr mae digon 'da
fi i 'nghadw i'n brysur, ac mae cant a mil o bethe y
dylwn i fod yn eu gwneud. A bod yn onest, dw i ddim
yn edrych 'mlân at dreulio pedair wythnos gron yng
nghwmni fy annwyl fam, ond . . .'

'Pam rwyt ti'n mynd 'te?' holodd Carys. Roedd
Huw yn oedolyn; gallai wneud beth bynnag y
mynnai. Allai neb ei drin e fel roedd ei mam yn ei
thrin hi.

'Mae'n debyg,' meddai Huw, 'am ei bod hi *yn* fam
annwyl.'

Ie, ac yn graig o arian, meddyliodd Carys. Roedd
rhaid ei bod hi'n graig o arian i allu fforddio talu am
wyliau i ddau am wythnosau ar eu hyd.

'Paid ti â becso,' meddai Huw. Rhoddodd ei law ar
ei phen i'w chysuro, fel brawd mawr. 'Fe ddanfona i
garden atat ti o'r Eidal. Ydy hynny'n codi dy galon
di?'

Doedd hi ddim am iddo godi'i chalon. Roedd Huw
yn mynd beth cyntaf bore trannoeth, ac roedd mis
cyfan o wacter yn ymestyn o'i blaen fel anialwch.

'Ddim llawer o bwynt,' meddai'n rwgnachlyd.
'Fydda i ddim yn gallu danfon un nôl.'

'Byddi, byddi! Pam lai? Fe ro i gyfeiriad y gwesty i
ti.—Oes papur a phensil 'da ti?'

'Oes, ond beth yw'r *pwynt*?'

'Beth wyt ti'n meddwl, beth yw'r—O! Dw i'n

gweld! Wel, wrth gwrs, os oeddet ti'n bwriadu dweud rhywbeth *personol* . . .'

Doedd dim dwywaith am y peth; y tro hwn roedd e *yn* tynnu ei choes. Beth 'personol' y gallai hi ei ddweud?

'Edrych,' meddai Huw. 'Beth pe bawn i'n dy ffonio di? Wedyn fe allet ti ddweud beth bynnag wyt ti eisie. Dim trydydd person . . . beth am 'ny?'

Roedd ei bochau'n goch eisoes; nawr roedden nhw'n gochach fyth.

'Fydde hynny'n costio bom,' sibrydodd Carys.

'Wel? Os ydw i eisie dy ffonio di, 'y musnes i yw e faint mae hynny'n ei gostio . . . canolbwyntia di ar feddwl am rywbeth i'w ddweud wrtha i.'

Roedd Huw wedi dweud wrth Carys y gallai hi ganu'r piano pryd bynnag y mynnai tra oedd e i ffwrdd—'A dweud y gwir, po fwyaf y byddi di'n ymarfer, mwya bodlon fydda i. Fe fydda i'n gallu dweud yn syth os wyt ti wedi bod yn diogi!' Doedd dim perygl i hynny ddigwydd. Roedd hi yno beth cyntaf bob bore, yr eiliad roedd ei mam wedi mynd i'r gwaith, yn ymarfer *scales* yn ffyddlon am awr gron cyn symud ymlaen at bethau mwy dymunol—canu tonau ag un bys, ceisio darllen peth o'r gerddoriaeth iawn (nid cerddoriaeth Braille, hynny yw), a gadwai Huw yn ei stafell. Yn aml iawn, gan nad oedd dim ganddi i'w wneud ar ôl golchi'r llestri a siopa a chwblhau'r lleiafswm gorfodol o waith tŷ, byddai'n dychwelyd at y piano wedyn, neu'n cerdded yn ddidaro o gwmpas y stafell yn codi hyn a'r llall, ac yn eu rhoi nhw'n ôl, gan feddwl mor wahanol oedd y stafell pan oedd Miss Richards yn byw yno. Yn ei dydd hi roedd yn llawn o'r hyn a elwid ganddi'n *betheuach*, ac roedd pob modfedd o bob silff, gan

109

gynnwys y silff-ben-tân, yn llawn o fodelau bach o fugeiliaid, neu asynnod doniol yn llusgo certi, neu botiau wedi'u gorchuddio â chregyn. Roedd y llawr bryd hynny yn fôr o stolion isel a lampau bychain roedd Carys yn eu bwrw i'r llawr byth a beunydd. Roedd carped o Dwrci a byrddau bach yno, a blwch pres nobl i ddal glo, er nad oedd unrhyw ddefnydd iddo, gan mai tân nwy oedd yn y stafell. Doedd Huw ddim yn hoffi petheuach fel yna. Roedd y llawr yn foel, a'r silffoedd yn wag, ei ddillad wedi'u gosod yn daclus o'r golwg yn y cwpwrdd—nid fel rhai Miss Richards, a oedd yn tueddu i hongian o bobman yn casglu llwch. Roedd Carys yn gwybod bod dillad Huw yn daclus oherwydd iddi nôl siaced o'r siop lanhau drosto ac roedd wedi'u gweld wrth iddi'i rhoi yn ôl yn y cwpwrdd. Doedd e ddim wedi gofyn iddi nôl y siaced; roedd wedi sylwi ar docyn glanhau ac wedi cynnig. Felly roedd hi'n teimlo bod ganddi ryw fath o gyswllt ag e tra oedd e dramor.

Am yr union reswm hwnnw roedd hi'n hoffi bod yn ei stafell. Doedd hi ddim am fusnesu neu ddatgloi cyfrinachau; ond câi gysur wrth godi'r pethau roedd wedi'u gadael ar ei ôl, a'u cyffwrdd gan deimlo eu bod yn rhan ohono ac y byddai'n dychwelyd cyn hir i'w defnyddio. Beth bynnag, fyddai hi ddim wedi gallu busnesu hyd yn oed pe bai am wneud. Doedd ganddo ddim byd personol yn y stafell, dim ond ychydig iawn o ddillad, ei gyfrolau Braille, ei rasal—tybed pam nad aeth â hi gyda fe. Gobeithio nad oedd wedi anghofio ei phacio. Roedd wedi cynnig ei helpu â'r pacio ddwywaith, ond dywedodd, 'Na, rwyt ti'n gwneud mwy na digon drosta i fel mae hi. Dwyt ti ddim 'ma i fod yn forwyn fach i fi.' A nawr roedd wedi mynd i ffwrdd heb ei rasal. Roedd hi'n gwybod y dylai fod wedi rhoi help llaw iddo.

Llusgodd yr amser yn enbyd. Doedd hi ddim wedi llwyr werthfawrogi, nes i Huw ddod i fyw atynt, mor unig y bu hi am yr holl fisoedd heb Siw. Wrth gwrs roedd hi wedi synhwyro bod gwacter sydyn yn ei bywyd, bwlch mawr lle bu cwmnïaeth; ond nid unigrwydd mewnol a oedd yn rhoi poen corfforol iddi. Roedd hi bob amser wedi llwyddo i gelu hynny. Roedd llyfrau a theithiau ar y beic a breuddwydio am oriau yn y Deyrnas wedi cuddio'r unigrwydd. Hyd yn oed nawr roedd llyfrau ac ambell sbin ar y beic yn dal i helpu, i ryw raddau, ond doedd y breuddwydio ddim yn cael yr un effaith rhagor.

Y penwythnosau oedd waethaf, oherwydd roedd ei mam gartref a doedd hi ddim yn bosib iddi'i chysuro ei hun wrth fynd i stafell Huw ac eistedd wrth y piano. Dywedodd Mrs Edwards ei bod yn gwneud hen ddigon o hynny yn ystod yr wythnos.

'Roedden nhw'n dweud wrtha i drws nesa . . . dim ond ''Boléro'' Ravel a ''Chopsticks'' sydd i'w clywed o'r amser dw i'n mynd i'r gwaith tan i fi ddod nôl liw nos. Ddylen ni roi llonydd iddyn nhw ar y penwyth-nos, o leia.'

'Iawn,' meddai Carys. 'Wna i ddim bwrw'r node, dim ond eistedd yno ac esgus chware'r darne.'

'Os wyt ti am ymarfer yn dawel, fe allet ti wneud allweddell fud ac ymarfer ar honno.'

'*Pam*? Pan fo piano iawn 'ma?'

'Achos fe fyddet ti'n cael dy demtio, 'na pam. Dŷn ni ddim am aflonyddu ar bobol—mae'n rhaid i bawb gyd-fyw'n hapus 'ma. Beth bynnag, pan ddwedodd Huw y gallet ti fynd i'w stafell, dw i'n siŵr nad oedd e'n golygu i ti dreulio drwy'r dydd gwyn yn syn-fyfyrio 'na.'

Roedd hi'n casáu hynny: *synfyfyrio*. Roedd hynny'n gwneud iddi swnio fel llo claf o gariad.

Serch hynny, roedd hi'n ysu am ei alwad ffôn. Roedd wedi danfon carden bost ati'n dangos Tŵr Pisa, a 'Cariad oddi wrth Huw' wedi'i sgrifennu arni, ac 'Y Foneddiges Carys Edwards' a'i chyfeiriad wedi'i sgrifennu gan rywun arall, ei fam fwy na thebyg, ac roedd hi wedi danfon carden iddo o erddi Neuadd y Ddinas a'r neges: 'Wrth fy modd yn y gerddi gwych. Brysia nôl. XXX Carys.' Doedd hi ddim yn gwybod a fyddai e'n deall y jôc ai peidio, gan fod hynny'n dibynnu ar y llun; ond roedd hi'n edrych ymlaen at ei alwad ffôn.

Eisteddodd yn nerfus bob min nos am wythnos yn disgwyl am sŵn y ffôn, ac yna, pan ddaeth yr alwad o'r diwedd, roedd hi allan yn yr ardd yn glanhau'i beic fel na chlywodd siw na miw. Ei mam alwodd arni o ffenest y gegin:

'Carys! Ffôn! Rhywun i siarad â ti.'

Llamodd ei chalon o glywed y gair 'ffôn', dim ond i ddisgyn eto o glywed y gair 'rhywun'. 'Rhywun' o'r ysgol oedd 'na, siŵr o fod; Beth Griffiths, fwy na thebyg, eisiau dechrau trefnu rhywbeth neu'i gilydd. *Nawr, dwêd wrtha i, Carys, a wyt ti neu a wyt ti ddim yn . . .*

'Wel, hasta ferch! Mae e'n disgwyl fan hyn! Mae e'n galw'r holl ffordd o'r Eidal!'

'Yr Eidal?'

Cododd ar ei thraed a rhuthro i'r tŷ mewn eiliad. Roedd y ffôn ar un o fyrddau bach Miss Richards ym mhen pella'r cyntedd, ar bwys drws y ffrynt. A'i gwynt yn ei dwrn, fe'i cododd.

'Huw?'

'Shw' mae! Sut wyt ti?'

Roedd wedi'i syfrdanu am eiliad. Allai hi ddim meddwl am ddim byd i'w ddweud ond 'O-O.K.'

'Fe ges i dy garden bost di.'

112

'Fe ges i dy un di 'fyd.'

'Ddwedes i wrthot ti y bydden i'n ffonio.'

'Do . . .' Roedd hyn yn gwbl hurt. Roedd hi'n ym-ddwyn fel peiriant ateb ffôn. Rhaid fod yna *rywbeth* y gallai ofyn iddo fe. 'Wyt ti'n mwynhau dy wylie?'

'Wel, wel, dyna gwrtais ŷn ni heddi! Ydw, i ryw radde . . . ond dyw e ddim hanner cystal hwyl â chael fy llusgo gerfydd 'y ngwallt drwy ddrysi a chael 'y ngwthio i bylle o ddŵr . . . rŷn ni'n bwrw am Fflorens fory; hoffet ti garden bost o rywbeth arbennig?'

'O . . .' Allai hi ddim meddwl am unrhyw beth yn gysylltiedig â Fflorens. 'Tŵr neu—neu rywbeth?'

'Tŵr? Wir? Wel, gewn ni weld be fydd ar gael . . . mae Mam eisie gwbod pwy yw'r ferch 'ma sy'n cael yr holl gardie post.' (*Fi?* meddyliodd Carys.) 'Ddwedes i wrthi hi taw merch ifanc yw hi sy'n mynd i ddweud pethe neis wrtha i ar y ffôn, falle, os ydw i'n lwcus . . .'

Gwridodd fel tân. Pethau neis? Yma, ar y ffôn? Gyda'i mam yn y gegin yn clywed pob gair . . .

Llyncodd. Efallai mai dim ond tynnu coes oedd e, wedi'r cyfan.

'Alli di ddim meddwl am ddim byd neis i'w ddweud?' meddai Huw.

'Dw i . . .'

'Dwêd unrhyw beth—dwêd y peth cynta sy'n dod i'th feddwl di!'

'Mae hi'n—hi'n rhyfedd 'ma hebddot ti,' meddai Carys.

'Ydy hi? Wel, mae hynny'n rhywbeth digon neis i'w ddweud—os nad wyt ti'n golygu ei bod hi'n rhyfedd am nad wyt ti'n gorfod diodde 'ngweld i'n cwrso darne o fwyd o gwmpas 'y mhlât bob bore?'

'Na! Wrth gwrs nad ydw i!' Beth bynnag, doedd Huw ddim yn gallu gwneud dim am y peth. 'Dôn i ddim yn golygu 'ny o *gwbwl*,' meddai Carys. 'Eisie dweud ôn i ei bod hi'n unig 'ma hebddot ti.'

'A! Wel, mae hynny'n wahanol. Mae hynny *yn* beth neis i'w ddweud. Dw i'n danfon cusan atat ti am ddweud 'ny . . . Wyt ti'n ymarfer digon?'

'Bob dydd. Am awr gyfan. Weithie'n hwy. Sylwest ti dy fod ti wedi anghofio dy rasal?'

'Do. Ddim anghofio wnes i. Fe'i gadewais hi 'na yn fwriadol.'

'Dyw hynny ddim yn golygu dy fod ti'n tyfu *barf*?' meddai Carys yn siomedig.

'Pam lai? Dwyt ti ddim yn meddwl fod hynny'n syniad da? Dyw Sara ddim yn meddwl 'ny, chwaith. Mae hi'n dweud 'mod i'n edrych fel hen ŵr . . . paid ti â gofidio nawr! Y diwrnod cyn i ni hedfan nôl, fe fentra i gael y cyfan wedi'i eillio'n lân mewn siop barbwr Eidalaidd . . . dim ond er dy fwyn di!'

Ac er mwyn Sara, meddyliodd Carys.

'Wnei di neud rhywbeth bach i fi! Allet ti fynd i'r llyfrgell drosta i, i nôl cerddoriaeth?'

'Braille!' Roedd hi'n amheus. 'Ydyn nhw'n . . .?'

'Na, na! Nid Braille. Cerddoriaeth arferol. Ar gyfer nosweithie Iau . . . *Caneuon Gwerin Môn*.'

'*Caneuon Gwerin Môn*.'—Printiodd Carys y teitl mewn llythrennau bras ar ddarn o bapur.

'Wyt ti'n meddwl y gelli di ddod i ben â 'ny?'

'Wrth gwrs y galla i.' Duw a ŵyr, doedd fawr ddim arall ganddi i'w wneud. 'Mi a' i fory.'

'Fe ddylet ti fod yn gallu dod o hyd i gopi ar y silff-oedd. Os na elli di, falle y gelli di archebu un? Dwêd wrthyn nhw y bydden i'n ddiolchgar iawn pe bai modd ei gael erbyn diwedd y mis.'

'Iawn.' Roedd hi eisoes wedi penderfynu y byddai'n mynd yn unswydd i lyfrgell arbenigol os nad oedd yn y llyfrgell fenthyg. Roedd y llyfr yn siŵr o fod yn llyfrgell y Brifysgol—neu rywle fel 'na.

'Os ddei di o hyd i gopi, rho gynnig ar un neu ddwy o'r caneuon ar y piano. Dw i'n siŵr y byddi wrth dy fodd.'

Roedd hi eisoes wedi bwriadu gwneud hynny, hefyd.

'Rho wbod pa un rwyt ti'n ei hoffi ore. Falle bydd hynny'n dylanwadu ar y caneuon fydda i'n eu dewis yn y pen draw . . . gwell i fi fynd nawr, cariad. Mae rhywun yn gweiddi arna i i ddod i swper. Wela i di toc. Tan 'ny 'te—hwyl fawr.'

Roedd Huw wedi'i galw'n gariad ac wedi danfon cusan ati. Wrth gwrs, doedd hynny ddim yn golygu dim, doedd hi ddim mor ddiniwed â meddwl hynny. Dim ond term o anwyldeb oedd 'cariad', fel 'bach' a 'blodyn', ac roedd gwerthwyr llysiau'r farchnad yn defnyddio'r rheini. Serch hynny, fyddai e ddim wedi'u defnyddio os na fyddai'n teimlo ychydig o anwyldeb tuag ati, na fyddai?

Dywedodd ei mam, a oedd wrthi'n plicio tatws wrth y sinc, 'Wel! Yr holl ffordd o'r Eidal . . . 'na anrhydedd!'

Ddywedodd Carys ddim gair. Doedd hi ddim am ddinistrio'r peth. Roedd y cyfan yn rhy werthfawr i'w rannu â'i mam.

Fore trannoeth roedd hi wrth y llyfrgell cyn i'r drysau agor hyd yn oed. Daeth o hyd i'r gyfrol ar y silffoedd, *Caneuon Gwerin Môn*.

Byseddodd drwy'r llyfr wrth aros am y bws, gan edrych yn frysiog ar linellau cynta'r caneuon. Roedd llawer ohonynt yn ddigon trist—yn sôn am golli cariad ac ati. Ond roedd 'na un yn fwy llon: 'Y Broga Bach'. 'Broga bach a aeth i rodio . . .' Dyna'r union beth. Hapus a bywiog. Pe bai hi ond yn gallu canu rhywfaint mewn tiwn—neu gynhyrchu sain a oedd yn gymharol soniarus . . .

Wel, allai hi ddim. Doedd hi ddim yn gerddorol a dyna ddiwedd arni. Doedd dim angen Huw i ddweud wrthi ei bod yn canu'r piano gyda bysedd fel morthwylion—yn sicr doedd dim angen Huw i ddweud wrthi fod ganddi lais fel brân. Fyddai Carys byth yn rhoi'r cyfle iddo ddarganfod hynny, oher-wydd doedd hi byth yn mynd i ganu iddo. Roedd wedi gofyn iddi, ar sawl achlysur, ond gwrthododd bob tro. Fyddai hi byth yn canu, dim ond pan oedd hi'n gwbl sicr ei bod ar ei phen ei hunan bach. Hyd yn oed yng ngwasanaeth yr ysgol byddai'n agor ei cheg heb ganu, rhag ofn y byddai Miss Morgan wrth y piano'n stopio'n sydyn ac yn gofyn, 'Pwy yw'r ferch 'na sy'n crawcian?'—a byddai pawb yn gwybod mai hi oedd yn gyfrifol, oherwydd yr olwg ar ei hwyneb.

O, *pam* na allai ganu? Pam na *allai* hi? Roedd hi'n ysu'n fwy na dim am gael bod yn rhan o grŵp Huw ar nos Iau. Roedd hi wedi bod yn gwingo o eiddigedd er iddo ddweud wrthi amdano. Roedd hi'n gwybod eu bod nhw yr un oedran â hi, oherwydd eu bod yn dal yn yr ysgol—'rhai o Fryn-teg, un o Gae Coch . . .' Roedden nhw'n cael cwmni Huw am deirawr bob nos Iau, yn anffurfiol—a doedd dim hawl ganddi hi i fod yn rhan o'r criw dethol am fod ganddi lais erchyll.

Serch hynny, treuliodd weddill yr wythnos yn mynd drwy'r gyfrol o ganeuon gwerin. Roedd Huw wedi gofyn iddi'n arbennig, am ei fod am wybod pa rai roedd hi'n eu hoffi. Roedd e hyd yn oed wedi

116

dweud y byddai'n ystyried ei barn wrth ddewis caneuon. O leiaf roedd hynny'n gysur. Gwell hynny na pheidio â chael rhan yn y peth o gwbl. Ei hoff gân oedd 'Y Broga Bach'. Fe'i canai yn aml yn y bath (pan nad oedd ei mam yn y tŷ) gan fod ei chrawcian yn swnio ychydig yn well yno.

Wrthi'n canu nerth ei phen yn y bath roedd hi un prynhawn Gwener, pan sylweddolodd mewn dychryn fod rhywun allan ar y landin. Roedd hi wedi clywed gwich gris yn glir. Rhewodd yn y fan a'r lle. Oedd hi wedi rhoi'r gadwyn ar ddrws y ffrynt ai peidio? Sawl gwaith oedd ei mam wedi pregethu, *Rho'r gadwyn 'na ar ddrws y ffrynt bob amser . . . ?* A sawl gwaith oedd hi wedi ateb yn hyderus, *Pam? Be sy 'na i'w ddwyn 'ma?* Ond nid dim ond dwyn roedd dynion drwg yn ei wneud. Treisio a lladd, a phobl wedi dianc o ysbytai meddwl . . .

Gyda'i llwnc yn sych, a'i chalon yn curo fel gordd, estynnodd am ei thywel. Wrth iddi wneud, daeth llais hapus o'r ochr arall i'r drws: 'Paid â rhoi'r gore i ganu,' meddai Huw. 'Rôn i'n mwynhau . . .'

Pennod 12

Roedd wedi dod nôl ddeng niwrnod yn gynnar—'Penderfynodd Mam ei bod hi am fwrw i Baris am rai dyddie . . . ac fe benderfynes i ei bod hi'n bryd gwneud safiad. Fe ddwedes i fod llond côl o waith 'da fi i'w wneud. Wedi'r cyfan, athro ydw i, nid diogyn.—Dere mâs o'r bath 'na, mae rhywbeth 'da fi i ti.'

Roedd hi allan eisoes. Roedd hi wedi neidio allan yr eiliad y sylweddolodd pwy oedd yna. Gwisgodd ei chrys-T a'i jîns yn frysiog, plethodd ei gwallt yn ddwy bleth laith, a rhuthro'n eiddgar i'r landin.

'Huw—*Huw*!' Syllodd arno'n gyhuddgar. 'Ddwedest ti dy fod ti . . . '

'Do, dw i'n gwbod! Paid â'm hatgoffa i! Dw i'n ymddiheuro'n ostyngedig—os wyt ti'n cyfeirio at y farf, hynny yw. Doedd dim cyfle 'da fi i wneud dim. Penderfyniad munud ola—fe neidies i ar yr awyren gynta a dod nôl yn syth. Rôn i wedi gobeithio,' meddai, 'y byddet ti'n falch i 'ngweld i?'

Roedd hi'n falch; wrth gwrs ei bod hi! Ond Huw â *barf* . . .

'Wyt ti am i fi gael gwared â hi?'

Edrychodd arno'n fanwl, â'i phen ar un ochr. Doedd y farf ddim cynddrwg â hynny—a dweud y gwir roedd hi'n edrych yn ddigon urddasol, rywffordd. Ond doedd dim dwywaith ei fod yn edrych yn hŷn, ac mewn gwirionedd doedd hi ddim yn orhoff o farfau.

'Wyt, on'd wyt ti?' meddai Huw. Roedd e'n swnio'n siomedig. 'O, wel! Falle'r tro nesa . . . well i ti ddod o hyd i siswrn bach, yna fe gei di agor hwn.'

'Beth yw e?' gofynnodd.

'Cer i nôl siswrn, ac fe gei di weld.'

Aeth i fenthyg siswrn gorau ei mam ar gyfer torri ewinedd. Meddyliodd, os oedden nhw'n ddigon da i dorri ewinedd, yna mae'n rhaid eu bod nhw'n iawn i dorri barfau.

'Ga i agor e nawr?'

'Iawn, bant â ti.'

Roedd wedi prynu bag iddi—bag lledr Eidalaidd godidog. Nid y math diflas, hen-ffasiwn roedd mamau'n eu cario, neu'r math a oedd gan hen wragedd yn y capel, ond bag roedd yn gallu'i hongian dros ei hysgwydd, i gario dau neu dri llyfr ar y tro. Wedi drysu'n llwyr, fel y byddai bob amser wrth dderbyn anrhegion, gwridodd a sibrwd, 'Dw-dw i ddim yn gwbod b-beth i'w ddweud . . .'

'Paid â dweud dim 'te—dere 'ma i roi cusan i fi yn lle 'ny. Bydd hynny'n datrys dy broblem di.'

Teimlai'n swil am gusanu Huw, er mai dim ond diolch iddo am ei anrheg roedd hi am ei wneud. Yn ofnus rhoddodd gusan sydyn iddo ar ei foch. Dywedodd Huw, 'Wel, mae'n debyg fod hynny'n well na dim . . . falle pan fydda i wedi eillio hwn y bydda i'n haeddu rhywbeth gwell?'

Meddai Carys, gan gydio'n dynn yn ei bag, 'Ga i aros i edrych?'

'Croeso.'

'Wna i ddim os nad wyt ti eisie.'

'Dduw mawr, beth wyt ti'n disgwyl i fi 'i wneud? Tynnu 'nillad?—Siarada â fi. Cadwa fi'n hapus. Be sy wedi bod yn digwydd tra 'mod i i ffwrdd?'

'Dim. Be sy'n digwydd byth? Mewn lle fel hyn?'

'Mae llefydd gwaeth i'w cael. Gest ti gerdyn wrtha i o Fflorens?'

'Do.'

'Ai twˆr oedd e?'

119

'Ie.'

'Wel, syndod y byd! Rôn i'n dibynnu ar Mam i beidio â gwneud cawl o bethe a chymysgu dy gerdyn di â cherdyn Sara.'

Wrth gwrs, pe bai Carys wedi meddwl am y peth, byddai wedi sylweddoli y byddai'n danfon cerdyn i Sara, yn ogystal ag iddi hi. Wedi'r cyfan, roedd hi yn nith iddo.

'Ddest ti â rhywbeth nôl i Sara o'r Eidal?' meddai.

'Fydde pris ar 'y mhen i pe bawn i'n anghofio! Fe brynes i lyfr o ddarlunie iddi. Mae hi'n dwli ar gelf ar hyn o bryd.'

Wel, meddyliodd Carys, roedd hynny'n gysur, o leia. Allai hi ddim rhannu ei diddordeb â Huw yn rhwydd iawn. Fyddai fawr o bwynt mynd ag e o gwmpas oriel gelf. (Pam ydw i mor eiddigeddus o hyd? meddyliodd.)

Gorffennodd Huw eillio ac fe drodd ati am ei barn. 'Ydy hynna'n well?'

Yn swil, fe nodiodd. 'Rwyt ti'n edrych fel ti unwaith 'to.'

'Yn ddigon da i gael cusan arall?' Estynnodd ei freichiau ati. 'Dere nawr! Paid â bod yn fên . . . rhaid i ti 'nhrin i'n ofalus, cofia.'

Gwnaeth Carys yn well y tro hwn, ond eto doedd y gusan ddim yn hollol iawn. Efallai, ryw ddiwrnod, meddyliodd, byddai Huw yn egluro iddi sut oedd rhoi cusan go iawn.

'Felly! Dwêd wrtha i'—yn ddifrifol estynnodd ei freichiau a chydio ynddi—'beth yw'r holl rwtsh ddwedest ti am dy lais?'

Gwridodd ei bochau.

'Nid rwtsh yw e. Mae llais fel brân 'da fi.'

'Wyt ti wedi sylwi'n fanwl ar lais brân 'te?'

'N-na, ond . . .'

'Wyt ti erioed wedi gwrando ar dy lais dy hunan?'
'Do!'
'Dw i ddim yn meddwl dy fod ti wedi gwneud, ti'n gwbod. Neu os wyt ti, dwyt ti ddim wedi gwrando'n iawn . . . Pwy ddwedodd wrthot ti nad wyt ti'n gallu canu?'

'Pawb! Mam, Miss Richards . . .'

'Ysgol?'

'Dw i erioed wedi canu yn yr ysgol.'

'Does dim côr 'da chi?'

'Wnes i ddim cais i ymuno. Rôn i'n gwbod na fydden i'n cael 'y nerbyn.'

Roedd hi bellach yn gwingo o embaras. Roedd Huw, o bawb, wedi clywed un o'i hunawdau erchyll yn y bath—roedd hi wedi bod yn gweiddi nerth ei phen, heb boeni am y nodau, dim ond agor ei cheg a brefu . . .

'Dere 'ma!' Fe'i trodd tuag at y piano, a'i law yn gadarn o dan ei phenelin.

'Huw, na!' meddai. 'Plîs!'

'Beth wyt ti'n feddwl, "Huw, na, plîs!"? Beth yw ystyr hynny?'

Ystyr hynny yw, plîs paid â 'ngorfodi i i wneud ffŵl o'n hunan . . . Huw, na, plîs!

Ceisiodd ymryddhau, ond tynhau ei afael wnaeth Huw a dweud, 'Paid â bod yn ffŵl, dw i'n llawer cryfach na ti. Ble mae'r gân 'na rôt ti'n ei chanu? Chwilia amdani!'

Yn fud, fe gymerodd *Caneuon Gwerin Môn* o ben y piano, ei agor ar y dudalen gywir, a'i gyflwyno iddo.

'Wel, dyw hynny'n werth dim i *fi*,' meddai, 'ydy e?' Eisteddodd ar y stôl. 'Edrych di ar y gerddoriaeth, ac fe gyfeilia i.' Wrth iddo chwarae'r cordiau agoriadol, tynhaodd gwddf Carys.

'Huw, a-alla i . . . '

'Bydd ddistaw a gwranda arna i! Iawn?—Iawn.'

Roedd y sŵn yn gwbl erchyll. Roedd Carys yn gwybod hynny. Torrodd ei llais ar y nodau uchaf, canodd allan o diwn ac erbyn y diwedd roedd bron yn llefain gan gywilydd. Roedd hi'n cael ei gorfodi, o flaen Huw . . .

'Ddwedes i wrthot ti,' meddai. '*Ddwedes* i wrthot ti!'

Tynnodd Huw hances o'i boced heb wneud unrhyw sylw, a dweud, 'Chwytha dy drwyn. Beth am roi cynnig arall arni—y tro 'ma, mewn cyweirnod arall, dw i'n meddwl . . . beth am hyn?'

Roedd Carys wedi'i syfrdanu.

'Alla i ddim canu mor isel â 'na!'

'Ceisia feddwl yn uchel,' meddai Huw, 'a chanu'n isel. Paid â bod yn hunanymwybodol. Canolbwyntia ar y geirie.'

'Ond, a-alla i . . . '

'*Carys!*' Am eiliad, roedd yn swnio'n hynod o grac. 'Wnei di adael i fi siarad am rywbeth dw i'n gwbod ychydig amdano? Falle nad ydw i'n fawr o werth ar bâr o sgîs, a falle nad ydw i'n gallu mynd am dro i'r wlad heb rywun i'm harwain, ond dw i *yn* nabod llais addawol pan fydda i'n clywed un! Wyt ti'n meddwl y byddwn i'n mwynhau gwneud i ti ddiodde am ddim rheswm? Dere nawr, a phaid â bod yn fabi! Wnes i ddim dechre llefain pan lusgaist ti fi drwy'r coed, do fe? Naddo, wnes i ddim! Diodde'n ddistaw wnes i, ac wedyn darganfod nad oedd pethe mor wael ag ôn i wedi meddwl . . . Iawn 'te! Os alla i wneud, fe alli di. Rho gynnig arall arni.'

Doedd hi erioed wedi gweld yr ochr hon i gymeriad Huw. Dim ond fel person caredig, hunanfeirniadol a didaro roedd hi wedi ei weld. Doedd hi ddim yn siŵr a oedd hi'n hoffi'r fersiwn newydd. Mewn llais addfwynach, fel pe bai'n synhwyro hynny, ychwanegodd Huw, 'Paid ag ofni ymddiried yndda i . . . Fydden i ddim yn gofyn i ti wneud dim pe na bawn i'n meddwl dy fod ti'n gallu'i wneud e.'

Bu'n rhaid iddi ganu'r gân bedair gwaith i gyd. Erbyn y pedwerydd tro, roedd hi ei hun hyd yn oed yn dechrau clywed y gwahaniaeth—nid clywed efallai, ond ei deimlo, o'i mewn. Un funud roedd hi'n argyhoeddedig ei bod yn drychinebus o wael; a'r funud nesaf . . .

'Doedd e ddim yn *dd-dda* iawn,' meddai'n betrusgar.

'Ond yn llawer gwell nag oedd e ar y dechre! Rho gyfle i'r peth—dim ond newydd ddarganfod dy lais wyt ti. Dim rhyfedd dy fod ti'n meddwl dy fod ti'n methu canu, yn sgrechian soprano . . . ddim soprano wyt ti, ond alto! Rôn i'n meddwl mai dyna ôt ti. Doedd dim syniad 'da fi sut oedd dy gael di i agor dy geg a phrofi 'ny—ond rôn i'n gwbod fod llais canu 'da ti. Rôn i'n gallu dweud 'ny wrth i ti siarad—oni bai dy fod ti'n *hollol* angherddorol, a dwyt ti ddim, er dy fod ti'n canu'r piano fel eliffant mewn menig bocsio . . .'

Derbyniodd Carys y feirniadaeth yn ddigon gwylaidd; roedd hi'n gwybod ei fod yn dweud y gwir. Rywfodd, doedd dim gwahaniaeth am hynny bellach.

'Huw,' meddai, gan ddal ei hanadl, 'ydw i'n gallu canu 'te?'

'Fe ddryllia i dy obeithion di a dweud mai'r ateb ar hyn o bryd yw nac wyt.'

Roedd hi wedi'i siomi'n enbyd.

'O . . .'

'Ond gydag ychydig o amser ac ymdrech fe all yr ateb newid. Yn y bôn yr hyn sydd ei angen arnat ti yw hyder. Does dim techneg 'da ti, wrth gwrs, ond mae'n ddigon hawdd cywiro 'ny—os wyt ti am, hynny yw?'

Os oedd hi am? Os? Roedd hi'n ysu am ofyn, *Fydda i byth yn ddigon da i ymuno â chriw nos Iau?*, ond doedd hi ddim am fentro. Yn lle hynny, yn wylaidd, rhag ofn i Huw feddwl ei bod yn or-hyderus, meddai, 'Allen ni—allen ni ddim gweithio ar hynny—yn lle'r piano—allen ni?'

'Falle y gallen ni,' meddai Huw. Rhedodd ei fysedd dros yr allweddell. 'Wnei di ganu unwaith 'to i fi?'

Y tro hwn roedd hi'n barod iawn i wneud. Roedd hi eisoes yn teimlo'n naturiol iawn i beidio â 'sgrechian soprano', a theimlai fod ei llais yn llanw ac yn sefydlogi, dim mwy o grynu a thorri, er bod sŵn rhyfedd fel sŵn yfed cawl i'w glywed wrth iddi symud o'r nodau isel (a oedd yn teimlo'n isel iawn) i'r rhai uchel. Dywedodd Huw mai'r rheswm am hynny oedd bod nodau isel yn cael eu cynhyrchu yn y frest a'r nodau uchel yn y pen, a bod angen 'dysgu pontio'r bwlch'. 'Slawer dydd, doedd neb yn ffwdanu gwneud, gan symud lan a lawr fel io-io. Falle dy fod ti wedi clywed hen recordie ar y radio rywbryd. Roedd gwrando ar rai cantorion yn gwneud i bobol deimlo'n sâl! Erbyn hyn rŷn ni'n llawer mwy soffistigedig. Rŷn ni wedi datblygu technege arbennig.'

'Ond sut . . .'

'Mater o dechneg. Fe ddangosa i i ti.'

Byddai Carys wedi hoffi dysgu y funud honno. Byddai wedi hoffi canu drwy'r nos, ond roedd hi eisoes yn bedwar o'r gloch; byddai ei mam gartref am bump, yn disgwyl te ar y bwrdd, ac roedd angen i Huw fynd i'r archfarchnad i siopa.

'Ta beth, 'na ddigon am heddi. Allwn ni roi cynnig arall arni fory.'

'Bore fory?' meddai Carys yn eiddgar.

'Os wyt ti am. Dw i'n rhydd drwy'r dydd.'

'A fi,' meddai Carys.

'Iawn, beth am daro bargen . . . fe ro i wersi canu i ti yn y bore, ac yna fe alli di fynd â fi am dro yn y prynhawn. Ydy hynny'n iawn?'

Roedd hi'n anodd meddwl am unrhyw beth gwell, ond eto roedd yna rywbeth. Ar y ffordd yn ôl o'r archfarchnad, pan oedd Carys yn siarad fel pwll tro am ddim byd o bwys, ac yn cofio bob hyn a hyn fod Huw gyda hi, ac na allai neidio oddi ar y palmant ac osgoi polion lamp fel roedd hi'n arfer gwneud, torrodd Huw ar ei thraws a dweud, 'Dwêd wrtha i— os alli di fod yn dawel am eiliad—nawr dy fod ti wedi sylweddoli bod llais canu 'da ti . . . beth am ymuno â ni bob nos Iau?'

Safodd Carys yn stond.

'N-Nos Iau? I g-ganu?'

'Wel, nid grŵp dawnsio gwerin ŷn ni . . . gyda llaw, a wnei di ganolbwyntio ar yr hyn rwyt ti'n ei wneud? Mae bywyd yn ddigon peryglus heb i ti sefyll yn sydyn pan dw i ddim yn disgwyl i ti wneud . . . ie, wrth gwrs, i ganu! Mae angen alto dda arnon ni. Beth amdani? Hoffet ti?' Roedd y wên a ledodd dros wyneb Carys mor llydan fel na allai siarad. Ceisiodd agor ei cheg i ddweud rhywbeth, ond dim ond cyfres o sgrechiadau bach ddaeth allan wrth i'r chwerthin gynyddu. Chwerthin dwl hapusrwydd perffaith.

'Wel?' meddai Huw. 'Beth yw ystyr y chwerthin 'na? Ie?—neu na?'

'Ie!' gwaeddodd Carys. 'Plîs!'

Pennod 13

Roedd criw nos Iau yn cwrdd yng nghartref un o ferched Bryn-teg. Fel roedd Carys wedi rhag-weld, roedd yn byw ym mhen pella'r dre, mewn ardal lle'r oedd tai yn ddrud iawn.

'Oes morwyn 'da nhw?' gofynnodd i Huw.

'Mawredd mawr, fydden i ddim yn meddwl 'ny!' Roedd Huw yn meddwl fod hynny'n ddoniol iawn. 'Os oes un 'da nhw, maen nhw'n ei chuddio hi'n dda . . . weles i ddim un 'to, ta beth.'

Roedd hi'n rhyfedd, meddyliodd Carys, sut roedd Huw wastad yn cyfeirio at 'weld' pethau—ond wedyn, erbyn meddwl, beth arall allai e ddweud? Ei fod heb glywed un? Ei fod heb fwrw mewn i un? Efallai y byddai hynny'n fwy rhyfedd byth.

'Fyddan nhw'n fodlon 'mod i'n ymuno â'r criw?' gofynnodd Carys.

'Wrth gwrs y byddan nhw! Pam na ddylen nhw? Mae'r syniade mwya rhyfedd 'da ti am dy gydddynion.'

'Nid dyna'r pwynt . . . weithie dyw pobol ar y tu fâs ddim yn cael croeso, ydyn nhw?'

'Dwyt ti ddim ar y tu fâs.' Yn gadarn, rhoddodd Huw ei fraich drwy ei braich hi. 'Rwyt ti'n perthyn i fi a fydd neb yn breuddwydio am wneud dim ond dy dderbyn di . . . tro i'r chwith ar ben y ffordd 'ma, gyda llaw. Y tŷ cynta ar y dde yw e.'

Roedd y tŷ cyntaf ar y dde yn anferth o dŷ, gyda lôn yn ymdroelli fel pedol tuag ato, garej ddwbl, a chragen blastig dros ddrws y ffrynt.

''Na le braf!' sibrydodd Carys.

'Wir?' meddai Huw. 'Ddwedodd neb 'ny wrtha i.'

Nid morwyn agorodd y drws, ond y ferch o Fryn-teg oedd yn edrych fel y Mona Lisa.

Edrychodd hi ar Carys am eiliad, ac yna sgrechian, 'Huw! Ai dyma'r alto?'

''Na ti,' meddai Huw. 'Carys, dyma Heledd . . . Heledd, Carys.'

'Gwych, gwych!' Estynnodd Heledd ei llaw. 'Diolch byth dy fod ti wedi dod!' Dechreuodd Carys deimlo'n anesmwyth braidd. 'Mae Huw wedi bod yn addo alto inni ers wythnose nawr. Fe ddwedodd e ei fod e'n meddwl iddo fe ddod o hyd i rywun, ond allai e ddim bod yn siŵr—ddest ti lan i Fryn-teg un tro i'w nôl e, on'd do fe? Dw i'n cofio dy weld ti. Roedd gwisg werdd amdanat ti—Maes-y-rhyd?'

'Ie,' meddai Carys. (Meddyliodd: *does dim angen bod yn genfigennus . . .*)

'Iawn 'te, dere i gwrdd â'r gweddill.'

Arweiniodd y ffordd i fyny grisiau llydan i stafell a oedd yn ôl pob tebyg yn lolfa bersonol iddi hi. Roedd posteri ar y wal, piano bychan, teledu, silffoedd yn llawn llyfrau, a system stereo. Roedd bachgen arall a merch â gwallt byr coch wrth y piano'n syllu ar gerddoriaeth. Safodd Heledd yn y drws gan cyhoeddi'n ddramatig, 'Dyma ni, gyfeillion! Wele ein halto—rhowch groeso iddi, os gwelwch yn dda!'

Gafaelodd Huw yn llaw Carys a mwmian, 'Ddwedes i wrthot ti y bydde 'na groeso i ti . . .' Teimlodd Carys yn fwy anesmwyth byth. Doedd Huw ddim wedi dweud wrthi eu bod nhw'n *dibynnu* arni, chwaith.

Cyflwynodd Heledd bawb: enw'r bachgen wrth y piano oedd 'Gareth . . . un o'n baswyr ni, Huw yw'r bas arall, ond ti'n gwbod 'ny'n barod, siŵr o fod.'

Gwenno oedd y ferch â'r gwallt coch—'Dim ond soprano, yn anffodus—mae 'na ddigon ohonon ni.

Mae alto dda mor brin ag aur.' (Crynodd llaw Carys ychydig.)

'A hwn,' meddai Heledd, 'yw Steffan, ein hunig denor ni—maen nhw'n brinnach nag altos, hyd yn oed.'

Sythodd y bachgen oedd yn plygu dros y stereo a sylweddolodd Carys yn syth mai Steffan Hughes oedd e. Fe adnabu Steffan hithau hefyd, roedd hi'n amlwg. Am eiliad fer, safodd y ddau yn syllu ar ei gilydd. *Ysgol i snobs yw hi, yndyfe?*

Wel, ta beth, mae hi'n well na'r ysgol fyddi di'n mynd iddi . . . gall unrhyw un fynd i Gae Coch . . .

Dywedodd Carys, 'Helô.'

Pendronodd Steffan am ennyd ac yna gwneud penderfyniad. Yn ddisymwth, estynnodd ei law.

'Helô, alto. Sut mae Stryd Caradog?'

'Iawn. Sut mae . . .' roedd hi wedi anghofio enw'r stâd lle'r oedd e'n byw. 'Sut mae Cae Coch?'

Gwenodd.

''Run fath ag arfer . . . does dim rhaid talu i fynd yno.'

'Er mwyn popeth! Paid â chrybwyll y pwnc 'na,' meddai Huw. 'Mae hi'n casáu addysg breifat â chas perffaith.'

Gwridodd Carys. Edrychodd Steffan yn llawn di-ddordeb.

'Ydw i'n iawn i feddwl,' meddai Heledd, 'eich bod chi'n nabod eich gilydd yn barod?'

'O, gawson ni ein magu gyda'n gilydd,' meddai Steffan. 'Wyt ti'n cofio mynd i lan y môr ac arllwys tywod dros 'y mola i?'

Meddai Huw mewn syndod, 'Beth?' Edrychodd Steffan ar Carys a wincio; roedd hi'n gwybod, bryd hynny, y byddai pob peth yn iawn.

Roedd pob cân a ganwyd y noson honno'n dod o'r llyfr *Caneuon Gwerin Môn*. Diolch i Huw, roedd Carys eisoes yn gyfarwydd â nhw—gallai gadw at ei rhan yn bur dda, hyd yn oed pan oedd lleisiau eraill yn dod ati o bob cyfeiriad. Meddyliodd Carys y byddai hi'n wych pe bai Miss Jones yn gallu ei gweld ... *Wyt ti'n perthyn i unrhyw glwb? Oes criw o ffrindie 'da ti? Sut wyt ti'n mynd i ddod i ben â gwaith os nad wyt ti'n hoffi gwneud pethe gyda phobol eraill?* Ond roedd hi wedi dweud ar y pryd, on'd oedd? Dyw *gwneud* pethau ddim yn fy mhoeni i. Nid gwneud pethau fu'n ei phoeni hi. Dim ond bod mewn criw mawr yn gwneud dim byd arbennig. Doedd hi ddim yn dda am wneud hynny—tan heno. Heno, wedi gorffen canu, fe eisteddodd pawb ar lawr, tra bod Gwenno, y ferch â'r gwallt coch llachar, yn gwneud te a choffi. Gofynnodd Carys a allai helpu, ond dywedodd Steffan yn bendant, 'Mae rota 'da ni—pawb yn ei dro. Ond paid ti â phoeni, fe ddaw dy dro di'n ddigon cloi. Yr unig un sy'n dianc yw Huw.'

'Sy'n cael ei esgusodi,' meddai Huw, 'achos ei fod e uwchlaw'r fath bethe.'

'Sy'n cael ei esgusodi,' atebodd Steffan, 'achos ei fod e'n anobeithiol!'

Gwenodd Huw yn ddiog.

'Wel, a dweud y gwir, dydw i ddim rhagor, diolch i Carys—ond does dim ots 'da fi 'mod i'n dal i gael fy esgusodi. Mae'n beth da i chi bobol ifanc weini ar y rhai sy'n hŷn ac yn gallach na chi.'

'Dad-cu!' meddai Gareth.

Dywedodd Heledd, gan agor bocs o bice bach (eglurwyd bod rota fisgedi ganddyn nhw hefyd, ond nad oedd Huw yn cael dianc y tro hwn), 'Nawr bod alto iawn 'da ni fe allwn ni ddechre cynllunio pethe.—Rwyt ti'n mynd i ddal ati i ddod, on'd wyt ti, Carys?'

'Well iddi,' meddai Huw, 'ar ôl yr holl drafferth ges i i'w chael hi i ganu . . . sôn am swil!'

'Rôn i'n meddwl fod yr ysgolion preifat 'ma'n hybu hunanhyder rhywun,' meddai Steffan.

'Ddim yn achos Carys. Roedd hi wir yn meddwl fod llais fel brân 'da hi—roedd rhaid i mi fygwth trais. Dim ond wedi iddi ddechre sgrechian y daeth hi o hyd i'w llais.—Yndyfe, bach?' Plygodd Huw ymlaen i wasgu'i phenelin. 'Dw i'n dweud y gwir, on'd ydw i?'

'Ges i 'ngorfodi,' meddai Carys.

O ben pella'r stafell, meddai Gwenno, 'Dim ond gorfodi pobol i wneud pethe'n groes i'r graen mae e! Yn yr ysgol 'fyd . . . mae chwip fawr 'da fe!'

Aeth y tynnu coes yn ei flaen—a hithau'n rhan o'r cyfan. Eisteddodd yno ar y llawr, ar bwys Huw, ar glustog mawr, tew, yn bwyta pice bach ac yn yfed coffi, a doedd neb yn meddwl ei bod yn od neu'n anghymdeithasol. Roedd hi'n rhan o'r criw yn barod, ar y rota goffi a bisgedi ac yn rhan o'r cynlluniau ar gyfer y dyfodol. Roedd llawer o sôn am gyngerdd y bydden nhw'n cymryd rhan ynddo yn nes ymlaen yn y flwyddyn. 'Allwn ni ganu'r "Deryn Pur", Huw? *Plîs*, Huw! Nawr bod Carys 'da ni . . . dwêd y gallwn ni!'—a chryn dipyn o drafod dwys a ddylid derbyn cynnig gan weinidog Heledd i gymryd rhan mewn cyngerdd carolau Nadolig er budd Cronfa Achub y Plant.

'Mae e'n achos da,' meddai Steffan.

'O, ddim yr *achos* sy'n 'y mhoeni i,' meddai Heledd.

'Beth, 'te?'

'Wel . . . mae e'n rhywbeth crefyddol, on'd yw e?'

130

'Ie . . . ?'

'Wel, dw i ddim yn siŵr a ddyle pobol gymryd rhan, os nad ŷn nhw'n grefyddol.'

'Pwy sy ddim yn grefyddol 'ma? Wyt ti?'

'Ydw, ond dwyt ti ddim.'

Teimlai Carys yn ddigon hyderus i ddweud, 'Na fi, chwaith. Dw i ddim yn credu mewn crefydd.'

'Wel, 'na ni 'te,' meddai Heledd, yn bryderus.

'Na, na,' meddai Steffan. 'Beth yw'r ots beth mae pobol yn ei *gredu*? Dyw'r ffaith nad ydw i'n grefyddol ddim yn golygu nad ydw i'n credu mewn helpu plant.'

Ymhen hir a hwyr, cytunodd pawb i gymryd rhan, a dechreuon nhw ddewis carolau: 'Iesu Faban', ac 'Ar Gyfer Heddiw'r Bore'.

'Fydden i'n hoffi canu ''Ganol Gaeaf Noethlwm'',' meddai Heledd.

'Wel, gewn ni drefnu'n derfynol 'to. Nawr, beth am yr ysgol haf gerddorol 'ma? . . . y pythefnos ola yn Awst.' (Cododd Carys ei chlustiau.) 'Beth yw'ch barn chi, bobol?'

Atebodd Heledd, 'Dw i o blaid, yn bendant—ac maen nhw wedi addo'r car i fi, felly 'na le i bump, os nad oes ots 'da chi wasgu'n dynn at eich gilydd.'

Pump. Huw, Steffan, Heledd, Gwenno, Gareth—a Carys. Wel, meddyliodd Carys, gan geisio bod yn ddewr, doedd dim disgwyl cael bod yn rhan o bob dim ar unwaith. Dim ond newydd ymuno â nhw oedd hi. Allai hi ddim disgwyl iddyn nhw wasgu chwech i'r car os mai dim ond lle i bump oedd 'na.

Dywedodd Huw, 'Iawn. Fe ddanfona i am y manylion. Nawr . . .' Cododd ar ei draed. 'Ble mae Carys? Mae'n bryd i ni ei throi hi, cyn i'th fam ddechre meddwl 'mod i wedi dy gipio di.'

131

Meddai Gwenno, gan ochneidio, 'O na, dyw hi ddim fel Mam, ydy hi? *Pan ôn i'n ferch dy oedran di roedd rhaid i fi fod gartre am naw . . .*'

'Mae mam Carys yn iawn,' meddai Huw. 'Yr unig drafferth yw nad yw hi'n meddwl 'mod i'n gwmni addas iddi—a phwy all ei beio hi?' Cododd Carys ei phen a gwgu. Beth oedd e'n ei olygu wrth hynny? Wrth gwrs bod ei mam yn meddwl ei fod yn gwmni addas—ofni ei bod hi'n cymryd mantais oedd hi, dyna i gyd. Dywedodd Huw yn ysgafn, fel pe bai'n synhwyro ei bod hi'n edrych arno, 'Wel, rhaid iti gyfadde, fydden i'n werth dim i ti pe bai lladron yn ymosod arnat ti, fydden i?'

'Am ddwli!' meddai Carys.

'Mae Mam yn dwli o ofn cyffurie,' meddai Gwenno. 'Mae hi'n meddwl fod pawb dw i'n ei nabod yn gaeth i pot neu heroin. Dim ond achos bydd Huw 'na dw i'n cael mynd ym mis Awst—mae e'n ddigon parchus iddi hi.'

'Druan â hi,' meddai Steffan.

Wnaeth Huw ddim sôn gair tan eu bod ar y bws adre, ac yna meddai, 'Beth amdani, 'te? Beth am dreulio cwpwl o wythnose lawr yn Sir Benfro?'

Bu bron i'w chalon aros yn stond.

'*Fi?*' meddai. 'Ond—dim ond lle i bump sy 'na. Yn y car . . .'

'O, paid â phoeni am hynny. Allwn ni drefnu rhyw-beth—fe allen ni'n dau fynd ar y trên, pe bai raid. Neu falle aiff Steffan ar ei feic; roedd e'n bwriadu gwneud hynny'n wreiddiol, dw i'n meddwl. Be fydd dy fam yn feddwl? Fydd hi'n cytuno?'

Bydd yn rhaid iddi, meddyliodd Carys. Doedd hi ddim am golli cyfle fel hwn.

'Os wyt ti'n gofidio am y gost, gyda llaw, does dim angen i ti. Dw i ddim yn siŵr nawr faint maen nhw'n

132

ei godi, ond dw i'n gwbod mai swm bach iawn yw e os wyt ti'n fyfyriwr.'

'A phe dweden ni wrthi hi ei fod e'n rhywbeth addysgiadol . . .'

'Ac mae e.'

'Ac *mae* e . . .'

'Pwy ddyle siarad â hi? Ti, neu fi?'

'Ti,' meddai Carys.

'Ti'n meddwl?'

'Ydw, yn bendant. Ti'n barchus a hanner.'

'Mm.' Gwenodd Huw. 'Gwell i fi bwysleisio bod pedwar arall yn dod 'fyd . . . er mwyn cadw'r ddel-wedd barchus 'ma.'

Pennod 14

Roedd hi'n amlwg fod tymor yr haf yn mynd i fod yn gwbl wahanol i'r tymor blaenorol. Cyrhaeddodd Carys yr ysgol ar y diwrnod cyntaf i ddarganfod fod Siân Wyn wedi bachu sedd iddi ar ei phwys—Marged ar un ochr iddi, a Carys ar y llall. Roedd ei henw yn y tîm rownderi i chwarae yn erbyn Bryn-teg; roedd Beth Griffiths yn trefnu taith gerdded diwedd tymor er budd yr anabl yn lleol ac yn dibynnu ar Carys i roi cymorth wrth lunio'r llwybr—'achos fe ddwedodd rhywun wrtha i dy fod ti'n gerddwraig o fri'; roedd Catrin Puw o'r chweched uchaf am wybod 'a fyddet ti a dy gariad' yn hoffi dod i ddisgo newydd oedd yn agor yn y Stryd Fawr fis nesaf. Dywedodd Carys yn bwyllog y byddai'n holi. Allai hi ddim dychmygu y byddai achlysur o'r fath yn apelio at Huw, ond roedd y ffaith iddi gael gwahoddiad—a bod pawb yn meddwl fod cariad gyda hi—yn ddigon i wneud iddi deimlo ar ben ei digon.

Ac nid hynny yn unig; doedd Huw byth yn mynd adref ar benwythnosau rhagor. Dywedodd ei fod e'n beth hurt, yn ei oedran e, i redeg at ei chwaer bob pum niwrnod er mwyn cael pryd da a gwneud ei olch.

'Fe a' i i nôl sglods a dysgu defnyddio'r *launderette* fel pawb arall.'

'Ddangosa i i ti,' meddai Carys.

'Dim ond y tro cynta, te,' meddai Huw. 'Wedyn fe wna i bopeth ar fy mhen fy hun.—Iawn?'

Dywedodd, 'Iawn,' ond allai hi ddim deall pam na allen nhw wneud pethau gyda'i gilydd. Fe allai e roi ei ddillad yn y peiriant a mesur y sebon a gosod y deialau os mai dyna roedd e am ei wneud. Fyddai hi ddim yn ymyrryd o gwbl.

Gofynnodd Carys iddo y tro cyntaf hwnnw—wrth iddi hi syllu ar y dillad yn troi a throsi—a oedd e wedi bod mewn disgo erioed. Atebodd, 'Dim ond unwaith. Fe ffrwydrodd fy nghlustie i, bron.—Pam? Wyt ti eisie mynd i un?'

Pam mae hi wastad mor amlwg beth dw i am ei wneud, meddyliodd Carys? Pam na alla i ofyn cwestiwn syml heb iddo fe wybod yn syth pam wnes i ofyn?

'O—ddim wir,' meddai. Plygodd ymlaen i symud deial y peiriant yn ddiangen. 'Merch yn yr ysgol ofynnodd a fyddet ti a fi'—yn frysiog, cywirodd ei hunan—'a fydden i'n hoffi mynd i un ddydd Sadwrn nesa. Mae un newydd yn agor yn y Stryd Fawr, ac mae hi'n meddwl y bydd e'n sbort. Ond dw i ddim yn meddwl y bydd e, wir. Dim byd ond sŵn a mwg sigaréts. Mae'n debyg os yw'r *decibels* yn rhy uchel y gall rhywun fynd yn fyddar.'

'Greda i,' meddai Huw. Roedd yn ddistaw am eiliad, ac yna gofynnodd, 'Wyt ti wedi bod i ddisgo erioed?'

Tynnodd wyneb.

'Na. Rôn i eisie mynd unwaith gyda Siw . . .' (roedd wedi dweud wrtho am Siw—erbyn hyn roedd hi wedi dweud y rhan fwyaf o bethau wrtho) '. . . ond wnaeth Mam ddim gadael i fi fynd. Allech chi gredu fod rhywun yn mynd i'n cipio ni i'r puteindy agosa.'

Llithrodd hanner gwên ar draws wyneb Huw.

'Wel, alla i ddim dychmygu y bydde rhywun eisie 'nghipio i i'r puteindy agosa . . . beth am gadwyno ein garddyrne wrth ei gilydd a gadael yr allwedd

135

gartre? Wedyn bydde'n rhaid mynd â'r ddau ohonon ni neu ddim un.'

'Ond—ond wyt ti *eisie* mynd?'

'Fe wna i fargen arall â ti,' meddai Huw. 'Ddo i 'da ti i'r disgo, os ddei di gyda fi i gyngerdd y dydd Sadwrn wedyn ... mae hen ffrind coleg i fi'n rhoi datganiad o waith Mozart yn Abertawe. Mae e wedi rhoi manylion i fi, ond dwn i ddim yn siŵr sut mae cyrraedd 'na. Felly os gallet ti fynd â fi i'r Mozart, fe af i â ti i'r disgo. Ydy hynny'n deg?'

Roedd hynny'n fwy na theg; roedd hi'n ddigon hoff o Mozart.

Nos Sadwrn fe aethon nhw i'r disgo, gyda Catrin Puw a chriw o rai eraill, a bu'r cyfan yn brofiad newydd iawn. Ond roedd y lle dan ei sang a doedd Huw ddim yn gallu ymuno yn y math o ddawnsio oedd yn mynd ymlaen, ac yn goron ar y cyfan roedd Carys yn gofidio y gallai'r sŵn niweidio eu clyw. Doedd hi ddim yn gofidio am ei hunan gymaint, ond am Huw. Methu gweld, ac wedyn niweidio ei glyw— a'r cyfan am ei bod hi wedi'i lusgo i ddisgo a hithau'n gwybod nad oedd e'n or-hoff ohonyn nhw.

Fe arhoson nhw am ychydig dros awr, ac yna meddai Carys yn frysiog, 'Huw, ewn ni, ife?'

'Pam? Wyt ti wedi cael digon?' gofynnodd.

'Ydw!'

'Wyt ti'n siŵr, nawr? Dim byd i wneud â fi?'

'*Na!* Dw i eisie mynd—*nawr!*'

'Dere 'te,' meddai Huw. 'Cer â fi o'r dyrfa ferw wyllt 'ma, ac mi ewn ni am baned yn rhywle tawel iawn lle na fydd rhaid gweiddi ...'

Roedd hynny'n llawer gwell, bod gyda Huw ar ei ben ei hun, yn hytrach na mewn disgo gorlawn. Doedd hi erioed wedi bod yn un am dyrfaoedd, er y tro y collodd ei mam ar y ffordd allan o bafiliwn yr Eisteddfod ar ddiwedd seremoni'r cadeirio.

Nos Iau, pan ddaeth hi'n amser coffi ar ôl canu, eisteddodd Gareth ar bwys Carys, ac ar ôl clirio'i wddf, gofynnodd, 'Fyddet ti ddim yn hoffi dod i barti 'da fi nos Sadwrn, fyddet ti?' Synnodd hi ei fod wedi gofyn iddi. Nid dim ond iddo ofyn iddi, ond ei fod wedi gwneud hynny yng ngŵydd Huw. Roedd hi wastad wedi meddwl fod criw nos Iau yn derbyn ei bod hi a Huw yn perthyn i'w gilydd. Bob tro yr eistedden nhw lawr i siarad ar ôl gorffen canu byddai rhywun yn cadw clustog iddi wrth ochr Huw, hyd yn oed pan oedd hi'n gwneud y coffi ac felly'r olaf i eistedd. Yn yr un modd, pan fydden nhw'n cerdded yn ôl ar hyd y stryd ar ddiwedd y nos, cymerai pawb yn ganiataol mai Carys fyddai'n cerdded gyda Huw, nid Steffan neu Gareth neu Gwenno.

Chwe mis yn ôl, byddai gwahoddiad i barti wedi'i pharlysu â nerfusrwydd. Nawr, yn gwrtais, ond yn gwgu digon i ddangos nad oedd hi'n rhydd i fynd i bartïon—neu o leiaf, nid gyda dynion eraill—meddai, 'Diolch yn fawr i ti, fydden i wrth fy modd, ond fel mae'n digwydd dw i'n mynd i gyngerdd 'da Huw.'

Dywedodd Gareth, 'O—o, dw i'n gweld,' a dechreuodd y gwrid ledu dros ei wyneb. Roedd yn wyneb digon dymunol—yn grwn ac ychydig yn llawn, gyda bochau llyfn cochion a gên bwt—ac roedd Gareth yn foi digon dymunol; teimlai Carys yn flin ei bod wedi gwneud iddo gochi, gan ei bod yn gwybod mor erchyll oedd hynny, ond fe ddylai e fod yn gwybod yn well. Er mawr boen iddi, pan oedd hi ar fin egluro mai cyngerdd Mozart yn Abertawe oedd e, ac mai un o ffrindiau Huw o'r coleg oedd yn perfformio, torrodd Huw ar ei thraws a dweud, 'Pam nad ei di? Does dim angen i ti deimlo bod rhaid i ti ddod 'da fi—tocynne rhad ôn nhw, beth bynnag. Wnes i ddim talu amdanyn nhw.'

'Na!' meddai Carys. Roedd yn benderfynol. 'Fe wnaethon ni fargen!'

'Wel, fydde dim ots 'da fi pe bait ti am gael dy ryddhau. Wna i ddim dal dig am 'ny. Dw i hyd yn oed yn gwbod bod mynd i barti'n llawer mwy o sbort na datganiad o waith Mozart.'

Roedd Gareth, efallai, yn fwy sylwgar na'r disgwyl. Wedi edrych yn sydyn ar Carys, cochodd yn waeth byth, ond llwyddodd i fwmian rhywbeth dan ei anadl nad oedd ots, gan nad oedd y parti'n mynd i fod yn un arbennig o dda beth bynnag, a dim ond digwydd gofyn wnaeth e, rhag ofn. Yna, neidiodd ar ei draed i roi help llaw i Steffan i gario'r coffi drwodd, gan ddangos, meddyliodd Carys, dipyn o ddoethineb.

Mwy o ddoethineb o lawer na Huw. Ddywedodd e ddim ar y bws, gan fod Steffan gyda nhw, ond prin roedd hwnnw wedi'u gadael nag yr ymosododd arni gan ddweud, 'Pam na dderbyniest ti gynnig Gareth pan rois i gyfle i ti? Mae e'n foi swil iawn, a synnen i ddim os nad yw e wedi bod yn paratoi ers wythnose i ofyn i ti i fynd mâs 'da fe.'

'Ond dw i ddim eisie mynd i unrhyw le 'da fe! Nid sefydliad elusennol ydw i!'

'Rwyt ti'n fodlon mynd â fi i Abertawe er mwyn clywed datganiad fydd yn dy ddiflasu di'n llwyr.'

'Fydd e ddim!' Roedd hi'n fwy crac am hynny na dim. 'Dw i'n hoffi Mozart!'

'Ond pe bait ti'n mynd i barti mi fyddet ti'n cwrdd â phobol. Fydde hynny'n fwy llesol i ti.'

Yn fwy llesol iddi! Roedd Huw yn dechrau swnio fel Miss Jones—a pham fyddai hynny'n fwy llesol iddi?

138

Roedd gwrando ar Mozart yn weithgaredd celfydd-ydol, onid oedd e?

I ateb ei chwestiwn, meddai Huw, 'Ddylet ti fod yn mynd mâs 'da rhywun yr un oedran â ti—rhywun aiff â ti i ddisgos ac am sbin yn y car i lan y môr a—o, yr holl bethe na alla i eu gwneud. Ddylet ti ddim dy gaethiwo dy hunan i rywun fel fi.'

'Beth wyt ti'n meddwl, *rhywun fel ti?*'

'Ti'n gwbod yn iawn be dw i'n meddwl . . . fydde'n dda 'da fi pe bait ti'n ffonio Gareth i ddweud dy fod ti wedi newid dy feddwl. Fydden i'n llawer hapusach.'

Daeth dagrau i'w llygaid, yn gwbl ddirybudd.

'Dwyt ti ddim yn deg nawr! Fe wnaethon ni fargen! Sut byddet ti'n mynd i Abertawe heb gwmni?'

'O, allen i ddod i ben pe bai raid. Allen i ffonio Sara, neu ffonio fy ffrind i weld a alle fe gwrdd â fi yn yr orsaf . . . dw i'n cymryd mantais arnat ti, ti'n gweld. '*Na* pam dw i ddim yn deg â ti. Os yw bod yn forwyn fach i fi yn mynd i'th gadw di rhag mynd i bartïon 'da Gareth . . .'

'Dw i ddim eisie mynd i bartïon 'da Gareth!'

'Carys fach, ti'n ifanc,' meddai Huw. 'Ddylet ti fynd mâs i fwynhau—fel Heledd a Steffan. Maen nhw'n chware tenis, yn mynd i'r sinema, a dros hanner tymor fyddan nhw'n mynd i ddringo . . . 'na be ddylet ti fod yn 'i wneud. Nid bod yn labrador i'm harwain i ar hyd y lle.'

Bellach roedd y dagrau'n disgyn yn un llif, yn powlio i lawr ei bochau ac yn diferu o'i thrwyn. Roedd hi'n ysu am ddefnyddio ei hances boced i atal y dagrau, ond doedd hi ddim am fentro dangos dim i Huw. Daliodd ei phen yn ôl er mwyn i'r llif arafu, fel ei bod bron yn methu gweld lle'r oedd hi'n mynd.

'Carys?' Arhosodd Huw. Bu'n rhaid iddi hi aros hefyd. Roedden nhw ar gornel Stryd Caradog, ar y gyffordd rhwng tafarn y Llew Coch a Banc Lloyds. Roedd y stryd fawr, y tu ôl iddynt, yn fwrlwm o hyd, y traffig yn rhuo, sinemâu yn gwacáu, a'r llefydd bwyta'n olau. O'u blaenau roedd Stryd Caradog yn dawel a gwag, yn aros am amser cau'r Llew Coch. 'Ydw i wedi gwneud i ti lefain?' gofynnodd.

Ceisiodd ddwedud na, ond dim ond bref fach ddaeth o'i cheg. Ymbalfalodd fel gwahadden am ei hances.

'Ydw, wir,' meddai Huw, 'on'd do fe?' Cododd ei law a theimlo'i hwyneb, a oedd yn fôr o ddagrau. Roedd yn amlwg yn teimlo'n flin am hyn, yn wahanol i'r tro pan oedd wedi'i gorfodi i ganu. Bryd hynny roedd wedi rhoi hances iddi a dweud wrthi am beidio â bod yn fabi. Nawr, wrth iddi ddod o hyd i'w hances a chwythu'i thrwyn yn swnllyd, dywedodd, 'Dôn i ddim yn bwriadu gwneud. Meddwl amdanat ti ôn i.'

Dywedodd Carys yn grac, 'Pam mae rh-rhaid i bawb f-feddwl amdana i o h-hyd? Nid p-plentyn ydw i. A - - alla i feddwl drosof f-fy hunan.'

'Dw i'n siŵr y galli di,' meddai Huw.

'Dw i'n g-gallu! A phaid'—cymerodd anadl ddofn—'â dweud p-pethe cas.'

'Ddwedes i ddim byd cas, cariad, fe . . .'

'Do 'te! Dweud 'mod i'n labrador i ti!'

'Doedd hynny ddim yn gas, roedd e'n . . .'

'Roedd e *yn* gas! Yn greulon!'

Roedd Huw'n amlwg wedi'i ddrysu gan yr holl sefyllfa. Yn addfwyn fe ddywedodd, 'Pam fod hynny'n greulon?'

'R-oedd e *yn* greulon.'

'Nid 'na'r bwriad. Dw i'n addo i ti. Dim ond medd
...' Arhosodd. 'Ddylen i ddim dweud 'ny, na
ddylen i?'

'Na! Dw i wedi hen flino ar bobol yn *meddwl
amdana i* ... pam na allan nhw ddechre meddwl
amdanyn eu hunain am newid a gadael i fi f-feddwl
drosof fy hunan!'

'Paid â bod yn grac.'

'Wel, paid â 'nhrin i fel p-plentyn!' Hyd yn oed
wrth iddi ddweud hynny, roedd hi'n gwybod ei bod
hi'n ymddwyn fel plentyn. Torrodd ei llais, yn
hunandosturiol. 'Dyna sut rwyt ti'n fy ngweld i ...
dim ond fel p-plentyn.'

'Dyw hynny ddim yn wir.'

''Na'r argraff dw i'n 'i gael.'

'Wel, ti'n anghywir—wyt ti eisie i fi brofi 'ny?'

Chwythodd ei thrwyn yn swnllyd eto.

'Mae hi braidd yn h-hwyr nawr. Â ti'n gwneud i fi
fynd i bartïon gyda ph-phobol eraill ...'

Roedd hi'n ymddwyn yn waeth na phlentyn
nawr—fel plentyn annymunol sy'n mynnu cael ei
ffordd o hyd. Ond ddywedodd Huw ddim mwy na,
'Carys ... dere 'ma.'

'P-pam?'

Safodd, yn ei herio, gan ei wynebu yr ochr draw i'r
palmant. Pe bai wedi dweud, 'Gwna fel dw i'n 'i
ddweud wrthot ti,' hyd yn oed i dynnu'i choes,
fyddai hi ddim wedi mynd. Yn lle hynny, fe ddywed-
odd, 'Plîs?' felly fe aeth.

'B-beth wyt ti'n ...'

'Bydd ddistaw!' meddai Huw.

Yno, ar gornel Stryd Caradog, ar y gyffordd rhwng
y Llew Coch a Banc Lloyds, rhoddodd Huw ei freich-
iau amdani. Yno, ar gornel Stryd Caradog, am
hanner awr wedi deg ar nos Iau, gyda'r holl fwrlwm

yn digwydd o'u cwmpas, fe'i cusanodd. Nid cusan fer ar ei boch, ond un go iawn. Roedd hi'n gwybod mai cusan go iawn oedd hi. Er nad oedd y fath beth wedi digwydd iddi erioed o'r blaen, roedd hi'n gwybod. Roedden nhw wedi cael eu rhybuddio ynglŷn â chael eu cusanu fel yna—'mewn ffordd arbennig', chwedl Dr Harris, wrth roi'r wers addysg bersonol enwog ar ddiwedd y bedwaredd flwyddyn. Ond ni chymerai unrhyw un unrhyw sylw o'r hyn a ddywedai Dr Harris; gwisgai siwmperi llac roedd hi wedi'u gweu ei hun, ac roedd hi ymhell y tu hwnt i oedran cusanu.

'Peidiwch â gadael i'ch cariadon chi wneud beth fynnan nhw.' Dyna un peth roedd hi wedi'i ddweud. 'Peidiwch â gadael iddyn nhw fynd yn *rhy bell* . . . fyddwch chi'n colli'u parch, a bydd hynny'n arwain at *ganlyniadau annymunol.*'

Doedd hi ddim wedi manylu ymhellach ar y canlyniadau annymunol hynny, ond roedd pawb yn gwybod yn iawn beth oedden nhw. Roedd rhai pobl, fel Siân Wyn, wedi chwerthin. Roedd eraill, fel Carys, wedi gwrido a dechrau peswch. Allai hi ddim dychmygu unrhyw un yn dymuno gwneud dim â hi, a hithau'n anaeddfed ac yn edrych fel pechod.

''Na ti,' meddai Huw. ''Na be sy'n digwydd pan dw i'n meddwl amdana i fy hunan yn lle meddwl amdanat ti.'

Meddyliodd Carys tybed a fyddai Huw yn ei pharchu'n llai o hyn ymlaen (os oedd yn ei pharchu o gwbl yn y lle cyntaf). A fyddai yn ei chasáu nawr? Efallai y dylai hi fod wedi'i wrthod, gan ddweud rhywbeth fel, 'Gad fi'n llonydd' neu—yn oeraidd—'Paid â 'nghyffwrdd i . . .'

Dechreuodd chwerthin.

'Be sy mor ddoniol?' gofynnodd Huw.

'Rôn i'n meddwl tybed a ddylen i fod wedi dweud: "Paid â 'nghyffwrdd i'' . . .'

'Ar ôl i ti ddweud wrtha i am feddwl amdanat ti fel oedolyn yn lle fel plentyn? Chei di mohoni bob ffordd, cofia.'

'Dw i ddim eisie pethe bob ffordd.' Dim ond un ffordd. Y ffordd roedd hi newydd ei phrofi. 'Huw . . .' Gafaelodd yn ei law. 'Ga i ddod 'da ti i Abertawe? *Plîs*?'

'Fydd rhaid i ti, debyg,' meddai Huw. 'Fydd neb yn gallu 'nghyhuddo i o golli cyfle i gyflwyno celfyddyd i ti . . .'

Pennod 15

Dros nos, roedd bywyd yn llawer llawnach nag y bu erioed, hyd yn oed pan oedd Siw yno—ac roedd y dyddiau hynny yn teimlo mor bell i ffwrdd. Roedd ysgrifennu at Siw bron fel ysgrifennu at ddieithryn. Roedd yr hen jôcs wedi mynd yn angof, a'r cyfrinachau ddim mor bwysig ag y buon nhw ar un adeg. Roedd hi a Siw yn ddau berson hollol wahanol. Teimlai, pe baen nhw'n cwrdd, na fyddai ganddyn nhw ddim yn gyffredin. Ysgrifennai Siw am y cneifiwr defaid ac am fynd i ddawnsfeydd, am y cwrs ysgrifenyddol a phrofion llaw fer ar 100 gair y funud: ysgrifennai Carys am yr ysgol a'r criw nos Iau, am Huw ac ymarfer dysgu. Cyn bo hir, cyn bo hir iawn, byddai'r llythyru yn lleihau i gardiau pen-blwydd a chardiau Nadolig yn unig, wedyn i gardiau Nadolig ac yna i ddim. Rai misoedd yn ôl byddai wedi teimlo'r golled yn enbyd; heddiw roedd hi bron yn rhy brysur i sylwi.

Doedd dim mwy o sôn am fynd i bartïon gydag unrhyw un arall. Os oedd yn mynd i bartïon o gwbl, gyda Huw roedd hi'n mynd, ond gan fwyaf, ar wahân i'r canu ar nos Iau, roedd hi'n well ganddyn nhw fod ar eu pennau eu hunain. Pan âi Mrs Edwards i chwarae chwist, byddent yn coginio pryd gyda'i gilydd ac yn ei fwyta yn stafell Huw. Wedyn byddent yn gwrando ar gerddoriaeth neu byddai Huw yn canu'r piano. Roedd hen ddigon o bethau i'w gwneud. Wedi blino ar gerddoriaeth neu ddarllen, byddai gwneud croeseiriau neu chwarae gwydd-bwyll yn newid braf.

Bob nos Iau roedd y criw canu'n cwrdd, a nawr, â dechrau mis Medi a'r cyngerdd ychydig dros ddeufis i ffwrdd ('Mae hynny'n swnio'n ddigon o amser, efallai,' meddai Huw, 'ond dyw e ddim'), a gwyliau yn mynd i dorri ar draws hefyd, roedden nhw'n cwrdd ar bnawn Sadwrn hefyd. Wedyn, bob hyn a hyn, byddai'r lleill yn mynd i chwarae tenis, neu i'r sinema, neu i barti, ac weithiau byddai Huw yn poeni nad oedd Carys yn mynd gyda nhw, ac yn dweud wrthi na fyddai ots ganddo pe bai hi am ymuno â nhw. Ond byddai hi'n llwyddo i'w ddarbwyllo bob tro nad oedd hi am fynd, oherwydd roedd hynny'n wir, doedd hi ddim—ddim hebddo fe. Fel arfer byddai hi a Huw yn bwrw i gyngerdd ar eu pennau eu hunain, neu'n dal y bws i'r Deyrnas, gan fod y dydd yn ymestyn a'i olau'n para tan ddeg yr hwyr. Doedd hyd yn oed ei mam ddim yn gallu poeni am fodolaeth cyffuriau neu ladron yng nghefn gwlad.

Cafwyd cyfnod twym rhyfeddol yng nghanol Mehefin ac roedd pawb yn llewys ei grys neu mewn blowsus tenau, yn chwysu fel moch ac yn ceisio dweud pa mor braf oedd hi. Roedd pwll nofio yn nhŷ Heledd, felly ar ddydd Iau a dydd Sadwrn, bydden nhw'n newid i'w gwisgoedd nofio yn lle yfed coffi, ac yn llamu i'r pwll yn un haid wyllt. Ar y dechrau doedd ar Huw ddim eisiau ymuno â nhw, gan ddweud y byddai'n ddigon hapus i eistedd ar ymyl y pwll i wrando arnyn nhw a gwlychu'i draed. Bu Carys yn cysidro a ddylai eistedd gyda fe, gan nad oedd hi'n deg iddi hi fwynhau a Huw yn methu gwneud, ond yna, fe heriodd Steffan hi i ras dri hyd y pwll. Doedd hi ddim yn gallu gwrthsefyll y fath her, ac fe neidiodd i mewn. Ar ôl i Steffan ennill ac i Carys ddod yn ail, aeth pawb at Huw i geisio'i berswadio i ddod i mewn.

'Dere, dad-cu! Dwyt ti ddim yn gwbod be ti'n ei golli!'

'Ie, dere, Huw! Wnewn ni ddim gadael i ti foddi!'

'Be sy'n bod? Dyw e ddim yn gallu nofio?'

'Mae e'n gallu nofio,' meddai Huw. 'Pan yw e'n dewis.'

'Wel, dere 'te!'

Steffan oedd yr un a'i perswadiodd yn y pen draw—os mai perswadio yw'r gair. Gan ddal yn Huw wrth ei bigyrnau, dywedodd, 'Wyt ti'n gwirfoddoli neu oes rhaid i fi dy dynnu di i mewn?' Cyn i Carys sgrechian, 'Steffan! Paid!' roedd e wedi tynnu.

'*Steffan!*' meddai Carys.

'Popeth yn iawn, popeth yn iawn, paid â chynhyrfu . . . fe ofala i amdano fe.'

'Aros di,' meddai Huw, wrth ddod o'r dŵr a'i wynt yn ei ddwrn.

Gwenodd Steffan fel giât.

'Ie, syr—cant o linellau, syr? Dere! Cydia yndda i! Fe arweinia i di ar daith o amgylch y pwll.'

Steffan a Carys oedd y nofwyr gorau. Wrth i'r lleill fochian o gwmpas, bydden nhw'n rasio yn ôl a blaen, a phlymio i mewn i'r pen dwfn. Roedd Steffan wedi newid tipyn. Nid rhaca denau mewn trowsus byr a siwmper garpiog oedd e rhagor, ond bachgen tal, cadarn, gydag ysgwyddau fel bocsiwr pwysau trwm a gwallt trwchus, cochlyd wedi'i dorri'n ffasiynol. Roedd yn bendant yn olygus; nid dim ond yn atyniadol, ond yn olygus. Doedd Gareth ar y llaw arall ddim yn olygus o gwbl. Roedd e ychydig yn dew, yn feddal a phinc, ond wedyn roedd yn annwyl, fel hoff degan. Byddai pobl yn disgrifio Huw fel rhywun dymunol yr olwg—nes eu bod nhw'n sylweddoli nad oedd e'n gallu gweld. Roedd Carys wedi sylwi ar bobl yn dweud, 'O, druan bach', ond doedd hynny ddim yn ei phoeni bellach, er ei bod hi'n sensitif ar y dechrau. Doedd hi erbyn hyn ddim yn ystyried bod Huw yn ddall, a hithau'n ei adnabod mor dda. Huw oedd Huw a dyna sut oedd pethau. Hyd yn oed pan oedd hi'n rhedeg a phlymio gyda Steffan, doedd hi ddim yn dymuno ei bod hi'n perthyn iddo fe yn hytrach nag i Huw. Beth bynnag, roedd Steffan yn gariad i Heledd. Yn yr hydref byddai'r ddau yn mynd i'r coleg yng Nghaerdydd, Heledd i astudio Cymraeg, a Steffan i ddilyn cwrs doctor. Roedd e am fod yn llawfeddyg. Meddyliai Carys yn aml, beth fyddai ei mam yn ei feddwl am y peth . . . fod bachgen o Gae Coch yn gallu gwneud cystal ag unrhyw un. Doedd hynny ond yn profi'r hyn roedd hi'n ei gredu. Doedd dim pwynt talu yn ychwanegol am addysg breifat.

Gofynnodd Heledd iddi un diwrnod beth oedd hi am ei wneud ar ôl gadael yr ysgol. Dywedodd wrthi am ei chynlluniau, yn betrusgar braidd, gan fod amheuon yn codi o hyd. Oedd hi'n gwbl siŵr am y peth? Ac os oedd hi—*allai* hi gyflawni'r fath swydd yn llwyddiannus?

'O, mae'n rhaid i ti!' meddai Heledd. 'Ti'n wych 'da Huw—wir nawr, mae e'n gwneud pethe na fydde fe byth yn 'u gwneud o'r blaen.' (Roedd Carys wastad yn anghofio fod Heledd a Gwenno wedi adnabod Huw flwyddyn yn hwy na hi.) 'Fydden ni byth bythoedd wedi'i gael e i nofio 'da ni.'

'Wel, Steffan wnaeth 'ny,' meddai Carys, 'nid fi.'

'Falle mai Steffan wnaeth 'ny nawr, ond ti oedd e *yn y bôn*. Chwe mis yn ôl fydde Steff ddim wedi'i dynnu e mewn i'r dŵr—achos fydde neb yn mentro gwneud. Rôn ni i gyd yn ei drin e fel darn o lestri gore . . . "Dere i eistedd, Huw," a "'Ma gadair i ti, Huw," a "Wyt ti'n dod i ben yn iawn, Huw?" Fel 'da'r rota goffi—fe fydde fe wedi gallu gwneud coffi'n iawn, pe baen ni ddim wedi'i esgusodi fe.'

'Mae'n well gadael iddo fe wneud pethe drosto'i hunan,' meddai Carys, 'hyd yn oed os yw'n cymryd mwy o amser.'

'Wrth gwrs 'i fod e, ond dôn ni ddim yn gweld 'ny, ti'n deall. Ddim cyn i ti gyrraedd.—Falle y dylen ni 'i gael e i wneud coffi?'

'Fe dorrith e gannoedd o gwpane,' meddai Carys.

'Beth yw'r ots am gwpane? Yr achos da sy'n bwysig yn y pen draw.'

Trefnodd Beth Griffiths wibdaith i Sain Ffagan wedi i arholiadau'r ysgol orffen. 'Gan fod y lle mor gyfleus,' meddai Beth, 'ac mai mater o ddal bws yn unig yw e, beth am i ni fynd i ddysgu rhywbeth yn lle aros yn yr ysgol 'ma?' Cytunodd pawb, gan y byddai hi'n bosib mwynhau'r gerddi yn y tywydd braf. Roedd Siân Wyn, a oedd wedi dod yn ffrind mawr i Carys, 'gan mai dim ond ni'n dwy sy'n mynd mâs 'da dynion *go iawn*', wedi rhoi pwt iddi a dweud, 'Syniad da . . . fe allwn ni golli'r gweddill yn rhywle.' Doedd ar Carys ddim wir eisiau colli'r gweddill, yn enwedig os mai dim ond Siân Wyn fyddai ar ôl, ond gan y byddai Miss Jones yn cymeradwyo, ac roedd hi am gadw ar ochr orau Miss Jones, rhoddodd ei henw ar y rhestr mewn llythrennau bras.

Pan ddaeth y diwrnod mawr, roedd hi'n dyfaru iddi addo mynd, gan fod y tywydd yn grasboeth ac yn fwy addas ar gyfer taith i lan y môr nag i Sain Ffagan, ond dywedodd ei mam yn gadarn, 'Elli di ddim siomi pobl. Maen nhw'n dibynnu arnat ti.' Roedd Carys yn meddwl fod y fath agwedd yn hurt tan iddi gyrraedd yr orsaf a darganfod mai dim ond Beth a Siân Wyn a dwy neu dair arall oedd wedi cyrraedd.

' 'Na ni!' meddai Beth. 'Ddwedes i y bydde Carys yn dod.'

Roedd ei goslef yn awgrymu: efallai nad yw hi'n gwneud pethau'n aml, ond os yw hi'n addo dod, mae hi'n cadw'i haddewid.

Erbyn cyrraedd Sain Ffagan, roedd Siân Wyn wedi glynu fel gelen wrth Carys. Aeth y ddwy gyda'i gilydd, gan drefnu cwrdd â'r gweddill wrth y brif fynedfa i fwyta'u brechdanau. Wrth fynd o gwmpas un o'r ffermdai, ac edrych ar wely cwpwrdd, meddai Siân Wyn, ' 'Sgwn i oedd digon o le fan hyn?'

'Digon o le i be, nawr?' gofynnodd Carys yn ddiniwed.

'Digon o le iddyn nhw *garu*.'

Trodd gwraig a oedd yn sefyll yn eu hymyl i syllu arnynt. Dechreuodd Carys deimlo'n anesmwyth, ac aeth i lawr y grisiau, cyn dechrau gwrido.

'Be sy, Carys, w?' meddai Siân Wyn. ' 'Sdim ateb 'da ti 'te?' Glynai fel gelen o hyd wrth i Carys chwilio am awyr iach i oeri ychydig ar ei bochau.

'Hei, Carys,' meddai wedyn. Rhoddodd bwt fach gyfrinachol i'w braich. 'Sut brofiad yw e 'te? 'Da Huw?'

Beth oedd y ferch yn ei feddwl?

'Sut brofiad yw be?' meddai Carys.

'Ti'n gwbod yn iawn!'

Nac ydw ddim, meddyliodd, dw i ddim yn gwybod. Dw i ddim eisiau gwybod. Cer o 'ma a phaid â llygru pob dim. Ysgydwodd ei phen fel bod ei gwallt yn cuddio'i hwyneb.

'Am be wyt ti'n siarad, dwêd?'

'Caru . . . gyda rhywun sy'n ddall. Ydy e'n brofiad gwahanol?'

Yn oeraidd, meddai Carys, 'Pam ddyle fe fod yn wahanol? Dim ond achos ei fod e'n methu gweld,

dyw hynny ddim yn golygu mai dyn o'r lleuad yw e,
ydy e?'

'Dôn i ddim yn meddwl 'ny,' meddai Siân Wyn.
'Dim ond . . .'

'O, bydd ddistaw!' meddai Carys. 'Ti'n ddigon o
boen!'

Dim ond am un peth roedd y ferch yn meddwl.
Roedd Carys yn casáu pobl yn meddwl fod yn rhaid
bod rhywbeth arall yn bod ar Huw am ei fod e'n
ddall. Byddai pobl yn siarad â hi yn lle gyda Huw,
mewn siopau, wrth aros am y bws, mewn lleoedd
bwyta, heb fwriadu gwneud, ond eto'n gofyn iddi hi,
'Pa liw hoffe fe gael?' 'Ddylen i dorri'r bwyd iddo
fe?'—fel pe bai e'n methu ateb drosto'i hunan.
Fyddai Huw yn cymryd dim sylw am ei fod yn hen
gyfarwydd â'r peth, ond roedd Carys yn dal i gyn-
ddeirog.

Gadawodd Siân Wyn ac aeth i chwilio am y
gweddill ar ei phen ei hun. Roedd hi wedi cael digon
ohoni a'i hensyniadau am y tro.

Pan gyrhaeddodd adref doedd dim dŵr oer yn dod
o'r tap. Gwaeddodd ar ei mam o ffenest y gegin, 'Be
sydd wedi digwydd i'r dŵr?' Cododd Mrs Edwards ei
phen (roedd hi'n chwynnu ar y pryd) a dweud, 'Rŷn
ni wedi'i droi e bant. Rwyt ti'n ôl yn gynt na'r disgwyl
. . . fe wna i de mewn eiliad nawr. Mae Huw yn rhoi
washer newydd ar dap y bath.'

'Ddaw e i ben?' gofynnodd Carys.

'Siŵr o fod.' Dychwelodd Mrs Edwards at y
chwynnu. 'Fydde fe ddim wedi cynnig os na alle fe.'

Na, meddyliodd Carys; fydde fe ddim, debyg
iawn. Edrychodd ar ei mam, yn plygu dros y gwely
blodau, a theimlo'n agos ati am y tro cyntaf ers
oesoedd. Pam na allai pawb arall drin Huw fel 'na?
Fel dyn, yr un fath â phob dyn arall? Dyn a allai fwrw

hoelen yn y wal neu ryddhau clawr potyn marmalêd a—a phopeth arall hefyd? Meddyliodd am Siân Wyn a dweud wrthi ei hun, 'Dw i'n ei chasáu hi.' Edrychodd ar ei mam eto a meddwl, 'Mae Huw yn iawn. Ddylen i ddim cwyno. Dyw hi ddim cynddrwg â hynny.'

Mewn gwirionedd, roedd bywyd gartref wedi'i drawsnewid fel ei bywyd yn yr ysgol. Fyddai ei mam byth bron yn cwyno'r dyddiau hyn, ac ar dro, byddai'n siarad â hi fel oedolyn, ac yn gofyn ei barn.

'Pa liw ddylen ni beintio'r tŷ? Dw i wedi blino ar wyrdd a hufen. Beth am newid bach? Beth am felyn? Neu rywbeth llachar? Porffor, neu las . . . beth wyt ti'n feddwl?'

Cododd un peth a achosodd rywfaint o anghytundeb rhyngddynt ychydig ar ôl y trip i Sain Ffagan, ond hyd yn oed bryd hynny, rhyw anghytundeb bach digon cwrtais oedd e yn hytrach na chweryl go iawn. Dywedodd Mrs Edwards, 'Ddwedes i ddim yn ystod y tywydd braf, ond fe fydde hi'n well pe bait ti *ddim* yn rhedeg mewn a mâs o'r stafell molchi'n gwisgo dim ond dy ddillad isa—a phaid ag edrych arna i fel 'na. Dw i'n gwbod yn iawn nad yw Huw yn gallu gweld, ond fydde hi'n well 'da fi pe bait ti ddim yn gwneud. Dyw hynny ddim yn ormod i'w ofyn nawr, yw e?'

Er mwyn heddwch, cytunodd Carys. Dyna'r peth mwyaf hurt roedd hi wedi'i glywed ers oesoedd, ond doedd dim pwynt dinistrio perthynas dda. Serch hynny, fe gwynodd am y peth wrth Huw, y dydd Mawrth canlynol, wrth iddynt olchi llestri gyda'i gilydd ar ôl pryd o salad a ffrwythau ffres yn ei stafell. Dywedodd Huw, gan gymryd ochr ei mam fel arfer, 'Digon teg! Dw i ddim yn rhedeg o gwmpas yn fy nillad isa, felly pam ddylet ti?'

151

'Wel, pam *na* ddylen i? Pam lai, dwêd? Pam na ddyle pawb fod yn gwbwl noeth, os mai dyna'r hyn maen nhw am 'i wneud?'

'Am syniad ofnadwy!'

'Be sy'n ofnadwy am y peth? Ar wahân i'r tywydd?'

'Yr holl goese tew a'r pen-ole mawr?'

'Wel, fyddet ti ddim yn gorfod diodde'u gweld nhw.'

'Na, ond fydden i'n gorfod eu teimlo nhw, ac mi fydde hynny'n waeth! Dychmyga'r peth ar fws gorlawn . . . jeli mawr o bobol?'

'O wel,' meddai Carys, 'dw i'n *dal* i feddwl ei fod e'n syniad da. Fydde neb yn ofni gweld cyrff pawb arall wedyn.'

'Wyt ti *eisie* gweld cyrff pawb arall?'

Daeth meddyliau annymunol i feddwl Carys. Doedd hi ddim yn gwybod pam, ond er y diwrnod hwnnw yn Sain Ffagan roedd hi wedi bod yn anodd iddi beidio â meddwl mwy am noethni ac ati.

Atebodd yn ymosodol, 'Wel, pam lai?'

'Fydde fe'n ddigon i droi ar rywun, 'na pam!'

'Wyt ti'n meddwl y bydden i'n ddigon i droi arnat ti?'

'A! Mae hynny'n fater arall,' meddai Huw. Rhoddodd y llestr olaf i'w sychu i Carys, troi, bwrw i mewn iddi, sefydlogi ryw gymaint, a dweud, 'Wrth gwrs na fyddet ti; dwyt *ti* ddim yn dew,' ac yna cerddodd draw at y radio. 'Faint o'r gloch yw hi?'

'Newydd droi wyth. Sut wyt ti'n gwbod nad ydw i'n dew?'

'O, dere nawr! Dw i'n gwbod sut wyt ti'n edrych.—Gwranda; beth yw hwn?'

'Haydn? Mozart?—*Sut* wyt ti'n gwbod?'

'Dw i ddim yn ffŵl—a dim ond dyfalu wyt ti.'
Taflodd ei hun i'r unig gadair freichiau yn y stafell a hongian un goes dros yr ochr.

'Dim byd tebyg i Haydn neu Mozart. Rho gynnig arall arni.'

Dyfalodd eto. 'Beethoven, Brahms . . .'

'Pa Beethoven—Brahms?'

'Dw i ddim yn gwbod . . . y Pumed?'

'Y Pumed! Y Chweched yw e—ddyle fod cywilydd arnat ti. Gad y llestri lle maen nhw. Dere fan hyn i wrando.'

Doedd hi ddim yn teimlo fel gwrando ar gerddoriaeth. Weithiau mi oedd hi; ond y noson honno doedd hi ddim. Eisteddodd ar y llawr ar bwys cadair Huw, gyda'i phenliniau'n dynn o dan ei gên, a cheisio canolbwyntio, ond yn ofer; roedd hi'n meddwl am y gwely cwpwrdd eto. Mae hyn yn ofnadwy, meddyliodd. Roedd rhyw yn dechrau mynd yn obsesiwn. Trodd at Huw a dweud, 'Huw . . . pryd wyt ti'n mynd i ddechre dysgu Braille i fi?'

'Rywbryd.'

'Yn ystod y gwylie?'

'Os wyt ti am.'

'Ti'n addo?'

'Unrhyw beth i'th gadw di'n dawel . . . dere fan hyn!' Tynnodd hi o'r llawr. 'Canolbwyntia ar Beethoven.'

Sut gallai hi ganolbwyntio ar Beethoven pan oedd ei meddwl yn llawn cyrff noeth? Roedd yn dyfaru mynd i Sain Ffagan—neu'n hytrach bod Siân Wyn wedi dod hefyd. Arni hi roedd y bai i gyd. Yn rhoi syniadau yn ei phen, ac yn gwneud iddi feddwl am bethau nad oedd hi erioed wedi meddwl amdanyn nhw o'r blaen—a doedd arni hi ddim eisiau meddwl amdanyn nhw nawr, chwaith. A'i mam wedyn, a'r holl ffws 'na am beidio â rhedeg o gwmpas yn ei dillad isa—beth oedd y gwahaniaeth rhwng dillad isa a bicini? Dim iot o wahaniaeth. Os rhywbeth, roedd ei bicini yn waeth, gan mai un llynedd oedd e, a roedd hi wedi tyfu ers hynny. Dylai hi fod yn cael un newydd erbyn hyn, ond . . .

'Be sy'n bod?' holodd Huw. 'Oes poen 'da ti yn rhywle?'

'Na . . .'

'Be sy'n bod 'te? Pam wyt ti mor anesmwyth? Dwyt ti ddim yn hoffi Beethoven neu rwbeth?'

'Ydw!' Roedd hi'n dwli ar Beethoven. Beethoven godidog a gwych . . .

'Pam mae gwallt ar dy frest di?' gofynnodd. 'Does dim 'da Steffan.'

'Achos mai llanc ifanc yw Steffan.'

'Nage ddim! Mae e'n ddwy ar bymtheg, ac yn llawer mwy na ti.'

' 'Na ni; yn rhoi'r hen Huw yn ei le o hyd!'

'Dw i ddim yn dy roi di yn dy le.' Rhedodd ei bys ar hyd ei frest. 'Roedd y peth yn fy nharo i'n rhyfedd, 'na i gyd.'

'Bydd rhywbeth arall yn dy daro di'n rhyfedd os na wnei di ofalu.' Yn gadarn, daliodd yn ei llaw. 'Wyt ti'n sylweddoli,' meddai, 'dy fod ti'n gofyn am drwbwl?'

Roedd hi ar fin gofyn iddo, 'Pa fath o drwbwl?' ond chafodd hi ddim cyfle. Cyn iddi ffurfio'r geiriau, fe agorodd y drws yn ddramatig, ac roedd ei mam yno'n dweud, 'Er mwyn popeth! Ydych chi'ch dau'n *fyddar*, neu . . .'

Disgynnodd rhyw dawelwch sydyn dros y stafell. Roedd Beethoven yn dal i chwarae, ond roedd yna dawelwch, serch hynny. Cododd Carys ar ei thraed

yn drwsgl. Dywedodd Huw, 'Tro'r radio i lawr.'
Gwnaeth hynny.

'Be sy'n bod?' meddai Carys. Pam y fath densiwn?
Doedden nhw ddim yn gwneud dim o'i le, dim ond
gwrando ar gerddoriaeth. Allai ei mam ddim cwyno
oherwydd y cymdogion; doedd hi ddim yn naw o'r
gloch eto. Beth bynnag, doedd hi byth yn dod nôl o
chwarae chwist tan hanner awr wedi deg. 'Pam wyt
ti nôl mor gynnar?' gofynnodd.

'Doedd Mrs Eynon ddim yn teimlo'n dda. Bu'n
rhaid iddi fynd adre.—Huw, tybed a allwch chi agor
drws y ffrynt i fi? Fe ges i'r allwedd i mewn i'r clo,
ond wnaiff hi ddim troi. Dw i ddim yn gwbod ai eisie
nerth sy, neu . . .'

'Iawn,' meddai Huw.

'Falle mai angen clo newydd sy. Mae e wedi bod yn
rhyfedd ers peth amser.'

'Sut daethoch chi mewn 'te?' gofynnodd Carys.

'Fe ddringais i drwy ffenest y gegin, gan dy fod *ti*
wedi'i gadael hi'n llydan agored. Rôn i wedi bod yn
canu'r gloch fel ffŵl am chwarter awr. Wir, rôn i'n
dechre gofidio, achos rôn i'n gallu clywed y radio ac
yn meddwl dy fod ti wedi mynd mâs rhywle a bod
Huw wedi cael rhyw ddamwain erchyll.'

'Y gloch 'na yw e,' meddai Carys. 'Dyw hi ddim yn
ddigon uchel. Fe ddylech chi gael un drydan.
Fydden ni wedi clywed wedyn.'

'O, fyddech chi?' meddai ei mam.

'Wel, wrth gwrs y bydden ni. Doedd y radio ddim
yn *uchel*.'

Doedd dim pwynt eu beio nhw am fod ganddi
gloch glwc yn lle un iawn. Dilynodd ei mam i lawr y
grisiau. Ar ôl peth ymdrech, agorodd Huw y drws,
gan ddweud fod y clo wedi torri.

'Bydd angen un newydd 'te.' Roedd ei mam yn swnio'n flinedig, fel pe bai popeth, ar unwaith, yn ormod iddi—fel pe bai'r ffaith bod angen clo newydd yn goron ar ei gofidiau.

Aeth Huw yn ôl i'w stafell, ac aeth Carys, gan nad oedd dim gwell ganddi i'w wneud, i'r gegin i wneud paned o de. Rywfodd doedd hi ddim am awgrymu y dylai fynd yn ôl at Huw i glywed diwedd y Beethoven. Allai hi ddim dweud yn union pam, ond roedd hi'n gwybod yn reddfol na fyddai ei mam yn hoffi hynny. Am yr awr nesaf, eisteddodd yn un swp ar y soffa o flaen y teledu. Arhosodd ei mam yn y gegin yn yfed ei the ac yn gofidio am gost y clo newydd—o leiaf, dyna beth oedd Carys yn ei feddwl. Pan aeth hi i'r gegin i nôl bisgïen, daeth o hyd iddi'n eistedd wrth ford y gegin yn ysmygu sigarét, rhyw-beth roedd hi'n ei wneud pan oedd o dan bwysau, fel pan oedd hi'n bryd talu'r dreth a'r bil nwy ar yr un pryd, neu pan oedd y ffôn ar fin cael ei ddatgysylltu ac roedd angen talu am yr ysgol. Fel arfer, yn achos yr ysgol, doedd hi ddim yn cydymdeimlo. Heno, er mwyn ceisio bod o gymorth, fe ddywedodd, 'Falle y galle Huw newid y clo? Pe bawn i'n ei helpu fe . . . fe fydde hynny'n arbed coste llafur, o leia.' Dywedodd ei mam yn flinedig, 'Paid â bod yn ddwl. Cer nôl i edrych ar y teledu.' Wedi'i brifo, fe aeth.

Ychydig funudau'n ddiweddarach, clywodd Carys ei mam yn mynd i fyny'r grisiau. Clywodd hi'n curo ar ddrws Huw a hwnnw'n agor, ac yna clywodd sŵn traed uwch ei phen a lleisiau. Roedd hi wedi penderfynu gofyn iddo drwsio'r clo wedi'r cyfan, oedd hi? Doedd dim rheswm yn y byd pam na allai Huw osod clo yn nrws y ffrynt gystal ag unrhyw un arall—pe bai hi yno i ddweud wrtho ble i ddrilio'r twll, neu beth bynnag roedd angen ei wneud.

156

Cafodd ei llorio gan flinder. Roedd y rhaglenni ar y teledu yn ei diflasu'n llwyr. Trodd o un sianel i'r llall, gan fethu dod o hyd i ddim o werth. Diflastod pur. Yn y diwedd fe ddiffoddodd y set yn gyfan gwbl. Chwarter wedi deg. Roedd ei mam wedi bod yn siarad â Huw am yn agos i ugain munud. Beth yn y byd oedden nhw'n ei drafod? Roedd hynny'n amser hir iawn i ofyn iddo fe a fyddai'n gallu gosod clo newydd yn y drws.

Penderfynodd yn flinedig y byddai'n well ganddi fynd i'w gwely i ddarllen nag eistedd yn segur yn y lolfa. Beth bynnag oedd yn digwydd, byddai Huw yn siŵr o ddweud wrthi yn y bore.

Pennod 16

Doedd dim sôn am Huw yn y bore. Rhuthrodd Carys i frecwast chwarter awr yn hwyr, fel arfer, a doedd e ddim yno. Neb ond ei mam, yn bwyta bacwn ac wy. Gofynnodd, 'Ble mae Huw? Dyw e ddim wedi codi 'to?'

'Mae e wedi mynd; roedd rhaid iddo fe fod yn yr ysgol yn gynnar. Mae dy fwyd di o dan y gril.'

Gan wgu, wrth nôl ei bwyd, meddai Carys, 'Ddwedodd e ddim wrtha i.'

'Dyw e ddim yn dweud popeth wrthot ti. Gyda llaw, falle byddi di'n falch i glywed y bydd y tŷ'n rhydd i ni'n dwy fach unwaith 'to o'r tymor nesa ymlaen.'

'Beth?'

Rhewodd yn yr unfan, yng nghanol llawr y gegin. Estynnodd ei mam am y tebot yn bwyllog, ond gwyddai Carys ei bod hi'n ymdrechu i beidio â chynhyrfu.

'Dw i wedi penderfynu nad oes pwynt cael mwy o lodjers—yn bendant y tro 'ma. A dweud y gwir, dw i'n ystyried rhoi'r tŷ ar werth a chwilio am rywbeth llai. Fflat falle. Bydde hynny'n llawer mwy cyfleus. Beth wyt ti'n feddwl?'

Yn grynedig, gosododd Carys ei phlât ar y bwrdd. Mewn llais a oedd fwy neu lai o dan reolaeth, gofynnodd, 'Be sy'n mynd i ddigwydd i Huw?'

'Mae'n bwriadu chwilio am rywle arall—fflat, siŵr o fod—gan ei fod e wedi dysgu sut mae ymdopi ar ei ben ei hunan. Dim ond trefniant dros dro oedd hwn, nes iddo fe gyfarwyddo â phethe. All neb ddisgwyl iddo fe fyw mewn un stafell fel 'na am byth.'

'Rwyt ti wedi'i daflu fe mâs . . .' Syllodd ar ei mam

yn gyhuddgar, yn methu credu'r peth. 'Rwyt ti wedi'i *daflu fe mâs*!'

'Paid â bod yn ddwl, wrth gwrs nad ydw i wedi'i daflu fe mâs. Fydd e 'ma tan ddiwedd y tymor, ac wedyn . . .'

'Dim ond pythefnos o'r tymor sy ar ôl! Sut yn y byd ddaw e o hyd i rywle mewn pythefnos?'

'Wel, fydd e'n mynd nôl at ei chwaer dros y gwylie, siŵr o fod, felly . . .'

'Fydd e ddim! Doedd e ddim! Roedd e'n mynd i aros fan hyn i weithio! Roedd e'n mynd i ddysgu Braille i fi! Sut all e fynd i fyw mewn fflat ar ei ben ei hunan?'

'Ddwedes i ddim y bydde fe ar ei ben ei hunan.'

'Pwy fydd yn byw 'da fe 'te?'

'O, ddaw e o hyd i rywun, dw i'n siŵr.—Byt dy frecwast nawr, neu mi fyddi di'n hwyr i'r ysgol.'

Ni allai Carys fwyta'i brecwast. Roedd y bwyd yn ei thagu, a'r dagrau yn ei llygaid yn dechrau'i dallu.

'Ddwedest ti wrtho fe am fynd—neithiwr! *Ddwedest* ti wrtho fe.'

'Fe drafodon ni'r peth yn synhwyrol; ac roedd e'n cytuno â fi.'

'Beth wyt ti'n meddwl, fe *gytunodd* e â ti?'

'Mai dyna oedd y polisi gore. Dôn i ddim wedi ystyried gymaint mae sŵn yn treiddio yn yr hen dai 'ma, yn enwedig sŵn piano. Mae'r bobol drws nesa wedi bod yn amyneddgar iawn, ond mae dau blentyn bach 'da nhw, cofia. Dyw hi ddim yn deg arnyn nhw.'

'Dyw hi ddim yn deg ar Huw!' Roedd hi'n gwybod yn iawn nad oedd a wnelo'r peth ddim o gwbl â'r plant bach, na chwaith â sŵn y piano. Ei mam oedd y drwg yn y caws, yn dymuno cael gwared ag e am ryw reswm. 'Dw i ddim yn deall sut gelli di—dw i ddim

159

yn deall sut gelli di fod mor greulon. Mae digon 'da fe i ofidio amdano heb i ti ddechre'—daeth y dagrau yn llif sydyn—'heb i ti ddechre troi yn ei erbyn e.'

'Dw i ddim yn troi yn ei erbyn e. Fe gawson ni drafodaeth gyfeillgar ac fe ddaethon ni i gytundeb. Nawr, dw i'n awgrymu, os nad wyt ti'n mynd i fwyta'r brecwast 'na, dy fod ti'n golchi dy wyneb, yn ei bwrw hi am yr ysgol, ac yn anghofio pob dim am y peth. Os wyt ti'n mynd i rygnu 'mlân fel hyn, mi fydda i'n dechre meddwl mai camgymeriad oedd ei gael e 'ma i fyw yn y lle cynta.'

'Ddwedes i 'na ar y dechre!' meddai Carys.

Fu diwrnod yn yr ysgol ddim mor hir erioed. Yn ffodus, gan fod yr arholiadau wedi gorffen a diwedd tymor o fewn pythefnos (Pythefnos! Dim ond pythefnos, ac yna mi fyddai Huw yn mynd) roedd disgyblaeth wedi llacio i ryw raddau ac ni sylwodd neb nad oedd hi'n canolbwyntio. Yn ystod yr awr ginio roedd hi ar ddyletswydd. Safai yn y neuadd yn cyfarth, 'Peidiwch â rhedeg' a 'Mâs â chi' gan feddwl drwy'r amser: mae hi wedi'i daflu fe mâs—mae hi wedi'i daflu fe mâs.

Daeth Beth Griffiths ati a dweud, 'Dw i wedi bod yn gweiddi arnat ti ers oesoedd ... hei, wyt ti'n iawn?'

Atebodd Carys yn gadarnhaol, am mai dyna'r ateb y dylid ei roi. Doedd hi ddim am fod fel Non Humphries, a fyddai'n dweud pob dim wrth bawb, ond roedd y gwaed yn morthwylio yn ei chlustiau fel tonnau ar draeth ac roedd ei llygaid yn llosgi wrth geisio dal y dagrau'n ôl.

Am bedwar o'r gloch union, gan anwybyddu'r cyfarwyddyd ysgrifenedig a fu ar yr hysbysfwrdd ers dros wythnos, fod pawb yn y chweched i aros ar ôl i glywed manylion am y Noson Wobrwyo, rhuthrodd

Carys o'r ysgol. Ddeng munud yn ddiweddarach, a'i gwynt yn ei dwrn, rhedodd i fyny at Fryn-teg. Roedd Huw ar ei ffordd i lawr, gyda Heledd.

'Helô!' meddai. 'Fe fuest ti bron â 'ngholli i—rôn i'n meddwl fod cyfarfod 'da ti?'

'Es i ddim.'

'Fe gei di stŵr am 'na!'

Meddai Heledd, gan adael Huw yng ngofal Carys, 'Fe a' i i 'ngwers piano nawr, os nad oes ots 'da chi . . . wela i chi fory.' Wrth iddi gerdded i ffwrdd, chwiliodd Huw am law Carys. Fe'i daliodd yn dynn iawn ond heb yngan gair. Fe gerddodd y ddau fel hyn am y canllath cyntaf, ac yna meddai Carys, 'Pam?' mewn llais a oedd wedi'i fygu. 'Huw, *pam*?'

Ni ofynnodd, pam beth? Dywedodd, 'Ddim fan hyn. Cer â fi i rywle lle y gallwn ni gael sgwrs dawel.'

Aeth ag e i erddi Neuadd y Dref, a oedd yn wag yr amser yma o'r dydd wrth i bawb droi tua thref. Eisteddodd y ddau ar fainc, o flaen rhosynnau cochion braf, a cheisiodd Huw egluro iddi.

'Dw i'n credu'i bod hi'n meddwl—falle—nad yw hi'n beth da i ti . . . i fod yn . . . gymaint o ffrind i fi.'

'Ddim yn beth da i fi?' Roedd wedi'i synnu. Sut na allai ei pherthynas ag ef fod yn beth da iddi? Huw oedd wedi rhoi cyfeiriad i'w bywyd—fe oedd wedi'i dysgu i ganu, fel ei bod hi'n gallu cymysgu â phobl, yn lle bod yn anghymdeithasol fel o'r blaen. 'Ddim yn beth da i fi?' gofynnodd.

'Mae'n debyg bod rhaid i ni weld y peth o'i safbwynt hi. Wedi'r cyfan, dw i wyth mlynedd yn hŷn na ti . . .'

'Saith a hanner! Ta beth, pam mae oedran mor bwysig?'

'O, dere nawr! Paid â bod mor ddiniwed! Dyn pedair ar hugain a merch un ar bymtheg?'

'Mae pobol yn priodi yn un ar bymtheg, ti'n gwbod!'

'Ydyn,' meddai Huw, 'ac mae rhai'n gorfod priodi.'

Gwridodd Carys fel y rhosynnau o'u blaenau.

'Ond dŷn ni erioed wedi . . .'

'Na, dw i'n gwbod nad ŷn ni erioed wedi, ond fe *allen* ni fod wedi, oni allen ni?'

Yn chwerw, meddai Carys, 'Os nad oedd hi eisie i fi fod yn gyfeillgar â ti, pam wnaeth hi adael i ti gael y stafell yn y lle cynta?'

'Mwy na thebyg ei bod hi'n meddwl 'mod i'n saff achos 'mod i'n ddall.'

''Na ofnadwy!'

'Tipyn o dolc i'm hunan-barch i, rhaid i fi ddweud. Ond dyw e ddim yn ofnadwy, chwaith.'

'Ydy, mae e! Dweud achos dy fod ti'n ddall dy fod ti'n methu . . .'

'Ie,' meddai Huw. 'Wel, mae pobol yn meddwl 'ny, on'd ŷn nhw?'

'Dŷn nhw ddim!—Dw i ddim!'

'Ddim nawr falle, ond ar y dechre . . .'

'Dôn i ddim!'

'Wel, iawn, falle nad ôt ti'n meddwl 'mod i'n hanner pan, ond rôt ti'n ddigon siŵr nad ôn i fel pawb arall! Triniaeth arbennig ges i, yndyfe?'

'Dim ond achos nad ôn i'n gwbod!'

'Beth nad oeddet ti'n gwbod?'

'Sut i . . .'

'Sut i 'nhrin i? Wnest ti ddim meddwl am eiliad, debyg iawn, y dylet ti 'nhrin i fel pawb arall?'

Daeth y dagrau a fu'n bygwth drwy'r dydd i'w llygaid.

'Dyw hynny ddim yn deg!'

'Pam nad yw e'n deg? Achos *nad* ydw i fel pawb

162

arall?—O, Carys!' Fe'i tynnodd ato, a rhoi braich am ei hysgwyddau. 'Mae'n ddrwg 'da fi! Maddau i fi—does dim hawl 'da fi i siarad fel hyn â ti. Ddim arnat ti mae'r bai'

'Nage,' meddai'n grac, 'arni *hi* mae'r bai! Yn difetha pob dim achos bod ei meddwl hi'n fochedd ...'

'Bydd ddistaw!' meddai Huw. Daeth ei fysedd o hyd i'r lastig oedd yn dal ei gwallt, ac fe'i tynnodd yn rhydd, a chwympodd y cyfan am ei hysgwyddau. 'Dyw hi ddim yn ddiwedd y byd. Fe fydda i 'ma o hyd. Fe allwn ni ddal i weld ein gilydd.'

'Ond fydd e ddim yr un peth.'

'Na; fydd e ddim yr un peth—ond yn anamal iawn mae pethe'n aros yr un peth am hir iawn. Ma'n nhw'n tueddu i newid, beth bynnag. Mewn blwyddyn mi fyddi di'n mynd i'r coleg, a 'na newid arall.'

Sychodd Carys ei thrwyn â chefn ei llaw.

'A' i ddim yn bell o 'ma.'

'Wel, gewn ni weld am 'ny,' meddai Huw. 'Yn y cyfamser, mae'r pythefnos 'na yn Sir Benfro 'da ni. Paid ag anghofio 'ny. Mae hynny'n rhywbeth i edrych 'mlân ato.'

'Os bydd hi'n gadael i fi ddod.'

'O, fe fydd hi'n iawn—os na wnewn ni ddim byd dwl. Does dim ots 'da hi ein bod ni'n gweld ein gilydd, ond dyw hi ddim am i ni fod—fod mor agos o ran bod yn y tŷ 'da'n gilydd.'

Doedd hi ddim am iddyn nhw wrando ar Beethoven a choginio omlets. Doedd hi ddim am i Carys 'redeg yn ei dillad isa o gwmpas y lle'. Gallai redeg dros bob man yn ei dillad isa nawr.

'Fydd hi ddim mor wael ag rwyt ti'n ofni,' meddai Huw. 'Dw i'n addo i ti.'

'Ond i ble'—chwiliodd am hances yn ei phoced—'i ble'r ei di? Beth wyt ti'n mynd i wneud?'

'Dw i ddim yn mynd adre, mae hynny'n sicr. Dywedodd rhywun wrtha i fod 'na westy bach heb fod ymhell o'r ysgol—fe ddechreua i chwilio fan 'na, siŵr o fod. Yna fflat, falle . . .'

'Ond 'da pwy elli di rannu? Elli di ddim byw ar dy ben dy hun!'

'Na? Alla i ddim gweld pam lai—mae pobol eraill yn gwneud. A phaid â dechre dweud wrtha i nad ydw i fel pobol eraill! Dw i'n ddigon ymwybodol o'r anawstere—yn fwy nag oeddwn i, hyd yn oed. Ond os alla i dy gysuro di rywfaint, mae 'na bosibilrwydd y galla i fyw 'da Dafydd.—Wyt ti'n cofio Dafydd?'

'Dy ffrind di yn y coleg—yr un glywson ni yn Abertawe.'

''Na ti, noson Mozart. Wel, mae e'n chwilio am rywle i fyw hefyd. Dim ond i fi ei ddarbwyllo fe y bydde fe'n gallach i fyw fan hyn na lawr yn nes at Abertawe. Mae'n ddigon parod i fi rannu 'da fe.— Beth yw'r ochenaid 'na nawr? Dychmyga gymaint gwell fydd hi pan fyddi di'n gallu dod i 'ngweld i i'r fflat. Fe allen ni drefnu parti—mi fyddet ti'n hoffi 'ny, oni fyddet ti?'

Ddywedodd hi ddim eto na fyddai hynny'r un fath. Roedd hi hyd yn oed yn dechrau sylweddoli y byddai hynny'n eithaf sbort hefyd.

''Na ni, 'te,' meddai Huw. 'Dyw pethe *ddim* mor wael ag rôt ti'n meddwl.'

Fe'i tynnodd ar ei thraed. 'Un gair o gyngor,' meddai. 'Paid â dechre dadle am y peth 'da dy fam. Dim ond mynd yn grac wnei di, a fydd hynny'n helpu dim. Paid ti â chynhyrfu nawr. Gad i bethe fod am dipyn bach . . . fe ddaw pethe i'w lle, gei di weld.'

Pennod 17

Roedd y llawenydd disglair wedi diflannu. Arhosodd Huw tan ddiwedd y tymor, ond doedd pethau ddim fel yr oedden nhw. Doedd Mrs Edwards ddim yn mynd i chwarae chwist ar nos Fawrth rhagor. Dywedodd fod y criw chwist wedi rhoi'r gorau iddi dros yr haf, ac y bydden nhw'n 'ailgydio yn nes 'mlân'. Gwyddai Carys fod hynny'n golygu pan fyddai Huw wedi gadael.

Roedd ei pherthynas â'i mam o dan straen unwaith eto. Roedden nhw'n ffurfiol iawn wrth siarad â'i gilydd—'Os na fydde ots 'da ti', ac 'Mae'n wir ddrwg 'da fi' ac 'Os nad yw e'n ormod o drafferth'. Dechreuodd Carys ystyried ei galw'n 'chi', ond methodd wneud yn y pen draw. O dan yr holl gwrteisi ffurfiol roedd ei mam yn ddrwgdybus, yn disgwyl trafferth, a Carys yn ysu am ddadl go iawn. Dim ond un gair croes fyddai ei angen er mwyn i'r sefyllfa danio'n gweryl enbyd.

Roedd Huw hyd yn oed, a oedd bob amser mor ddigynnwrf, wedi synhwyro'r awyrgylch, gan fynd yn bigog—fel draenog blin (bu Carys mor annoeth â dweud hynny wrtho). Gynt, byddai dweud hynny wedi gwneud iddo chwerthin a thynnu wyneb. Nawr, fe ddywedodd yn grac, 'Dyw hi ddim yn wythnos tynnu coes yr anabl, ydy hi? Dôn i ddim yn gwbod 'ny.' Rhaid cyfaddef ei fod newydd gwympo dros ei phren hoci am y trydydd tro mewn tri diwrnod; ond wedyn, doedd Huw ddim yn arfer bod fel yna.

Ddydd Sul aeth at ei chwaer am y dydd. Meddai Carys yn obeithiol, 'Ga i gerdded i'r orsaf 'da ti?' ac yna wrth wneud yn siŵr ei fod ar y trên cywir, 'Ga i ddod i gwrdd â ti heno?'

'Fydden i ddim yn ffwdanu,' meddai Huw. 'Fydda i ddim 'nôl tan yn hwyr, fwy na thebyg.'

'Does dim ots am 'ny. Dyw hi ddim yn tywyllu'n gynnar iawn.'

'Na, ond fydden i ddim yn licio meddwl dy fod ti'n disgwyl amdana i fan hyn.'

'Fydde dim rhaid i fi ddisgwyl—fe allen ni drefnu cwrdd. Pe bait ti'n dal trên naw . . .'

'Ie, ond alla i ddim dweud i sicrwydd.'

'O.' Brathodd Carys ei gwefus. 'Wel, fe—fe allen i ddod am dro ta beth. Dwêd tua deg . . .'

'A beth pe bawn i ddim yn cyrraedd tan hanner nos? Paid ti â phoeni, fe ddo i i ben rywfodd. Alla i gymryd tacsi, ti'n deall.'

Gwridodd Carys. Doedd e ddim am iddi ddod i'w nôl—roedd e'n gwneud hynny'n gwbl amlwg. Roedd e am iddi ei adael yn llonydd. Oni bai amdani hi, fyddai e ddim yn gorfod gadael. Trodd, a dechrau cerdded yn ôl. Galwodd Huw ar ei hôl, 'Carys! Beth wyt ti'n . . .' Chlywodd hi ddim mwy. Chwythwyd y chwiban a dechreuodd y trên ar ei ffordd. Pan edrychodd yn ôl, roedd Huw wedi diflannu.

Roedd hi'n gwbl amhosibl iddi dreulio gweddill y diwrnod gartre, yng nghwmni ei mam. Roedd hi wedi addo i Huw na fyddai'n cweryla. Rhoddodd ei gair iddo. Gwyddai y byddai'r demtasiwn i ddadlau'n ormod pe bai'n aros yn y tŷ.

Pan gyrhaeddodd adre, clywai sŵn ei mam yn hwfro lan lofft. Cymerodd Carys afal a bisgedi, aeth â photel laeth o'r oergell a gadael nodyn brysiog ar fwrdd y gegin — WEDI MYND AM SBIN AR Y BEIC — yna tynnodd ei beic o'r sied ac i ffwrdd â hi.

Pan gyrhaeddodd adre'r eildro, roedd hi'n bedwar o'r gloch ac roedd ychwanegiad at ei nodyn hi yn llawysgrifen ei mam: *Mae swper yn y ffwrn, angen ei aildwymo. Draw 'da Marian, nôl tua 7.* Dyna, meddyliodd, oedd y ffordd orau iddi hi a'i mam gyfathrebu ar hyn o bryd. Doedd dim modd i sefyllfa danllyd ddatblygu wrth gadw at bapur yn unig.

Am saith yn union dychwelodd Mrs Edwards. Roedd hi'n benderfynol o blesio ac yn fwriadol fywiog fel pe na bai dim o'i le. Dywedodd, 'Gest ti swper?' a 'Pryd gyrhaeddest ti nôl?' ac 'Fe ffoniodd Huw ti'n gynharach.'

'Huw? Pryd?'

'Bore 'ma. Tuag un ar ddeg. Fe ddwedodd e y bydde fe'n rhoi galwad 'to, nes 'mlân. Dwn i ddim os wnaeth e, fe es i draw at Marian. Wyt ti eisie paned o goffi?'

Am naw o'r gloch, wrth iddi bendwmpian o flaen y teledu, yn rhy llesg i wneud dim arall, ffoniodd Huw eto.

'Dw i 'ma,' meddai. 'Yn yr orsaf . . . wyt ti'n dod i'n nôl i?'

Ddiwedd yr wythnos honno daeth y tymor i ben; drannoeth, ar ôl cinio, symudodd Huw o Stryd Caradog. Doedd e ddim yn gallu mynd â'i biano i Fryn-y-dderwen, y lle gwely a brecwast, felly dywedodd Mrs Edwards fod croeso iddo ei adael tan iddo ddod o hyd i fflat. Roedd hi hefyd wedi rhoi ei chaniatâd i Carys ei helpu gyda'i holl stwff, 'Ond dere nôl fan hyn cyn pump fan pella. Mae eisie paratoi swper.' Heno, o bob noson, roedd hi wedi gwahodd y ddynes Marian 'na i swper. Doedd Carys ddim yn ei hoffi o gwbl. Gweddw reit fonheddig oedd hi a oedd wedi dod i lawr yn y byd. Roedd hi wedi symud o Lanwrtyd yn ddiweddar ac roedd ganddi fab o'r enw Simon oedd yn astudio mathemateg yng Nghaer-grawnt ac a oedd, yn ôl pob sôn, yn dipyn o athrylith. Doedd hi ddim yn gallu dioddef pobl oedd yn sôn byth a beunydd pa mor glyfar oedd eu plant—a pham, yn enw popeth, oedd rhaid iddyn nhw ei gwahodd hi draw i swper? Doedden nhw byth yn gwahodd pobl draw i swper. Pam hi?—pam heno?

'Achos bydd Simon 'nôl erbyn heno,' eglurodd Mrs Edwards.

'*Simon*? Y poen 'na? Mae hi'n dod ag e 'da hi, ydy hi?'

Gwyddai felly mai rhan o gynllwyn oedd hyn i gyd. Roedden nhw am iddi hi syllu ar yr athrylith o fathemategydd 'ma a dweud pa mor wych oedd e. Unrhyw beth i'w denu oddi wrth Huw. Dywedodd Mrs Edwards, 'Bydd e'n gwmni i ti. Gall ddweud wrthot ti am fywyd coleg.'

'A sut mae rhannu pum mil â 1.43 a sut mae darganfod arwynebedd pyramid . . . falle y gall e adrodd ambell dabl log i ni?'

Gwgodd ei mam arni.

'Dw i'n disgwyl i ti fod yn gwrtais wrtho fe.'

'O, mi fydda i'n *gwrtais*,' meddai Carys. 'Paid â disgwyl i fi ddwli arno fe, 'na i gyd.'

Roedd Bryn-y-dderwen, lle'r oedd Huw yn mynd i fyw, yn ddau dŷ a wnaed yn un, gyda phaent oren erchyll ar y ffenestri a'r ardd flaen yn goncrid ar gyfer ceir. Gan fwyaf, dynion cwmni fyddai'n aros yno, dros nos. Cafodd Carys gip ar y stafell fwyta gyda'i byrddau bach, pob un â halen a phupur a photel o saws brown, a'r lolfa, gyda'i theledu a'i chadeiriau esmwyth plastig. Yn y cyntedd roedd ffôn, a drws gwydr â PREIFAT arno. Daeth y ddynes oedd yn berchen y lle atyn nhw, ac er ei bod hi'n gwisgo

168

sbectol biws ffiaidd gydag adenydd bach arni, roedd hi'n ymddangos yn ddigon dymunol. Siaradodd â Carys, yn hytrach na Huw ('Dim ond canu'r gloch fydd angen iddo fe wneud os bydd e moyn rhywbeth. Dw i wedi'i roi e drws nesa i'r stafell molchi. Ydy e'n yfed te i frecwast?'), ond wedyn, doedd hynny ddim yn beth anarferol. Fel arfer byddai pobl yn dechrau siarad â Huw ar ôl ychydig, unwaith iddyn nhw ddod i'w adnabod.

Roedd stafell newydd Huw yn foel a diflas. Dim ond gwely a chadair, cwpwrdd dillad, droriau a bwrdd. Doedd dim modd iddo wneud paned, a doedd dim llun ar y wal, hyd yn oed. Digon tebyg nad oedd hi'n stafell waeth nag unrhyw un arall, ond eto roedd yn dorcalonnus. Am unwaith roedd Carys yn falch nad oedd Huw yn gallu gweld ble'r oedd e. Serch hynny, roedd e'n amlwg yn gallu synhwyro'r awyrgylch, neu efallai mai goslef ei llais wrth iddi ei arwain o gwmpas oedd wedi gadael y gath o'r cwd— 'cwpwrdd dillad ... cadair ... bwrdd'—doedd hi erioed wedi gallu cuddio'i theimladau. Beth bynnag oedd yr achos, tynnodd Huw wyneb hir ar ôl ar- chwilio'r lle a dweud, 'Ddim cystal â gartre, ond 'na ni. Fe gymera i fe.'

'Dŷn nhw ddim yn gwneud unrhyw ymdrech,' meddai Carys. 'Fydde hi mor hawdd ... dim ond tipyn bach o ddychymyg sydd ei angen.'

'Fydden i ddim yn meddwl fod unrhyw un yn aros yma'n ddigon hir i ffwdanu gwneud dim i'r lle—a fydda i ddim chwaith, gobeithio. Beth cynta fore Llun, fydda i mâs yn chwilio am fflat.'

Ie, roedd hynny'n codi mater sensitif arall. Beth cyntaf fore Llun roedd hi'n gorfod mynd i'r arch- farchnad leol. Roedd ei mam wedi dweud fod yn rhaid iddi gyfrannu'n ariannol os oedd hi am fynd i

Sir Benfro am bythefnos, felly roedd hi'n mynd i weithio ar y til am fis. Ar y pryd, doedd hi ddim wedi cwyno dim wrth ei mam, ond doedd hi ddim yn gwybod bryd hynny y byddai Huw yn gorfod chwilio am le newydd i fyw. Doedd y ffaith mai Heledd, ym Mini ei mam, a fyddai'n ei helpu i chwilio tra'i bod hi, Carys, yn eistedd o dan y golau llachar yn pwnio'r til ac yn rhoi nwyddau mewn bagiau plastig, yn gwneud dim i leihau ei hanfodlonrwydd. O leiaf roedd ei ffrind, Dafydd, wedi penderfynu rhannu fflat â Huw. Roedd hynny'n gysur. Roedd e wedi dweud wrth Huw y byddai'n fodlon ei mentro hi, er nad oedd Carys yn gweld pam oedd eisie meddwl am y peth fel menter, chwaith. Byddai *hi* wedi bod wrth ei bodd yn rhannu gyda fe.

'Cod dy galon,' meddai Huw. 'Paid â digalonni . . . dangosa i fi o ble y galla i ffonio am help, yna dangosa i fi ble mae'r tŷ bach, wedyn fe ewn ni i rywle am baned o goffi.'

Bu'n rhaid i Carys ei adael wrth ddrws ffrynt Bryn-y-dderwen am chwarter i bump.

'Wela i di fory?' gofynnodd. 'Ar gyfer yr ymarfer?'

'Ond, cariad, does dim ymarfer . . .'

Doedd dim ymarfer dros y gwyliau am fod pawb yn mynd i fod i ffwrdd ar adegau gwahanol—Gwenno yn yr Alban, Gareth yn Llydaw, Heledd yn Awstria. Roedd Steffan hyd yn oed yn cael ei 'lusgo bant i ryw le glan môr ffiaidd'. Dim ond Huw a Carys fyddai ar ôl.

'Ti'n gwbod,' meddai Huw yn dyner, 'mai dydd Iau oedd yr ymarfer ola tan . . .'

'Ie, dw i'n gwbod! Ond fe allen *ni* gadw i fynd, allen ni ddim? Allen ni weithio ar ryw ddarn neu'i gilydd . . .' Edrychodd yn daer ar ei wyneb. Doedd hi ddim bob amser yn hawdd dweud gyda Huw am beth roedd e'n ei feddwl; allai hi ddim darllen ei lygaid, fel gyda phawb arall. 'Allen ni roi cynnig ar "Dôi mab a merch a garai gynt", y man 'na dw i'n methu ei wneud bob amser . . .'

'Ble?' meddai Huw.

'Ble dw i'n methu node: "Y Gwanwyn, odidog wridog wan" . . .'

'Ie, ond ble?'

Daliodd ei hanadl.

'Fan hyn?'

Am funud meddyliodd y byddai'n dweud na, na fyddai hynny'n iawn; neu na, na fyddai ei mam yn cytuno; neu na, heb roi rheswm.

'Fydden nhw'n caniatáu 'ny?' meddai Huw.

'Pam lai?'

'Weithie mae rheole 'da nhw ynglŷn â rhai pethe . . . dim gwesteion yn y stafelloedd—yn enwedig merched ifanc.'

'Ond allen i ddweud wrthi 'mod i—'mod i wedi dod i ddarllen y papur i ti, i sgwennu llythyr drosot ti— fydde hi ddim yn gallu gwrthwynebu wedyn.'

Roedd Huw yn amheus.

'Wel, allwn ni roi cynnig arni—ond ar un amod; dy fod ti'n addo dweud wrth dy fam. Dw i ddim am i ti ddianc a honni dy fod ti'n mynd am sbin ar y beic neu'n cwrdd â ffrind ysgol neu . . .'

'Wna i ddim!' Roedd hi wedi bwriadu gwneud hynny mewn gwirionedd, ond dim gwahaniaeth; byddai hi'n ymdopi â'r broblem yn iawn.

'Fyddi di'n dweud y gwir wrthi?'

'Bydda.'

'Wyt ti'n addo?'

'Dw i'n addo.'

'Pryd wela i di 'te?'

Cododd ei chalon.

'Ddo i draw yn syth ar ôl cinio—yr un amser ag rŷn ni'n arfer ymarfer.'

'A bwrw bod dy fam yn gadael i ti ddod—ond beth bynnag ddwedith hi, ie neu na, paid da ti â dechre cweryl mawr, achos dyw hi ddim gwerth gwneud. Cno dy dafod a gad i bethe fod—a phaid â thynnu wynebe!' Gwasgodd fys ar ei thrwyn. 'Falle 'mod i'n gwneud ffws, ond mae hi'n well diodde cael dy gyfyngu ryw ychydig na chael dy wahardd yn llwyr yn nes 'mlân. Cofia un peth . . . fydde hi'n ddigon hawdd i ti ddod o hyd i rywun arall yn fy lle i; ond fydde hi ddim mor hawdd i fi gael gafael ar rywun arall fel ti. Cofia di 'ny pan wyt ti'n cael dy demtio i ddechre dadle . . . meddylia amdana i am unwaith yn lle meddwl am dy hunan o hyd!'

Y noson honno, tua diwedd swper, pan oedd Marian wedi llwyr ymlâdd ar ôl treulio'r holl amser yn canu clodydd Simon a'i gampau ymenyddol yng Nghaer-grawnt, a Simon wedi llwyr ymlâdd wrth geisio cuddio o dan y bwrdd i osgoi'r cyfan, cafodd Carys sioc enbyd o glywed ei mam yn gofyn, 'Os nad wyt ti'n gwneud dim o bwys fory, Simon, pam na ofynni di i Carys ddangos y dre i ti? Mae hi'n gwbod am bob twll a chornel yn y lle 'ma.' Llyncodd Carys ei bwyd yn sydyn.

'Mae ymarfer 'da fi fory!'

'Mae ymarfer 'da ti byth a hefyd. Fe elli di golli un, does bosib?'

'Na, alla i ddim! Mae pob un yn bwysig!' Crychodd ei mam ei thalcen. Rhybudd i Carys oedd hyn. Gan gofio siars Huw, ychwanegodd yn frysiog, 'Fydden i'n dwli dangos y lle i ti, fydden wir, ond mae'r cyngerdd 'ma 'da ni cyn hir, a . . .'

'Does dim ots o gwbwl,' meddai Simon. 'Mae rhywbeth wedi'i drefnu 'da fi, ta beth.'

Synhwyrai Carys bod y cyfan yn rhyddhad iddo yntau hefyd. Ar wahân i TGAU Mathemateg, doedd ganddyn nhw ddim yn gyffredin.

Yn hwyrach, ar ei phen ei hun gyda'i mam, meddai Carys, 'Ydw i'n cael mynd i'r ymarfer fory 'te?—neu wyt ti'n ofni y bydda i'n cwrdd â rhyw dreisiwr gwyllt ar y ffordd?'

Dywedodd ei mam, 'Ddweda i un peth . . . sef os byddi di'n para i siarad â fi fel'na, 'merch fach i, fyddi di'n gwneud dim ond aros yn y tŷ 'ma drwy'r dydd fory. Falle dy fod ti'n un ar bymtheg, ond tra dy fod ti'n byw o dan yr un to â fi, bydd rhaid i ti barchu fy rheolau i. Does dim achos i fod yn goeglyd yn y tŷ 'ma. Y drafferth 'da ti yw dy fod ti wedi cael gormod o raff.'

Bu'n ymdrech i Carys ddal nôl y geiriau a neidiai i'w meddwl. 'Er mwyn popeth,' roedd Huw wedi dweud, 'paid â dechre dadle . . . meddylia amdana i am unwaith yn lle meddwl am dy hunan o hyd.' Wedi eiliad o frwydr fewnol, yn meddwl yn ddwys am Huw, dywedodd Carys, 'Mae'n flin 'da fi. Dôn i ddim yn meddwl siarad â ti fel 'na. Fe olcha i'r llestri os wyt ti eisie, fel cosb.'

O leiaf doedd hi ddim wedi cael ei gwahardd rhag mynd i'r ymarfer.

Pennod 18

Drannoeth, wrth iddi adael, gofynnodd ei mam, 'Ble mae'r ymarfer 'ma, ddwedest ti?'

Rhewodd Carys yn gorn.

'Draw yn nhŷ Heledd.' Ac er mwyn gwneud yn siŵr nad oedd hi'n dweud celwydd, ychwanegodd, 'Fel arfer.'

'A ble mae Heledd yn byw?'

'Lan ar bwys Parc Llwyd—un o'r tai mawr 'na.'

'Dw i'n gweld. Arian.'

'Ie, ond dyw hi ddim yn snob, chwaith. Er bod arian 'da nhw, i Fryn-teg mae Heledd yn mynd. Mae ysgol Gymraeg yn ddigon da iddi hi, ti'n gweld!'

'O, paid â dechre siarad dwli!' Agorodd ei mam y drws iddi yn ddigon rhadlon. 'Cer nawr ... pryd byddi di nôl?'

Oedodd.

'Am chwech?'

'Iawn, dim hwyrach 'te. Bydd te ar y ford yn dy ddisgwyl di.'

Teimlai ambell bwl o euogrwydd wrth iddi ddal y bws i'r dre a disgyn ar bwys Bryn-y-dderwen, ond dim ond ambell bwl. Wedi'r cyfan, doedd hi ddim yn gwneud dim o'i le mewn gwirionedd. Doedd hi ddim wedi *dweud* ei bod hi'n mynd i dŷ Heledd. A doedd dim angen iddi edrych o gwmpas yn nerfus, chwaith; doedd neb yn ei dilyn mewn barf ffug a sbectol dywyll.

Roedd Mrs Bevan, perchennog Bryn-y-dderwen, yn eistedd wrth y dderbynfa. Meddai Carys, 'Ydy hi'n iawn i fi fynd i weld Mr Stevens? Dw i wedi dod i ddarllen y papur iddo fe.'

Roedd hi wedi aros i brynu'r *Western Mail* ar y ffordd, a chylchgrawn cerddorol roedd hi'n gwybod ei fod yn ei hoffi. Meddai Mrs Bevan, 'Popeth yn iawn, bach. Cerwch chi lan. Rhywun o ''Help Llaw'' ŷch chi?'

Yn ddryslyd braidd, atebodd Carys, 'Nage, dim ond ffrind.' (Dywedodd rhywun wrthi'n ddiwedd-arach mai criw o ddisgyblion chweched dosbarth oedd 'Help Llaw' a oedd yn mynd i siopa dros hen bobl ac yn mynd â'r deillion am dro.) Dywedodd Mrs Bevan bod croeso iddi fynd at Huw, beth bynnag.

'Mae angen cwmni arno fe, boi ifanc fel 'na . . . 'na drueni yw e, yndyfe?'

Cytunodd Carys ei bod hi'n drueni. Roedd Huw yn gwrando ar gerddoriaeth pan gyrhaeddodd hi. Meddai, 'Ofynnest ti iddi hi?'

'Mrs Bevan?'

'Dy fam.'

'O, hi. Wrth gwrs. Ddes i â'r *Western Mail* i ti a chylchgrawn cerddorol. Mae erthygl 'ma am dy ffrind Dafydd . . . wyt ti am i fi ei ddarllen hi?'

Darllenodd am ryw awr, tan i Huw ddweud y byddai'n colli'i llais yn llwyr pe bai hi ddim yn rhoi'r gorau iddi, felly fe aethon nhw am baned i'r un man â'r diwrnod cynt. Dim ond hanner canllath o Fryn-y-dderwen oedd y caffi. Dywedodd Huw ei fod am fentro yno ar ben ei hunan bach y noson honno. 'Dw i ddim yn meddwl y bydden i hyd yn oed yn gallu mynd ar goll.' Doedd Carys ddim yn hoffi meddwl amdano'n gorfod mynd yno heb gwmni. Doedd y ffordd ddim yn ddyrys, ond roedd meddwl amdano'n eistedd yno'n yfed coffi ar ei ben ei hun tra oedd hi'n eistedd yn ddiflas o flaen y teledu'n ei chynddeiriogi. Roedd y cyfan mor hurt a mor ddiangen.

Wedi gorffen y coffi aethon nhw am dro o gwmpas gerddi Neuadd y Dref. Doedd hynny ddim yn gyffrous iawn, ond o leiaf roedd rhywun yn symud rhyw gymaint yn lle eistedd yn y stafell o hyd. Dywedodd Huw ei fod wedi cerdded i fyny at Frynteg a nôl deirgwaith y bore hwnnw. 'Dyna'r unig daith dw i'n gwbwl sicr ohoni.' Chwarddodd wrth ddweud hynny, ond wnaeth Carys ddim chwerthin gydag e. Doedd hi ddim yn meddwl fod y peth yn ddoniol iawn, bod Huw yn gorfod dilyn yr un llwybr o hyd. Oni bai am ei mam a'i syniadau bydden nhw'n gallu mynd i'r Deyrnas a chael awyr iach.

Aethant yn ôl i Fryn-y-dderwen, a ymddangosai'n fwy diflas byth ar ôl bod allan, ac am yr awr olaf buon nhw'n chwarae gwyddbwyll, gan eistedd ar lawr gan mai dim ond un gadair oedd yn y stafell. Pan ddaeth yr amser iddi adael, mynnodd Huw gydgerdded â hi at y bws. Ceisiodd ei ddarbwyllo i beidio â dod— byddai'n well ganddi ffarwelio ag e ym mhreifatrwydd y stafell, yn hytrach nag yng ngolwg pawb ar y stryd—ond doedd dim modd newid ei feddwl.

'Os na alla i ddod o hyd i'r ffordd nôl erbyn hyn . . . dw i wedi bod yn mynd ar hyd y ffordd 'ma am dros dymor a hanner nawr!'

Wnaeth hi ddim dweud wrtho ei bod hi neu rywun o'r ysgol wedi bod gyda fe bob tro, i wneud yn siŵr ei fod yn croesi'r ffordd fawr yn iawn. Pe bai hi'n dechrau poeni am y ffordd fawr, byddai Huw yn ei chyhuddo o'i drin fel plentyn anghyfrifol. Wrth iddyn nhw wahanu, meddai Huw, 'Paid digalonni! Fe ffonia i di nos Lun—i ddweud wrthot ti beth yw'r newyddion diweddara am y fflatie. Croesa dy fysedd drosta i!'

Pan gyrhaeddodd adref, roedd te ar y ford yn ei disgwyl. Roedd 'na fefus a chacennau hufen. Roedd ei mam yn gwneud ymdrech lew. Meddai, 'Aeth yr ymarfer yn iawn?'

Doedd dim pwynt i'w mam feddwl y byddai mefus a chacennau hufen yn ei chysuro am absenoldeb Huw.

'Do, diolch,' meddai Carys. Dywedodd hynny heb unrhyw bwl o gydwybod. Arni hi mae'r bai, meddyliodd; arni hi a neb arall. 'Pam ŷn ni'n dathlu?' gofynnodd. 'Achos bod y tŷ'n wag unwaith 'to?'

Ddydd Iau, pan aeth i weld Huw, roedd hi'n bwrw mor drwm fel ei bod hi'n amhosib mynd am dro. Darllenodd yn uchel iddo am ychydig, buon nhw'n chwarae gwyddbwyll, ac yna'n chwilio am rywbeth gwerth chweil i wrando arno ar y radio. Yn y diwedd, wedi alaru'n llwyr, fe benderfynon nhw herio'r tywydd diflas a mynd i lawr i'r caffi am baned. Roedd Huw mor gyfarwydd â'r ffordd erbyn hyn fel ei fod yn gallu rhedeg ryw gymaint. Cyfarchwyd ef fel hen ffrind gan y merched oedd yn gweithio yno. Sylweddolodd Carys ei fod yn treulio llawer o'i amser yn y caffi.

Gofynnodd iddi sut oedd y gwaith yn yr archfarchnad yn mynd, ac atebodd, 'Diflas, ond dw i'n palu drwyddi. Oes 'na sôn am fflat 'to?' Cyfaddefodd Huw bod y chwilio'n achosi mwy o broblemau nag oedd e wedi'u rhag-weld. Hyd yn hyn, dim ond un lle addas roedd wedi dod o hyd iddo—'ond yn anffodus, dôn i ddim yn addas i'r lle ... y funud cyrhaeddais i yno i'w weld fe wrthodon nhw fi.'

Roedd Carys yn gynddeiriog.

'Beth wyt ti'n meddwl wrth 'ny?'

'Ddwedon nhw na. N - A. Dim babis, dim parau dibriod, dim deillion.'

'Dwyt ti ddim o ddifri?'

'Rôn nhw'n meddwl y bydden i'n dechre tân neu rywbeth, siŵr o fod.'

'Huw, dwyt ti ddim o ddifri?'

'Beth bynnag, fe wrthodon nhw fi. Paid â phoeni, fe ddewn ni o hyd i rywle.'

Syllodd arno'n bryderus.

'Ond mae Heledd bant wythnos nesa. Sut fyddi di'n gallu . . .'

'Mae Steff wedi gwirfoddoli. Fe ddwedodd e y bydd e'n mynd â fi ar hyd y lle ar y beic . . . felly paid â phoeni! Elli di ddim disgwyl i bethe ddod i drefn ar unwaith.'

Ddydd Sadwrn roedd hi'n dal i fwrw glaw. Wedi darllen fel arfer, buon nhw'n chwarae gwyddbwyll eto, ond erbyn hyn roedd gwyddbwyll yn dechrau eu diflasu hefyd. Dim ond cerddoriaeth ysgafn oedd ar y radio, ac roedd hynny'n grawn ar groen Huw. Dywedodd y byddai'n well ganddo wrando ar roc trwm na cherddoriaeth ysgafn, ond pan gynigiodd Carys symud i Radio Un fe wylltiodd wedyn. Cafodd hi fflach o ysbrydoliaeth o rywle a gofynnodd iddo ddechrau dysgu Braille iddi.

'Pryd, nawr?'

'Pam lai?'

'Achos mae e'n waith caled, 'na pam. Ond, os wyt ti'n mynnu . . .'

Ar ôl deng munud yn unig, doedd hi ddim yn siŵr o gwbl a oedd hi wedi gwneud y penderfyniad iawn. Efallai nad oedd y stafell yn lle arbennig o addas, ond doedd hi ddim yn gallu gweld sut gallai hi ddeall yr holl gyfuniadau o ddotiau, a hyd yn oed os gallai, doedd hi ddim yn deall sut y byddai'n gallu eu teimlo â blaenau ei bysedd. Rhoddodd Huw ddarn o bapur Braille iddi, papur trwchus brown roedd e wedi teipio'r wyddor arno gyda'r peiriant arbennig roedd yn ei ddefnyddio ar gyfer gwneud nodiadau dysgu. Dywedodd, ''Na ti. Dere i ni gael gweld sut ddei di i ben â hwnna.' Doedd hi ddim yn gallu gwneud pen na chynffon o'r peth. Os oedd yn cau ei llygaid, doedd y cyfan yn ddim ond dotiau ar bapur. Dywedodd Huw wrthi am beidio â phwyso'n rhy galed neu mi fyddai'n gwasgu'r dotiau a fyddai dim i'w deimlo beth bynnag, ond os nad oedd hi'n pwyso digon roedd hi'n anodd dod o hyd i unrhyw beth ar y papur. Roedd hi wedi gweld Huw yn darllen Braille. Symudai ei fysedd ar draws y dudalen gyda chyflymdra a oedd yn anhygoel iddi hi. Dywedodd fod ganddo brofiad ugain mlynedd ac na ddylai ddigalonni; ond pan awgrymodd Carys mewn llais bach y byddai'n syniad da i ohirio dysgu Braille tan rywdro eto, wnaeth e ddim dweud wrthi nad oedd hi'n ddigon ymroddgar na dim.

'Beth wyt ti am wneud, 'te?' meddai.

'Beth am fynd am dro—dyw hi ddim yn bwrw mor drwm â hynny nawr.'

Troediodd y ddau y llwybr llaith i erddi Neuadd y Dref—doedd dim lle arall y gallen nhw fynd iddo. Doedd dim amser i fynd allan i'r wlad. Yn raddol, roedd Carys yn dechrau sylweddoli cyn lleied y gallent ei wneud am fod Huw yn ddall. Roedd cymaint na allai ei wneud—pethau syml fel mynd i'r sinema neu gerdded o gwmpas siopau. Roedd e wedi gofyn iddi a oedd am fynd i'r sinema, ond doedd hi ddim yn meddwl y byddai hynny o ddiddordeb iddo fe. Felly hefyd mynd i'r pwll nofio neu i chwarae tenis . . . pa werth oedd hynny i Huw? Fyddai e byth yn gallu nofio yng nghanol cymaint o bobl. Ond o'r blaen doedd y ffaith fod Huw yn ddall ddim wedi bod yn drafferth. Doedden nhw byth yn syrffedu yn

Stryd Caradog. Y stafell ddiflas 'na a'r glaw oedd yn pylu eu dychymyg a'u dyfeisgarwch.

Erbyn y dydd Iau canlynol roedd y glaw wedi peidio a'r awyr yn glir. Roedd Huw eisiau mynd allan yn syth, ond roedd pythefnos o weithio o dan oleuadau'r archfarchnad yn pwnio til yn dechrau dweud ar Carys (a'r pythefnos o ofidio y byddai ei mam yn darganfod ei bod yn dal i weld Huw). Teimlai'n flinedig ac yn bigog, heb awydd gwneud dim ond ei thaflu ei hun ar wely Huw a gorwedd yno yn un pentwr diflas. Roedd e wedi ceisio codi cywilydd arni—'Mae hi'n iawn arnat ti, fe elli di fynd am dro pryd wyt ti'n dewis. Dw i'n gorfod dibynnu ar bobol eraill.' Dim ond gwgu wnaeth hi a dweud, 'Dwyt ti ddim wedi bod yn gweithio fel fi.'

'O, ti'n meddwl 'ny, wyt ti? Beth yw hwnna, 'te?' Pwyntiodd at ei deipiadur. Roedd darn o bapur ynddo. 'Gwaith tymor nesa, dyna beth yw hwnna . . . ti'n meddwl 'mod i'n gorwedd fan hyn drwy'r dydd gwyn yn gwneud dim byd, wyt ti?'

Dywedodd rywbeth o dan ei hanadl.

'Be ddwedest ti?' meddai Huw.

'Ddwedes i, o leia doedd dim rhaid i ti eistedd y tu ôl i dil drwy'r dydd yn trafod prisie pethe.'

'Fydde dim ots 'da fi wneud. Fydde hynny'n well na bod yn gaeth fan hyn.'

'Ti sy'n meddwl 'ny.'

'Fi sy'n *gwbod* 'ny . . . fyddet ti ddim yn hoffi cyfnewid swyddi?'

Anwybyddodd Carys y cwestiwn.

'Ta beth,' meddai, gan newid y trywydd, '*pam* wyt ti fan hyn drwy'r dydd bob dydd? Rôn i'n meddwl dy fod ti'n chwilio am fflat 'da Steffan.'

180

'Ydw, mi ydw i—neu'n hytrach, *roeddwn i*. Rôn i'n mynd i ddweud wrthot ti am y peth, ond rwyt ti wedi bod mor hunandosturiol ... mae'n bosib ein bod ni wedi dod o hyd i rywle.'

Roedd y newydd yn ddigon i wneud iddi godi ar ei heistedd.

'Ble?'

'Chwarter awr o'r ysgol—fflat mewn hen dŷ. Dwy stafell wely, un lolfa, cegin, stafell molchi ... delfrydol, a dweud y gwir.'

'Gwych! Sut ddest ti o hyd i'r lle?'

'Wel, fe dorres i'r rheole ryw gymaint.' Tynnodd wyneb. Ffrind i ffrind sy'n weithgar 'da'r deillion—gan 'mod i'n achos arbennig ac yn y blaen, fe lwyddodd hi i fachu'r lle i fi. Fel arfer, fydden i ddim yn cymryd mantais ar gyfle fel 'na, ond, am unwaith ...'

'Wyt ti wir yn meddwl y byddan nhw'n gadael i ti symud mewn 'na?'

'Wel—maen nhw'n gwbod y gwaetha amdana i.'

'Mm!' Doedd hi ddim wedi'i hargyhoeddi'n llwyr. Gorweddodd yn un swp eto. 'Falle nad ŷn nhw'n hoffi sŵn piano neu rywbeth; dim offerynnau cerdd fydd hi, gei di weld. Fe ddôn nhw o hyd i *rywbeth*, paid ti â thwyllo dy hunan.'

Bu tawelwch, yna meddai Huw, 'Wrth wrando arnat ti, mae'n amlwg fod dim lot o obaith 'da fi, oes e?'

'Nawr pwy sy'n hunandosturiol?—O, Huw!' Yn llawn edifeirwch fe daflodd ei breichiau am ei wddf. 'Mae'n flin 'da fi! Mae'n flin 'da fi! Dôn i ddim yn meddwl 'na.'

'Na; dw i'n gwbod nad ôt ti.'

'Dôn i ddim yn dweud dim yn dy erbyn *di* ...'

'Iawn. Does dim eisie i ti egluro. Y sefyllfa 'ma sy ar fai, yn dechre mynd yn drech na ni. Ond mae'n rhaid i ni beidio â gadael i'r peth ddigwydd. 'Na'r holl bwynt. Rhaid dangos i dy fam nad yw bod yn un ar bymtheg yn golygu dy fod ti'n anghyfrifol, ac nad yw bod yn bedair ar hugain yn golygu 'mod i'n methu rheoli fy hunan. A dyna pam'—fe'i cododd i fyny— 'fydde'n well 'da fi pe baen ni'n osgoi pob temtasiwn. Os ewn ni mâs, fydd dim temtasiwn. Os arhoswn ni fan hyn . . .'

'Beth?' gofynnodd.

'Mae hi'n gwneud pethe'n anodd.—Oes rhaid i fi ddweud?'

Yn heriol, dywedodd Carys, 'Be fydde'r ots?'

'Fydde ots.'

'Pam?'

'Achos mi fydde.'

'Dyw hwnna ddim yn ateb o unrhyw fath!' Meddyliodd am Siân Wyn a Geraint. 'Mae rhai o'r merched yn yr ysgol . . .'

'Does dim diddordeb 'da fi,' meddai Huw, 'yn yr hyn mae'r merched yn yr ysgol yn ei wneud. Ti a fi sy'n bwysig a'r ffaith nad ŷn ni'n mynd i wneud dim o'i le. Felly, dere nawr! Mâs â ni! Mae'r haul yn gwenu, mae'r glaw wedi pallu . . . cer â fi i rywle arall. Dw i wedi blino ar erddi Neuadd y Dre.'

Ddydd Sadwrn fe ddywedodd wrthi fod Dafydd yn dod lawr yn ystod yr wythnos a'u bod yn mynd i edrych ar y fflat gyda'i gilydd; ddydd Iau fe ddywedodd wrthi fod pob dim yn iawn, 'fwy neu lai'.

'Ti'n meddwl y gallwch chi fynd i fyw 'na?' Roedd Carys ar ben ei digon. 'Huw, ŷch chi wedi cael y fflat?'

'Ydyn. Byddan nhw'n ffonio pobol i gael geirda i ni, ac wedyn, 'na ni.'

'Wel, dwyt ti ddim yn swnio'n frwd iawn. Be sy'n bod?'

'Dim yn y byd.'

'Dwyt ti ddim yn dechre ailfeddwl, wyt ti?—Huw?' Edrychodd arno, yn llawn pryder. 'Be sy'n bod?'

'Dwn i ddim, dim ond . . .' Ysgydwodd ei ben. 'Dwn i ddim a yw Dafydd yn gwbod yn iawn faint o gyfrifoldeb fydda i, hynny yw . . .'

'Huw, alli di ddim tynnu nôl *nawr*!'

'Na, dw i ddim yn mynd i dynnu nôl, ond . . .'

'Bydd popeth yn iawn, gei di weld!' Gafaelodd Carys yn ei law. 'Fe ddo i i helpu bob hyn a hyn.'

'Well i ti! Dw i'n dibynnu arnat ti. Gofala di dy fod ti ar gael wythnos i ddydd Sul.'

''Na pryd fyddwch chi'n symud i mewn?'

''Na'r trefniant ar hyn o bryd, ta beth.'

'Fe ddo i draw i wneud cinio dydd Sul 'te! O, Huw, dere nawr! Bydd yn ddewr! Mae'r cyfan yn antur mawr, on'd yw e?'

Gwenodd Huw.

'Ydy, mae'n debyg.—Beth am i ni fynd i gael golwg ar y lle? O'r tu fâs, wrth gwrs. Ac os yw'r tŷ'n dechre mynd a'i ben iddo, cofia dy fod ti'n dweud wrtha i!'

Wrth ei adael y noson honno roedd Carys yn hapusach nag y bu ers wythnosau. Doedd Huw mewn fflat ddim yr un peth â'i gael yn Stryd Caradog, ond roedd hynny ganmil gwell na Huw ym Mryn-y-dderwen. Yn barod, roedd hi'n gallu dychmygu coginio prydau bach gyda fe, a threfnu partïon. Rhuthrodd i'r tŷ gyda'r bwriad o faddau pob dim i'w mam, er mai hi oedd achos eu holl ofid yn ddiweddar. Roedd te ar fwrdd y gegin—sylwodd Carys eu bod wedi dychwelyd i fara menyn a jam a

183

chacen sbwng gyffredin unwaith eto—ond ni ddywedodd ei mam, 'Da iawn. I'r eiliad, newydd ferwi mae'r tegell,' fel yr arferai wneud. Yn lle hynny, gydag wyneb difynegiant, meddai, 'A ble yn union wyt ti wedi bod?'

Collodd calon Carys guriad ac yna dechrau morthwylio'n gyflym.

Baglodd dros ei geiriau. 'Ti'n gwbod ble dw i wedi bod.'

'Dw i ddim yn gwbod, Carys. Rôn i'n meddwl 'mod i'n gwbod—achos rôn i'n meddwl dy fod ti wedi dweud y gwir wrtha i. Mae cerdded y strydoedd 'da Huw yn ffordd ryfedd iawn o ymarfer canu.'

Taniodd ei bochau.

'Mae e wedi dod o hyd i le i fyw—fe aethon ni i fwrw golwg ar y lle.'

'A dydd Sadwrn diwetha? Yng ngerddi Neuadd y Dref?'

Agorodd ei cheg i ddweud rhywbeth; ond beth oedd 'na i'w ddweud?

'Dw i ddim wedi bod yn sbïo arnat ti,' meddai Mrs Edwards. 'Feddylies i 'rioed y bydde angen gwneud y fath beth. Marian ddigwyddodd sôn amdanoch chi.'

Marian. Roedd hi wedi bod yn gywir i amau'r fenyw. Ysgydwodd Mrs Edwards ei phen.

'Doedd hi ddim yn sbïo, chwaith. Digwydd sôn wnaeth hi—''weles i Carys 'da'i chariad 'to''—ac fe ddwedodd hi ei bod hi wedi'ch gweld chi wythnos diwetha 'fyd. Yn dal dwylo yng ngerddi Neuadd y Dref.'

'Wel? Dyw hi ddim yn drosedd i ddal llaw rhywun, ydy hi?'

'Nac ydy, dim o gwbwl. Roedd Marian yn meddwl eich bod chi'n edrych yn annwyl iawn. Fydden i

184

ddim yn gwrthwynebu pe bait ti ddim wedi bod yn dweud celwydd fel ci'n trotian wrtha i ers wythnose.'

'Ddwedes i ddim gair o gelwydd! Ddwedes i wrthot ti 'mod i'n mynd i'r ymarfer . . .'

'Yn nhŷ Heledd. Lan ar bwys Parc Llwyd.'

'*Fel arfer* ddwedes i—yn nhŷ Heledd rŷn ni *fel arfer*.'

'Ond dwyt ti ddim wedi bod yn nhŷ Heledd am y pythefnos diwetha 'ma, achos mae Heledd bant ar wylie, a dŷch chi ddim wedi bod yn ymarfer.—Fe ffonies i fam Steffan.'

Roedd Carys wedi'i sarhau'n llwyr.

'Wyt ti wedi bod yn ffonio pawb 'te?'

'Roedd hi'n hen bryd i fi wneud. Roedd hi'n amlwg nad oedd 'da ti ddim bwriad i ddweud wrtha i.'

'Does dim byd i'w ddweud—dŷn ni ddim wedi gwneud dim! Chi sy'n dychmygu pethe.'

'Rwyt ti wedi bod mor slei fel bod lle 'da fi i ddychmygu pethe, 'merch fach i! Fel mae'n digwydd, dw i ddim yn dychmygu dim—o leia, dôn i ddim. Ond pan yw pobol yn dechre dweud anwiredd, dw i'n colli ffydd ac yn dechre holi be sy 'da nhw i'w gelu . . . os oeddet ti eisie mynd i weld Huw, pam na wnest ti ddweud 'ny o'r dechre?'

'Achos rôn i'n gwbod na fyddet ti'n gadael i fi fynd, 'na pam! Achos rôn i'n gwbod yn iawn pam gest ti wared â fe—achos fe sylweddolest ti mai dyn oedd e er ei fod e'n ddall—achos fe ddechreuest ti feddwl ei fod e'n mynd i 'nhreisio i . . .'

'Paid â bod mor ddramatig!'

'Wel, 'na'r rheswm! Ddwedest ti anwiredd wrtha i 'fyd—yr holl rwtsh 'na am y piano a'r cymdogion . . . pam na ddwedest ti'r gwir wrtha i? Doeddet ti ddim eisie i ni fod yn ormod o ffrindie rhag ofn i ni fynd i'r gwely—mae dy feddwl di mor fochedd â 'ny!'

Roedd hi'n gwybod yn syth ei bod wedi mynd yn rhy bell. Doedd Mrs Edwards byth yn gwrthwynebu rheg fach, ond roedd dweud wrthi bod ei meddwl hi'n fochaidd yn wahanol. Caledodd ei hwyneb. Yn oeraidd, meddai, 'Os mai 'na'r math o syniade sy 'da ti a Huw . . .'

'Dyw Huw ddim yn meddwl fel 'na! Ti'n gwbod yn iawn nad yw e ddim!' Roedd hi eisoes wedi mynd un cam yn rhy bell; bellach roedd y gweddill yn anochel. 'Paid â dechre rhoi'r bai arno fe; nid *fe* yw'r un sy'n gwneud i fi feddwl fel 'na. Os wyt ti eisie gwbod ble dw i'n dysgu'r fath bethe, fe ddweda i wrthot ti—yn yr ysgol—yr ysgol fach snobyddlyd 'na ti'n talu crocbris amdani. A dŷn *nhw* ddim yn unig yn *sôn* am y peth—maen nhw'n *gweithredu* 'fyd. Dyw Huw ddim . . . mae e'n gwneud ei ore glas i brofi i chi nad yw e'n mynd i 'nhreisio i, hyd yn oed os yw e'n bedair ar hugain. Dyw e erioed wedi 'nghyffwrdd i.'

Roedd ceg Mrs Edwards mor dynn â phwrs cybydd. 'Os yw Huw mor awyddus i'm hargyhoeddi i,' meddai, 'fe fydde pethe'n llawer gwell pe na bai e wedi bod mor dan din am y peth.'

'Fuodd e ddim yn dan din! Fe oedd yr un oedd yn mynnu 'mod i'n cael caniatâd o hyd.'

'Roedd hi'n drueni mawr na wnest ti 'te. Pe bait ti wedi gofyn i fi a allet ti bara i'w weld e . . .'

'Pam ddylen i *ofyn* i chi? Pa fusnes i chi yw 'ny? Allen i fod yn gweithio ac yn ennill cyflog erbyn hyn!'

'Allet, ond dwyt ti ddim, felly . . .'

'A bai pwy yw 'ny? Pwy oedd am i fi aros 'mlân yn yr ysgol?'

'Fi, a'r brifathrawes—ac un o'r rhesyme penna oedd ein bod ni'n dwy'n gwbod yn iawn dy fod ti'n rhy anaeddfed i wbod beth oedd ore er dy les dy hunan. Ac mae dy ymddygiad di dros y pythefnos diwetha 'ma wedi cadarnhau 'ny. Os wyt ti'n ymddwyn fel plentyn, fe fyddi di'n cael dy drin fel plentyn. Cer i ffonio Huw a dweud wrtho fe bod yr hen fuwch dy fam wedi mynd yn wyllt gacwn achos dy fod ti wedi ymddwyn yn slei a dweud celwydd. Cer i ddweud wrtho fe . . .'

'Wna i ddim!' Sgrechiodd ar ei mam ar draws y bwrdd. 'Does dim hawl 'da chi—dŷch chi ddim yn berchen arna i! 'Y mywyd i yw e, fe wna i'n union fel mynna i!'

'Ddim yn y tŷ 'ma, 'merch fach i. Gwna di fel dw i'n dweud, neu bagla hi o 'ma.'

'Fe fagla i o 'ma, â chroeso!'

Caeodd ddrws y gegin yn glep y tu ôl iddi. Tynnodd ei beic o'r sied yn wyllt. Doedd hi ddim wedi rhedeg o gartre er pan oedd yn blentyn. Bryd hynny roedd y peth yn digwydd bron bob dydd. 'Fe reda i bant os wnei di 'na!' Yn anochel, ateb ei mam bob tro fyddai, 'Cer di . . . cer!' Gêm oedd y cyfan bryd hynny; y tro hwn roedd hi o ddifrif. Roedd hi wedi gadael, a doedd hi ddim am ddychwelyd. Allai hi ddim mynd 'nôl.

Pennod 19

Aeth hi at Huw am mai fe oedd yr unig un y gallai redeg ato. Roedd hi'n chwilio am noddfa. Gallai aros dros nos gyda fe ym Mryn-y-dderwen—fyddai dim ots 'da Mrs Bevan, dim ond am un noson. Trannoeth fe allen nhw fynd i rywle arall, lle nad oedd neb yn eu hadnabod nhw—prynu modrwy, dweud eu bod nhw'n briod, pam lai? Beth oedd i'w hatal nhw? Dyna beth oedd pawb arall yn ei wneud. Os oedd hi'n ddigon hen i adael yr ysgol, roedd hi'n ddigon hen i fyw gyda fe. Fyddai hi ddim yn disgwyl iddo fe ei chadw hi, gallai hi ddod o hyd i swydd o ryw fath, swydd iawn, nid dim ond gweithio ar y til. Rhywbeth mewn swyddfa, neu . . .

'A beth am dy yrfa di? Rôn i'n meddwl dy fod ti'n mynd i fynd i goleg? Wyt ti'n mynd i aberthu'r cyfan?'

'Allen i wneud 'ny—wedyn. Fel myfyriwr aeddfed. Fydden i'n cael grant.'

'A beth am Lefel A? Beth wyt ti'n bwriadu'i wneud am 'ny?'

'Allen i astudio gyda'r nos. Mewn coleg technegol. Mae pobol yn gwneud 'ny, ti'n gwbod.'

'Falle bod rhai pobol yn gwneud,' meddai Huw, 'ond dwyt *ti* ddim yn mynd i wneud. Rwyt ti'n mynd adre ar dy ben . . .'

'Na!' Ciliodd Carys oddi wrtho. ''Na'r unig beth dw i ddim yn mynd i'w wneud!'

''Na'r unig beth rwyt ti *yn* mynd i'w wneud!'

Safodd yn heriol yng nghanol y stafell.

'Elli *di* ddim fy ngorfodi i!'

'Na alla, alla i ddim dy orfodi di—yn yr ystyr na alla i dy orfodi di yn gorfforol i wneud dim. Fi yw'r person hawsa yn y byd i guddio oddi wrtho fe; rŷn ni'n dau'n gwbod hynny.'

Cochodd Carys.

'Dôn i ddim yn meddwl 'ny.'

'Felly be oeddet ti'n i feddwl 'te? Dy fod ti ddim yn bwriadu gwrando ar ddim sy 'da fi i'w ddweud?'

'Does 'na ddim byd i'w ddweud ... dwyt ti ddim yn deall! Dw i wedi gadael—am byth!'

Siglodd Huw ei ben.

'Carys, dyw hyn ddim yn iawn, ti'n gwbod. Fydd dy fam ddim yn gallu ymddiried ynddon ni byth eto. Does dim rhyfedd 'da fi ei bod hi wedi mynd yn wyllt—fydden i'n ymateb yr un ffordd, ond fi sy ar fai. Ddylen i fod wedi gwneud yn siŵr dy fod ti'n dweud popeth wrth dy fam. Fi sy ar fai, felly ...'

'Am beth? Dŷn ni ddim wedi *gwneud dim*!'

'Nac ydyn, a dŷn ni ddim yn mynd i wneud dim, chwaith!—A phaid â dechre pregethu wrtha i am bobol eraill. Eu busnes nhw yw'r hyn maen nhw'n ei wneud. Dyw'r hyn sy'n iawn iddyn nhw ddim yn iawn i ni.'

Roedd gwefus uchaf Carys yn crynu.

'Alle fe fod,' meddai, 'pe bait ti eisie 'ny.'

'Beth wyt ti'n ceisio'i ddweud wrtha i?'

'Wel, os wyt ti'n teimlo fel gwneud ...'

'Ie? Be fydden i'n wneud? Dy daflu di ar y gwely a'th dreisio di?'

'Fydde dim rhaid i ti 'nhreisio i. F-fydden i'n ddigon parod.'

Yn oeraidd meddai Huw, 'Wel, fydden i ddim.'

'Achos dwyt ti ddim yn teimlo fel gwneud, 'na p-pam!'

'Wrth gwrs 'mod i'n teimlo fel gwneud—er mwyn popeth! Defnyddia ychydig o ddychymyg, ferch!

Dyn ydw i, yndyfe? Falle nad ydw i'n gallu gweld, ond dw i'n gwbwl iach ym mhob ffordd arall.'

'Pam, 'te?'

'Achos 'mod i wyth mlynedd yn hŷn na ti, 'na pam!'

'Ond fyddi di *wastad* wyth mlynedd yn hŷn na fi . . .'

'Bydda; ond fyddi di ddim bob amser yn un ar bymtheg . . . Carys, dere nawr! Edrych ar bethe'n rhesymol, da ti.' Estynnodd ei law ati, ond safodd yn stond, gan wrthod ei chymryd. 'Bydd yn ferch dda a cher adre—'na'r unig beth call i'w wneud. Dw i'n nabod dy fam. Fydd hi ddim yn grac yn hir, yn enwedig os wyt ti'n ddigon o ferch i fynd nôl nawr i wynebu'r storm. Dim ond i ti ddweud dy fod ti'n flin am yr holl beth. Cyfadde dy fod ti wedi gwneud camgymeriad. Dyw hynny ddim yn ormod, do's bosib? Ddim pan fo cymaint yn y fantol. Os wyt ti am, fe ddo i 'da ti, ond dw i wir yn meddwl y bydde hi'n gallach i ti fynd ar dy ben dy hunan. Fe ddo i draw fory, os wyt ti'n meddwl y bydde hynny o unrhyw help; ond am heno . . .'

Unig ateb Carys oedd, 'Pe bait ti'n gofalu 'mod i'n disgwyl babi, fydde hi ddim yn gallu gwneud dim am y peth.'

'I'r gwrthwyneb,' atebodd Huw, 'pe bawn i'n dy gael di i drwbwl, fydde hi'n gallu gwneud pob math o bethe! 'Na'r peth mwya hurt dw i wedi dy glywed di'n ddweud erioed. Dw i'n cywilyddio wrthot ti—yn ymddwyn fel plentyn.'

Meddai Carys yn chwerw, 'Wel, os yw pawb yn mynnu 'nhrin i fel plentyn . . .'

'A pham, ti'n meddwl? Paid â bod mor fabïaidd! Gwna fel dw i'n dweud wrthot ti, a . . .'

'A *beth*? Dw i wedi cael hen ddigon ar wneud fel ti'n dweud o hyd. Pa les ddaeth o 'ny hyd yn hyn? Dim o ddim! Ti wastad ar ei hochor hi. Does dim asgwrn cefn o fath yn y byd 'da ti?'

Agorodd Carys y drws yn ffyrnig. Dywedodd Huw yn frysiog, 'Carys! Ble wyt ti'n mynd?' Symudodd yn sydyn tuag ati, ond roedd hi eisoes yn rhuthro i lawr y grisiau fel corwynt. Clywodd ei lais—'Carys! Dere 'nôl!'—ond yn rhy hwyr; roedd hi wedi mynd.

Yn reddfol aeth Carys i'r unig le saff, lle y gallai fod ar ei phen ei hun, ymhell oddi wrth bawb a phopeth. Cadwynodd ei beic fel arfer ar bwys yr eglwys, cerddodd heibio i'r tyddynnod ac ar hyd y llwybr i'r goedwig. Ar ôl pythefnos o law roedd y tir yn fôr o fwd. Llithrodd a baglodd hyd at ei phigyrnau mewn llaid, heb falio dim am gyflwr ei throwsus a'i hesgidiau. Roedd ymylon y chwarel galch wedi cael eu sgubo i ffwrdd gan y cawodydd trymion, fel bod twll anferth lle'r oedd ffens o'r blaen. Cadwodd Carys yn ddigon pell, gan aredig ei ffordd heibio. Dringodd y gamfa i'r cae blodau menyn, a oedd fel cors erbyn hyn, a cherdded nes cyrraedd y Deyrnas.

Er gwaetha'r glaw di-baid, doedd y lle ddim wedi dioddef llawer. Roedd un pwll o ddŵr yno, gan fod y to wedi gollwng, ond roedd y bwced plastig wedi dal y rhan fwyaf ohono. Roedd y gwynt wedi bod yn chwythu o'r cyfeiriad iawn, yn hyrddio'r glaw yn erbyn y wal yn hytrach na'r ffenestri. Tynnodd ei hesgidiau a'i sanau gwlyb, a'i jîns hefyd ar ôl peth ymdrech, a'u gosod i gyd i sychu ar y gadair heb gefn. Yna lapiodd ei hun mewn hen flanced a chysgu'n syth.

Roedd hynny'n anarferol iawn, oherwydd doedd hi byth yn cysgu mor gyflym fel arfer; roedd yn rhaid iddi ganolbwyntio ar y peth bob tro. Heddiw, caeodd ei llygaid am eiliad a llithro i drymgwsg. Pan agorodd nhw eto, roedd hi'n hwyr. Doedd pelydrau'r haul ddim yn treiddio drwy'r ffenest rhagor, ac roedd y cysgodion yn hir a thywyll. Dywedodd ei wats ei bod hi'n ddeg o'r gloch. I ddechrau gwrthododd gredu hynny, gan feddwl fod ei wats wedi carlamu ymlaen, ond roedd hi'n amlwg o edrych allan ei bod hi'n hwyr. Roedd y wlad yn paratoi ar gyfer y nos. Roedd yr adar wedi tawelu, a'r creaduriaid bach a mawr wedi diflannu.

Doedd hi erioed wedi aros yn y Deyrnas gyhyd. Roedd ei mam yn siŵr o fod mewn panig gwyllt—neu efallai nad oedd hi. Efallai ei bod am anghofio popeth amdani. Codi ei hysgwyddau a dweud, Wel, hi sy'n gwbod. Alla i ddim gwneud dim mwy . . . Na. Yn nyfnder ei chalon gwyddai Carys yn iawn na fyddai ei mam yn gwneud y fath beth. Efallai y byddai hi'n gweiddi arni am wneud 'fel dw i'n dweud wrthot ti neu cer o 'ma' yng nghanol ffrae, ond fyddai hi byth yn cau'r drws yn ei hwyneb. Fyddai ei mam byth yn rhoi'r gorau i ofidio amdani. Erbyn hyn, roedd hi siŵr o fod wedi ffonio Huw ym Mryn-y-dderwen. Byddai Huw wedi dweud wrthi beth oedd wedi digwydd, a byddai'r ddau yn poeni amdani. Roedd y syniad yn ei phlesio, ond eto'n gwneud iddi deimlo'n euog ar yr un pryd. Ar un llaw, meddyliodd Carys, mae'n beth da iddyn nhw boeni; ar y llaw arall, ddylen i ddim fod wedi rhedeg i ffwrdd a gadael Huw fel wnes i. Doedd hi ddim yn deg i redeg i ffwrdd oddi wrth rywun na allai redeg ar eich ôl. *Fi yw'r person hawsa yn y byd i guddio oddi wrtho fe; rŷn ni'n dau'n gwbod 'ny.* Ac roedd hi wedi gwneud hynny, on'd oedd hi? Cymryd mantais ar y ffaith ei fod e'n ddall. Crynai ei bochau, a rhoddodd ei dwylo arnynt mewn braw. *Elli di ddim fy ngorfodi i*—ond doedd hi ddim wedi meddwl hynny. Doedd hi ddim!

Am eiliad teimlai fel rhedeg yn wyllt 'nôl at Huw, taflu'i breichiau am ei wddf a gofyn am ei faddeuant. Fyddai e ddim yn gwrthod maddau, na fyddai? Roedd e'n gwybod yn iawn nad oedd hi wedi meddwl gwneud dim yn fwriadol i'w frifo fe. Ond wedyn, meddyliodd, pe bai hi'n mynd 'nôl nawr, a fyddai hynny'n gwella'r sefyllfa? Na fyddai. Byddai popeth yn aros fel ag yr oedd. Byddai Huw yn dal i fod wyth mlynedd yn hŷn na hi. 'Dim ond un ar bymtheg' fyddai hi o hyd, a byddai ei mam yn gwrthod caniatáu iddi ei weld e. Doedd dim pwrpas mynd 'nôl. Roedd rhaid iddi wneud rhywbeth —rhywbeth i brofi . . .

Beth am aros i ffwrdd am bedair awr ar hugain gron? Beth am aros drwy'r nos yn y Deyrnas? Byddai hynny'n gwneud iddyn nhw feddwl. Efallai y bydden nhw'n sylweddoli o'r diwedd ei bod hi o ddifrif. Fory fe allai hi ddal y trên i Lundain a . . .

Arian?

Cydiodd yn ei bag—y bag roedd Huw wedi'i brynu iddi. Roedd cyflog ddoe ganddi o hyd. Roedd hi wedi anghofio'n llwyr amdano. Y syniad oedd ei bod hi'n rhoi'r arian mewn cyfrif banc bob wythnos, at y gwyliau yn Sir Benfro. Penderfynodd ar unwaith. Doedd hi ddim yn credu am eiliad y byddai hi'n cael mynd ar wyliau gyda Huw am bythefnos, hyd yn oed yng nghwmni pobl eraill. Roedd yr un man iddi adael, a dyna ddiwedd arni. Gallai ddianc i Lundain, dod o hyd i stafell rad yn rhywle ac aros yno. Fyddai stafell ddim yn costio cymaint â hynny. Beth bynnag, gallai ddod o hyd i swydd beth cyntaf fore dydd Llun. Unrhyw beth, doedd dim ots beth. Dim ond am rai diwrnodau—wythnos efallai—pythefnos ar y mwyaf. Fyddai'r heddlu ddim yn hir cyn dod o hyd iddi. Fyddai hi ddim yn ceisio newid ei henw na dim felly. Dim ond dangos ei bod hi o ddifrif.

Roedd ganddi hanner bar o siocled yn ei bag. Fe'i bwytaodd a gorwedd eto, gan dynnu'r blanced dros ei phen. Byddai ei mam yn marw o banig cyn pen yr wythnos. Efallai y byddai'n danfon cerdyn post ati o rywle fel Paddington, i ddweud ei bod hi'n iawn. Fydden nhw ddim yn gallu ei chyhuddo o fod yn ddifeddwl wedyn. Dychmygodd yr olygfa wrth iddi gyrraedd 'nôl yng nghar yr heddlu—ei mam yn ei chofleidio ac yn llefain y glaw, yn ceisio dweud y drefn wrthi ac yn methu: 'Ti wedi bod yn ferch ddrwg iawn, ti'n gwbod 'ny, on'd wyt ti? Ond gan dy fod ti 'nôl . . .'

Gan ei bod hi 'nôl, byddai pawb yn maddau iddi. Byddai ei mam yn dweud nad oedd hi wedi sylweddoli gymaint roedd hi'n ei feddwl o Huw—'Rôn i'n meddwl y byddet ti'n anghofio amdano fe. Alla i weld nawr 'mod i wedi gwneud camgymeriad. Does dim ots 'da fi gyfadde 'ny. Rwyt ti wedi dangos dy fod ti'n ddigon hen i ofalu amdanat dy hunan ac i wybod be sy ore. Wrth gwrs, fydden i ddim yn gadael i ti _briodi_ nes i ti adael yr ysgol . . .'

Dechreuodd Carys hepian cysgu. Breuddwydio, ac yna dihuno. Yr un freuddwyd oedd ganddi o hyd: roedd hi a Huw yn sefyll yng nghanol cae gwastad, ac yn cweryla. Am beth, doedd hi ddim yn gwybod, ond roedd y diwedd yr un fath bob tro; byddai hi'n rhedeg oddi wrtho fe ar draws y cae tan iddi ddod i fwlch rhwng creigiau. Roedd rhaid iddi neidio dros y bwlch, a bob tro y neidiai, meddyliai: os daw Huw ar fy ôl i fe fydd e'n cwympo dros y dibyn ac yn cael ei ladd . . .

Ddwywaith dihunodd yn oer a chwyslyd; ddwywaith aeth yn ôl i gysgu. Yna'r trydydd tro, trodd y freuddwyd yn hunllef, wrth i Huw redeg ar ei hôl, yn gweiddi arni; roedd yn nesu at y bwlch rhwng y creigiau ac ni allai Carys wneud dim i'w rwystro, oherwydd doedd hi ddim yn gallu symud na gweiddi i'w rybuddio.

Dihunodd yn sydyn, ond aeth yr hunllef yn ei blaen. Roedd ei lais yn dal i alw arni yn wan yn y pellter: 'Carys? Carys?'

Roedd e allan yno yn rhywle . . .

'Y chwarel,' meddyliodd. '*Huw, y chwarel!*'

Taflodd y blanced yn ôl, gwisgo'i jîns yn frysiog, rhoi ei thraed noeth yn ei hesgidiau a rhuthro allan i'r tywyllwch.

'Huw!' galwodd '*Huw! Aros lle'r wyt ti a phaid â symud cam!*'

Allai e byth fod wedi'i chlywed. Byddai wedi clywed ei llais, fel roedd hi wedi'i glywed e, ond fyddai e ddim wedi deall y geiriau. Byddai hi'n well pe bai hi heb weiddi o gwbl. Nawr roedd e'n gwybod i sicrwydd ei bod hi yno, a byddai hynny'n rhoi hyder iddo fe. Byddai'n dechrau symud ar hyd ymyl y chwarel, gan ddilyn y ffens, nes iddo ddod i'r man lle'r oedd y tir wedi llithro, a byddai'n cwympo i lawr y dibyn.

Heb feddwl dim am y peryglon, rhedodd Carys ar hyd y cae blodau menyn. Gan lithro a baglu, a'i hanadl yn rhygnu yn ei gwddf, daeth at y gamfa.

'Huw!' galwodd eto. '*Huw!*'

Atebodd llais gwan, 'Dw i lawr fan hyn!'

'Paid â symud modfedd! *Huw! Paid â symud!* Mae'r ffens wedi . . .'

Ond roedd hi'n rhy hwyr; eiliadau yn rhy hwyr. Rhaid ei fod wedi camu ymlaen wrth iddi weiddi arno.

Erbyn iddi gyrraedd, dim ond ffurf tywyll oedd Huw, yn swp ar waelod y dibyn.

Pennod 20

Roedd rhaid iddi fynd i'r archfarchnad drannoeth; i eistedd ar ei chadair uchel o dan y goleuadau llachar, ac i bwnio'r til, fel arfer. Roedd hi wedi ymbil am gael diwrnod yn rhydd—'Dim ond un diwrnod! Allwch chi ddim dweud wrthyn nhw 'mod i'n dost neu rywbeth?'—ond roedd Mrs Edwards wedi gwrthod yn deg. Meddai, 'Mi gaiff hyn fod yn wers i ti. Os mai dim ond pedair awr o gwsg gest ti, arnat ti mae'r bai. Sawl awr wyt ti'n meddwl 'mod i wedi cysgu? Gwisg dy ddillad a phaid â grwgnach.'

Ddeugain munud yn ddiweddarach roedd hi wrth y til, yn zombïaidd, yn rhoi bagiau plastig i bobl ac yn pwyso ffrwythau a llysiau. Doedd hi erioed wedi canolbwyntio cyn lleied. Sut gallai hi ganolbwyntio ar duniau pys, iogwrt a bwyd ci pan oedd Huw yn gorwedd yn yr ysbyty? Roedd yn gallu'i weld o hyd ar waelod y chwarel—ac yn yr ambiwlans, yn ddisymud, a'r dyn ambiwlans yn dweud jôc dwl i geisio ei chysuro, tra bod Carys eisiau clywed nad oedd Huw'n mynd i farw. Ac yna roedden nhw wedi cyrraedd yr ysbyty, ac roedd ei mam yno. Gwnaeth Carys rywbeth nad oedd hi wedi'i wneud ers dyddiau'r ysgol gynradd; llefodd y glaw, ac roedd Mrs Edwards wedi rhoi'i breichiau amdani a'i dal yn dynn, rhywbeth nad oedd hi wedi'i wneud ers blynyddoedd chwaith. Yna roedd y ddwy ohonyn nhw wedi eistedd ar bwys ei gilydd, ar fainc galed yn yr ysbyty, yn disgwyl clywed rhyw newydd am Huw.

Doedd ei mam ddim wedi ceisio'i chysuro drwy ddweud jôcs dwl. Pan aeth troli â rhywun o dan liain gwyn heibio, sylweddolodd yn syth beth oedd Carys yn ei feddwl. Roedd hi wedi dweud, 'Paid â bod yn ddwl, fydden nhw'n dweud wrthon ni pe bai rhyw-beth yn digwydd. Ta beth, mae Huw'n ifanc ac yn iach. Mi fydd e'n iawn.' Fe allai hi fod wedi dweud mai arni hi, Carys, fyddai'r bai pe na bai Huw yn gwella, ond wnaeth hi ddim.

Aeth hanner awr heibio cyn iddyn nhw glywed gan y doctor y byddai Huw yn iawn—mai dim ond wedi troi'i bigwrn ac wedi cael ambell glais oedd e.

'Fe gadwn ni fe yma am bedair awr ar hugain, wrth gwrs, er mwyn bod yn saff, ond dw i ddim yn meddwl y bydd yr archwiliad pelydr-X yn dangos dim o bwys. Mater o wneud yn siŵr yw e.'

Roedd ei mam wedi dweud, ''Na ni! Be ddwedes i wrthot ti?' ac wedi cofleidio Carys. Roedd y doctor, gan wincio, wedi dweud, 'Cyhyd â'ch bod chi ddim yn gwneud 'ny iddo fe am ddiwrnod neu ddau. Fe fydd e ychydig bach yn dyner, a dweud y lleia.'

Doedd neb wedi gofyn i Carys a fyddai hi'n hoffi mynd i'w weld e cyn iddyn nhw adael. Doedd hi ddim wedi mentro awgrymu hynny ei hunan. Yng nghefn ei meddwl roedd hi'n amau: falle nad yw e'n moyn i fi fynd i'w weld e? *Does dim asgwrn cefn 'da ti* . . . sut gallai hi fod wedi dweud y fath beth creulon? Wrth Huw, o bawb? Ac wedyn wedi troi a rhedeg . . .

Roedd ei bochau fel tân. Ysgydwodd ei phen, er mwyn i'w gwallt gwympo drostyn nhw. Roedd rhedeg fel 'na wedi bod yn dric gwael. Tric gwael a chreulon. Yn waeth na dim. Os oedd yna un peth y gwyddai na ddylai byth ei wneud, cymryd mantais ar y ffaith nad oedd Huw fel pawb arall oedd hwnnw. Roedd hynny'n anfaddeuol. Dyna'r rheswm nad oedd e am ei gweld hi eto, siŵr o fod—ond roedd hi'n gwybod bod rhaid iddi hi fynd i'w weld. Hi oedd yr un mwyaf llwfr ar wyneb y ddaear, ond roedd hyd yn

198

oed hi yn sylweddoli bod rhaid iddi wneud rhywbeth.

Ar ei ffordd adre o'r gwaith aeth i mewn i siop flodau a holi pa flodau oedd y mwyaf persawrus. Edrychodd dynes y siop yn amheus a dweud, 'Wel . . . rhosynne, siŵr o fod, ond mae carnasiwns yn rhatach.'

'Fe ga i rosynne 'te,' meddai Carys.

Prynodd hanner dwsin o rosynnau cochion—er mai nhw oedd y drutaf—a rhyw ddeilach gwyrdd hefyd. Doedd dim arogl ar y deilach, ond o leiaf mi fyddai Huw'n gallu eu teimlo nhw.

Roedd Mrs Edwards yn y gegin, yn golchi llestri brecwast. Meddai, 'Gobeithio dy fod ti wedi dod â'r cig, neu ffa pob fydd hi heno 'to.' Ac yna, gan droi o'r sinc, 'Rhosynne! Y nefoedd sy'n gwbod! Nid i Huw maen nhw, ife?'

'Ie,' meddai Carys yn amddiffynnol, gan afael yn dynn yn y blodau. 'Pam lai? Does dim o'i le mewn rhoi blode i ddyn, oes e? Dim ond am mai dyn yw e? Ti'n hoffi cael blode yn yr ysbyty. Pam na ddyle . . .'

'Iawn, iawn! Paid â dechre! Dw i ddim yn awgrymu na ddylet ti roi blode iddo fe, ceisio dweud wrthot ti ydw i nad yw e yn yr ysbyty rhagor . . . fe ffoniodd ei chwaer e rai munude 'nôl. Mae hi'n mynd â fe 'nôl i Abertawe.—Hwn yw'r cig? Be wna i? Ei ffrio fe neu'i rostio fe?'

Doedd Carys ddim wedi clywed y cwestiwn. Safai'n stond, yn cydio'n dynn yn y rhosynnau. Rhosynnau gwerth 70 ceiniog yr un. A deilach gwyrdd hefyd. A doedd Huw ddim yna. Roedd e wedi mynd 'nôl i Abertawe . . .

'Heno?' gofynnodd. 'Mae e'n mynd heno?'

'Yn ôl pob sôn. Doedd dim pwynt iddo fe aros yn yr ysbyty—wnaeth yr archwiliad pelydr-X ddim dangos dim. Dim ond cleisio, diolch byth. Roedd ei chwaer yn ddigon neis ar y ffôn. —Wyt ti eisie reis neu dato? Beth am gael reis am newid?—Roedd hi eisie gwbod a fyddet ti'n hoffi mynd lan 'na am de ddydd Sul. Fe ddôn nhw i gwrdd â ti oddi ar y trên. Wel?' Rhoddodd sosban i Carys. 'Glywest ti be ddwedes i? Ti wedi cael gwahoddiad i de. Fe ddylet ti fod yn bles.' Dylen, meddyliodd. Ond nid Huw oedd wedi gofyn iddi. Cymerodd y sosban, a thaflu'r rhosynnau ar y bwrdd.

'Fe gei *di* nhw nawr,' meddai. 'Does dim pwynt mynd â rhosynne iddo fe os nad yw e yn yr ysbyty. Ta beth,'—cerddodd yn araf at y sinc—'fe ddylen i fod wedi prynu rhai i ti 'fyd.'

Nid Huw oedd wedi'i gwahodd hi, felly pa ots beth oedd hi'n ei wisgo? Doedd e ddim yn gallu gweld, a fyddai dim diddordeb ganddo fe, beth bynnag. Ar y llaw arall, roedd rhaid cofio am Sara. Dylai hi wneud rhyw fath o ymdrech i fod yn soffistigedig. Meddai ei mam, gan geisio ei helpu, 'Pam na wisgi di'r ffrog fach las gole 'na sy â'r blodau gwyn ar ei gwaelod?' Gwrthododd Carys yr awgrym hwnnw'n syth. Roedd hi wedi mynd yn rhy hen i ffrogiau bach glas, heb sôn am flodau gwyn.

Yn ystod ei hawr ginio ddydd Sadwrn fe aeth ar y bws i ganol y ddinas ac i'r farchnad, lle'r oedd 'na stwff digon da weithiau, a hynny'n rhad dros ben. Roedd Carys wastad yn meddwl fod y pethau oedd ar werth wedi cael eu dwyn, gan fod y gwerthwyr yn tueddu i edrych yn amheus. Y drws nesaf i stondin gaws daeth o hyd i flows biws llachar o ddefnydd tebyg i sidan, a sgert ddu dynn iawn. Ddywedodd y bachgen oedd yn eu gwerthu ddim o ble'r oedd y dillad wedi dod, ond roedd Carys yn amau'n gryf eu bod wedi cael eu dwyn, oherwydd bod y prisiau mor rhad. Byddai ei mam wedi credu hynny'n bendant. Ond doedd dim rhaid dweud wrth ei mam mai yn y farchnad y prynodd nhw.

Yn siop Oxfam daeth o hyd i sandalau â sawdl mor uchel fel ei bod hi'n gorfod cerdded ar flaenau'i thraed. Roedden nhw'n ffitio'n wych, ond serch hynny roedd Carys yn ofni mentro eu prynu. Fe wnaeth hi yn y diwedd, am mai dim ond 50 ceiniog oedden nhw—a daeth o hyd i gadwyn o berlau plastig i gwblhau'r wisg. Cyn mynd i'r gwely, fe wisgodd bob dim, a rhoi colur ar ei hwyneb. Fyddai neb yn dyfalu ei bod hi'n ferch ysgol. Doedd hi ddim am i Sara Lewis feddwl ei bod hi'n gwisgo *Hush Puppies* a hen ddillad bob amser. Gallai edrych mor soffistigedig ag unrhyw ferch pan fyddai rhaid.

Wnaeth hi ddim dechrau amau tan iddi wisgo'r diwrnod wedyn. Oedd y flows damaid bach, wel, yn rhy llachar? A fyddai hi'n gallu cerdded yn y sandalau uchel heb gwympo ar ei thrwyn? Beth pe bai'r sgert yn dechrau hollti wrth iddi gerdded? Na, byddai pob dim yn iawn. A doedd y flows ddim yn rhy llachar—hi oedd yn gyfarwydd â gwisgo lliwiau tawel.

Rhoddodd fag Huw ar ei hysgwydd a cherdded i'r gegin yn ofalus, rhag ofn iddi ddechrau'r diwrnod ar waelod y grisiau. Roedd ei mam yn y stafell ffrynt yn darllen y papur dydd Sul. Meddyliodd Carys y byddai'n well iddi gyhoeddi ei bod hi ar fin mynd. Gwnaeth ei gorau i guddio'i dillad drwy ddangos ei phen yn unig, ond tynnodd Mrs Edwards ei sbectol a gweiddi, 'Dwyt ti ddim yn mynd i de at chwaer Huw yn y dillad 'na?' Sythodd Carys.

'Be sy'n bod ar y dillad 'ma?'

'Ti'n edrych fel putain. Er mwyn popeth, Carys! Cer 'nôl lan lofft a gwisga rywbeth arall.'

Wythnos yn ôl mi fyddai hi wedi ateb 'nôl a chau'r drws yn glep ar ei mam. Byddai wedi rhuthro i'w stafell wely yn llawn natur wyllt, a dod i lawr mewn hen jîns a siwmper llac. Heddiw, dywedodd, 'O, os oes *rhaid*,' a phum munud yn ddiweddarach fe ddychwelodd, yn y ffrog fach las â'r blodau gwyn ar ei gwaelod.

'Na welliant,' meddai Mrs Edwards. 'Ti'n edrych yn eitha pert.'

'Dw i'n teimlo fel rhywun pedair ar ddeg oed.'

'Wel, does dim ots sut wyt ti'n *teimlo*. Meddylia am Huw am unwaith. Fydde fe ddim am i ti edrych fel rhywbeth o'r stryd, fydde fe?'

Byddai Carys wedi teimlo'n hapusach pe bai hi'n gwybod fod Huw am iddi ddod i'w weld. Ymhell cyn i'r trên gyrraedd Abertawe, roedd hi wedi llwyddo i'w darbwyllo'i hunan nad oedd am ei gweld. Roedd hi'n ddigon posib bod ei chwaer wedi trefnu'r peth heb yn wybod iddo, fel syrpreis bach. Wrth eistedd yn y trên, roedd Carys yn gallu dychmygu'r ddeialog rhwng y ddau:

CHWAER HUW *(yn famol a bywiog)*: Gyda llaw, fe ofynnes i Carys ddod i de.

HUW *(mewn arswyd)*: Be ddwedest ti?

CHWAER HUW: Gofynnes i iddi ddod i de. Rôn i'n meddwl y byddet ti'n falch.

HUW: Wel, dydw i ddim. Dw i ddim eisie ei gweld hi.

CHWAER HUW *(yn bigog)*: Sut ôn i i wbod 'ny? Wel, mae hi'n rhy hwyr nawr. Bydd rhaid i ti ddi-odde'n dawel.

Wnaeth hi ddim gweddïo ar i'r trên gael damwain. Doedd dim diben. Roedd hi wedi profi yn y gorffennol nad oedd pwynt gweddïo. Gobeithio'r gorau a bwrw iddi oedd yr unig beth y gallai ei wneud.

Gwelodd chwaer Huw ar unwaith. Roedd hi'n sefyll y tu allan i'r stondin bapurau newydd yn yr orsaf. Byddai Carys wedi'i hadnabod hyd yn oed pe na bai Sara gyda hi. Sara (yn edrych yn wych mewn ffrog hufen) welodd Carys. Dywedodd rywbeth wrth ei mam, ac fe drodd hithau, estyn ei llaw a dweud, 'Helô, Carys! Braf cwrdd â ti o'r diwedd. Dw i wedi clywed cymaint amdanat ti.' Gan bwy? meddyliodd Carys. Gan Huw neu gan Sara?

Meddai Sara, 'Mae Huw yn y car—achos ei bigwrn. Diolch byth nad ei arddwrn e gath hi. Fydde fe ddim yn gallu canu'r piano wedyn.'

'Dwli pur!' meddai ei mam. 'Paid â bod mor felo-dramatig. Dim ond wedi troi'i bigwrn mae e, Carys. 'Na i gyd. Dim yn y byd i boeni amdano fe.'

'Wel, fe alle pethe fod wedi bod yn waeth o lawer,' meddai Sara.

'Mae hynny'n ddigon gwir, ond fe fuodd e'n lwcus.—Does dim angen i ti boeni.' Gwasgodd mam Sara fraich Carys yn gyfeillgar. 'Mae e'n ddigon cryf. Fe sylweddolon ni hynny pan oedd e'n grwtyn bach ... Roedd e byth a hefyd yn cwympo o goed neu'n disgyn i'r afon neu rywbeth.—'Ma ni.'

Arhosodd ar bwys car hir glas. 'Hoffet ti fynd mewn i'r cefn 'da Sara?'

Byddai'n well gan Carys fod wedi osgoi hynny, ond roedd hi'n amlwg nad oedd dewis ganddi. Roedd Huw yn eistedd yn y blaen. Wrth iddi lithro i mewn i'r car, trodd a dweud, 'Shw' mae! Wedi dod i chwerthin am 'y mhen i, ife?' Doedd hi ddim yn gwybod yn iawn sut i ymateb. Roedd hi'n anodd dweud a oedd e o ddifrif ai peidio. Roedd arni hi wir eisiau dweud wrtho ei bod hi'n teimlo'n flin am yr holl fusnes—ond sut gallai hi, â phawb arall yn gwrando? Eisteddodd yn fud, gan gochi. Chwaer

Huw ddaeth i'r adwy i'w helpu. Meddai, 'Llai o'r hunandosturi 'ma Huw. Pam nad yw'r gwregys diogelwch amdanat ti?'

'Achos dw i wedi'i dynnu e.'

'Pam?'

'Achos rôn i eisie mynd mâs o'r car.'

'Wel, gwisga fe'r eiliad 'ma. Dw i ddim am i ti fynd drwy ffenest flaen y car. Os wyt ti'n cwyno cymaint am un pigwrn, fydde dim taw arnat ti pe bait ti'n torri dy dalcen neu rywbeth.'

Ar un adeg, fe fyddai Carys wedi chwerthin o glywed Huw yn cael ei drin fel plentyn bach gan ei chwaer hŷn. Ond nawr doedd hi ddim yn hoffi dweud dim, rhag ofn iddo fe bwdu.

Roedd chwaer Huw a'i theulu yn byw mewn tŷ braf iawn heb fod ymhell o'r Mwmbwls. Meddai wrth iddyn nhw gyrraedd, 'Sara, dangos y stafell molchi i Carys,' ac fe aeth Sara â hi ar hyd coridor gwyn. Roedd Sara'n amlwg wrth ei bodd yn arwain Carys o gwmpas.

'Dyw Dad ddim 'ma ar hyn o bryd—mae e bant ar fusnes. Dyw Mam-gu ddim 'ma, chwaith. Fe fydde hi wedi dod draw, ond doedd Huw ddim eisie i Mam ddweud wrthi am y ddamwain.—'Ma'n stafell i.' Agorodd y drws. 'A draw fan 'na mae stafell Huw. Hoffet ti fynd draw i weld? Fe alla i ddangos i ti os wyt ti eisie. Fydde dim ots 'da Huw. Dw i'n mynd a dod fel y mynna i.' Arhosodd am eiliad, ac edrych yn slei ar Carys o dan ei hamrannau duon. 'Mae Mam yn dweud na ddylwn i. Am hen ffasiwn!'

'Fydden i ddim yn dweud 'ny,' meddai Carys. 'Falle'i bod hi'n ofni dy fod ti yn ei ffordd e.'

Cododd Sara ei phen.

'Wel, dydw i ddim. Dyw Huw ddim yn meddwl

'ny. Ta beth, ddim *hynny* sy'n ei phoeni hi.—Gwell i ti olchi dy ddwylo, bydd te cyn bo hir.'

Aethon nhw yn ôl ar hyd y coridor gwyn, i'r stafell fwyaf roedd Carys wedi'i gweld erioed, gyda ffenestri o'r nenfwd i'r llawr. Roedd Huw yno'n barod, yn gorwedd yn hamddenol ar soffa goch. Edrychodd i fyny wrth iddyn nhw ddod mewn a holi, 'Wedi gweld popeth sy i'w weld?' yn ddigon cyfeillgar, felly roedd Carys yn gwybod ei fod yn falch o'i chael hi yno. Ond wnaeth e ddim dweud wrthi am ddod i eistedd ar y soffa ar ei bwys na dim. Sara aeth i eistedd nesaf at Huw; bu'n rhaid i Carys fynd i gadair freichiau enfawr goch tua hanner milltir i ffwrdd. Ceisiai ddyfalu beth oedd yn digwydd. Roedd hi'n disgwyl gweld te ar ford yn rhywle, ond doedd dim sôn am friwsionyn.

Yn sydyn, agorodd y drysau dwbl a daeth chwaer Huw i mewn, yn gwthio troli. Arswydodd Carys wrth sylweddoli bod yn rhaid iddyn nhw fwyta yn y lolfa. Ar y cadeiriau coch moethus? Roedd hi'n amlwg nad eistedd wrth ford i fwyta te oedd yr arfer yma, ond chwarae o gwmpas gyda byrddau bach, a phlatiau yn hofran yn beryglus ar benliniau.

Teimlai Carys yn hynod o hunanymwybodol wrth yfed ei the. Doedd ei dwylo hi ddim wedi'u cynllunio i ddal cwpanau bach bregus, ac roedd hi'n ofni torri rhywbeth neu arllwys y te drosti drwy'r amser. Roedd y bwyd yn arbennig: brechdanau bach tenau, cacen siocled gyfoethog a phowlenni llawn mefus a hufen. Bob hyn a hyn byddai Sara'n gwthio'r troli o gwmpas. 'Mwy o de, Carys? Mwy o frechdanau, Carys? Beth am gacen arall?' Roedd hi fel bod mewn gwesty crand, ac roedd hi'n falch iddi wrando ar ei mam a gwisgo'r ffrog fach las wedi'r cyfan.

Roedd Carys yn gwybod yn iawn y byddai'n gwneud rhywbeth o'i le, ac wrth gwrs, fe wnaeth. Mewn gwirionedd, gallai pethau fod wedi bod yn llawer gwaeth. Hedfanodd darn o fara menyn oddi ar ei phlât wrth iddi geisio symud ei choes, a glanio'n un swp ar y carped. Rhuthrodd Sara i nôl clwtyn i sychu'r carped, er nad oedd angen hynny o gwbl. Roedd ei mam yn amlwg o'r un farn. Yn ddigon llym fe ddywedodd, 'Eistedd nawr, Sara. Paid â gwneud hen ffws.'

'Ond fe ddaw marc ar y carped,' meddai Sara.

'Na ddaw ddim. Gad bopeth i fod.'

Meddai Huw, 'Ydy Carys yn creu trafferth 'na? Be mae hi wedi'i wneud y tro 'ma? Mae hi'n waeth na fi, a does dim esgus 'da hi fel sy 'da fi.'

'Bydd di ddistaw,' meddai ei chwaer. 'Dw i'n cofio'r parti pen-blwydd 'na pan aeth plât o gacennau bach, tŷ Hansel a Gretel a jwg o bop ar y llawr achos bod Edgar Huw Stevens wedi tynnu'r lliain bwrdd. Felly paid ti â siarad.'

Dechreuodd Carys chwerthin. Edrychodd Sara'n grac arni.

'Alle fe mo'r help,' meddai.

Bu tawelwch. Peidiodd y chwerthin. Roedd yr awyrgylch yn llawn tensiwn ar unwaith. Ni allai Carys benderfynu ai arni hi roedd y bai am chwerthin, neu a oedd rhywbeth arall yn bod. Yna, meddai mam Sara, gan edrych ar ei merch, 'Dw i wedi anghofio'r ffyrc bach i fwyta'r gacen siocled. Allet ti fynd i'r gegin drosta i, Sara?' Gadawodd Sara'r stafell yn bwdlyd braidd.

Meddai Huw, 'Wir nawr, dw i'n meddwl weithie y dylen i gael fy rhoi mewn cartre arbennig.'

'Dw i'n gwbod, Huw,' meddai mam Sara. 'Mae

hi'n gorymateb ar hyn o bryd. Ond fe ddaw hi drwy'r cyfnod bach 'ma 'to, gei di weld.'

'Dw i'n teimlo fel plentyn bach wrth wrando arni: "*Alle fe mo'r help*" . . . glywest ti hi, on'd do fe?'

'Gad iddi fod.' Trodd chwaer Huw at Carys a gofyn yn chwareus, 'Ydy e'n dy drin di fel hyn?'

Siglodd Carys ei phen yn swil.

'Wrth gwrs nad ydw i,' meddai Huw. 'Dyw *Carys* ddim yn 'y nhrin i fel rhywun hanner pan. Mae *hi*'n mynd â fi i chwareli a phethe felly. O leia pan dw i'n cwympo i'r gwaelod dyw hi ddim yn dweud, "All e mo'r help".'

'Ar ôl te,' meddai chwaer Huw, 'fe gewn ni ychydig bach o gerddoriaeth.'

Am wyth, ar ôl canu o gwmpas y piano, aethon nhw â Carys nôl i'r orsaf. Y tro hwn eisteddodd Sara yn y blaen ac aeth Huw i'r cefn gyda Carys. Ar ôl iddyn nhw gyrraedd yr orsaf ac wedi i Carys ddiolch iddyn nhw am y prynhawn hyfryd, meddai Huw, 'Fe af i â ti at y trên.'

Yn syth, dechreuodd Sara brotestio.

'Ddyle fe ddim cerdded ar y droed 'na. Ddwedodd y doctor.'

'Ac wrth bwy ddwedodd e?' meddai Huw. 'Wrtha i, yndyfe?'

'Ond fe chwyddith hi.'

'Iawn. Troed pwy yw hi? Dy un di, neu fy un i?'

Am eiliad, roedd Sara'n dawel; yna meddai, 'Well i fi ddod 'da ti. Bydd angen rhywun i ddod â ti'n ôl.'

'Sara . . .' Roedd rhybudd yn llais ei mam. 'Gad i Huw fynd ar ei ben ei hunan. Mae'n gwbod y ffordd yn iawn.'

'Ydy, dw i'n gwbod. Meddwl ôn i . . .'

'Wel, paid. Fe arhoswn ni'n dwy fan hyn.'

207

Cerddodd Huw a Carys yn araf at y trenau. Roedd Carys yn teimlo'n lletchwith, yn union fel y diwrnod cyntaf hwnnw pan aeth hi â Huw at y bws.

'Be sy amdanat ti?' meddai Huw. 'Wyt ti'n gwisgo ffrog?'

'Yr hen un las 'na,' atebodd Carys. 'Fe *orfododd* hi fi i wneud.'

'Wir? 'Na neis. Newid o jîns, ta beth.' Llithrodd ei fraich drwy ei braich hi. 'Dwyt ti ddim yn grac â fi o hyd, wyt ti?'

'*Beth*?' Llyncodd. '*Fi*'n grac â *ti*?'

'Fel ôt ti ddydd Iau . . . achos nad ôn i eisie dy dreisio di!'

Roedd e'n tynnu'i choes. Gwgodd Carys, a chicio dalen o bapur newydd oedd yn hofran ar y platfform.

'Wrth gwrs nad ydw i. Paid â bod yn hurt.'

'Pwy yw'r un hurt, Carys Edwards? Nid *fi* oedd yr un redodd bant, ife? Ôt ti'n gwbod 'mod i wedi bod draw yn gweld dy fam?'

'Do, fe—fe ddwedodd hi wrtha i.'

Roedd ei mam wedi dweud wrthi'r bore canlynol. Roedd hi wedi dweud, 'Dw i ddim yn deall beth mae e'n ei weld ynddot ti. Ti'n ymddwyn fel plentyn bach o hyd, sy ddim yn adlewyrchiad da iawn arna i. Ond, os yw e'n fodlon mentro cwympo i'w farwolaeth o'th achos di, mae'n rhaid bod 'na ryw ddaioni 'na yn rhywle. Gobeithio y daw e o hyd iddo fe, ddweda i.'

'Mae dy fam,' meddai Huw, 'yn ôlreit.'

'Ydy,' atebodd Carys, yn ddifrifol iawn. 'Dw i'n gwbod.'

'Dw i wastad wedi dweud 'ny wrthot ti, ond dôt ti byth yn fodlon gwrando.'

'Rôn i yn gwrando, wir. Ond . . .' Ciciodd hen dun cwrw o'r neilltu. 'Dôn i ddim yn disgwyl i ti ddod ar fy ôl i.'

'Ti'n meddwl,' meddai Huw, 'nad ôt ti'n credu fod digon o asgwrn cefn 'da fi i wneud y fath beth.'

'Dôn i ddim yn golygu 'ny! Ti'n gwbod nad ôn i'n golygu 'ny!'

'Ydw, ydw, paid â phoeni.' Rhoddodd ysgydwad bach cariadus iddi. 'Iawn, pryd mae'r trên yn mynd?'

Edrychodd Carys ar ei hamserlen. 'Mewn pum munud.'

'O ble mae e'n mynd?'

'O'r platfform 'ma.'

'Iawn. Fe arhoswn ni am eiliad 'te. Dwyt ti ddim wedi anghofio am benwythnos nesa, gobeithio?'

'P-pen-wythnos nesa?' Llamodd ei chalon.

'Dw i'n dibynnu arnat ti,' meddai Huw. 'Well i ti beidio â'm siomi i nawr . . . rôn i'n meddwl y gallen ni ddechre symud cwpwl o bethe draw nos Iau. Llai o waith ddydd Sul wedyn.'

'Ti'n dal i symud i'r fflat?'

'Pam lai? Ti wir yn meddwl fod dim digon o asgwrn cefn 'da fi, on'd wyt ti?'

'Nac ydw ddim! Ond . . .'

'Be sy'n bod nawr?'

Atebodd Carys, 'Mae Sara'n dod.'

Roedd hi'n trotian ar hyd y platfform fel cob Cymreig. Meddai Huw, 'O na! Dw i ddim yn gallu cerdded can medr heb help, mae'n amlwg!'

'Paid â bod yn gas wrthi,' meddai Carys. Yn sydyn roedd hi'n teimlo'n flin am Sara. 'Dim ond wythnos arall fyddi di 'ma. Ta beth . . . eisie dy helpu di mae hi.'

'O, dw i'n siŵr,' meddai Huw, 'dw i'n siŵr. Mi fydde hi'n chwythu fy nhrwyn drosta i pe bawn i'n rhoi hanner cyfle iddi.—Wel?' Trodd at Sara wrth ei chlywed yn nesáu. 'Dw i ddim wedi dianc, fel ti'n gweld.'

Gwridodd Sara.

'Roedd rhaid i ni symud y car. Lle i dacsis yn unig oedd hwnna.'

'Dw i'n gweld,' meddai Huw. Roedd yn swnio'n union fel Miss Jones pan fyddai hi wedi cyrraedd pen ei thennyn.

'Rôn i'n ofni y byddet ti'n mynd ar goll.'

'Wel, bydde hynny'n ddigon posib. A bydde hynny'n ddiwedd y byd, oni fydde?'

Roedd Carys yn teimlo trueni dros Sara wrth iddi wrido'n gochach byth.

'Does dim ots,' meddai Carys. 'Rhaid i fi fynd nawr. Os na reda i, bydd y trên yn mynd hebdda i.' Rhoddodd ei llaw yn ysgafn ar fraich Huw. 'Wela i di!' meddai.